Irene Scharenberg

Tödliches Bad

Handlung und Figuren dieses Romans entspringen der Phantasie des Autors. Ebenso die Verquickung mit tatsächlichen Ereignissen. Darum sind eventuelle Übereinstimmungen mit lebenden oder verstorbenen Personen zufällig und nicht beabsichtigt. Nicht erfunden sind bekannte Persönlichkeiten, Personen der Zeitgeschichte sowie Institutionen, Straßen und Schauplätze auf Norderney, in Norden und in Duisburg. Die Norderneyer Kur- und Rehabilitationsklinik am Deich allerdings entstammt der Phantasie der Autorin.

Originalausgabe März 2018

Tel.: 0561/766 449 0, Fax: 0561/766 449 29

Titelfoto:
© grobima – Fotolia

Druck: Totem, Inowroclaw, Polen

ISBN: 978-3-95475-167-9
www.prolibris-verlag.de

Irene Scharenberg

Tödliches Bad

Norderney-Krimi

Prolibris Verlag

Die Autorin

Irene Scharenberg ist in Duisburg aufgewachsen und hat hier Chemie und Theologie für das Lehramt studiert. Vor einigen Jahren hat sie die Leidenschaft fürs Schreiben entdeckt. Seit 2004 sind zahlreiche ihrer Kurzgeschichten in Anthologien und Zeitschriften erschienen und in Wettbewerben ausgezeichnet worden. 2009 gehörte die Autorin zu den Gewinnern des Buchjournal-Schreibwettbewerbs, zu dem mehr als 750 Geschichten eingereicht wurden.
Irene Scharenberg ist verheiratet und hat zwei erwachsene Töchter. Sie lebt am Rande des Ruhrgebiets in Moers. In ihrer alten Heimat Duisburg spielen sechs Kriminalromane mit den beiden Ermittlern Pielkötter und Barnowski. In ihrem ersten Norderney-Krimi hat sie ihre Liebe zu der Insel mit der Leidenschaft fürs Schreiben verbunden.

Für meine Familie

PROLOG

Ebbe und Flut würde es für ihn nie mehr geben. Dabei hat er das Spiel der sich nähernden oder sich langsam zurückziehenden Wellen, das lustige Hüpfen der Schaumkronen auf der Oberfläche so gemocht, oft auch bestaunt. Die regelmäßige Wiederkehr, diese Beständigkeit und vor allem die Ruhe auf der Insel. Nur das Rauschen des Meeres, das Kreischen der Möwen, beides Musik in seinen Ohren, er könnte ihr ewig lauschen, während sich seine Fußsohlen in den hellen Sand drücken oder in den Norderneyer Schlick.

Genieße es, ein letztes Mal!

So oft schon hast du die untergehende Sonne bestaunt, die den Strand in warme Farben taucht, bevor sie als Feuerball am Horizont versinkt. Einige dieser Naturschauspiele hast du auf der Terrasse der Giftbude, manche auch an der legendären Milchbar genossen, bei einem Wein. Roten Wein, kräftiger als die Farbe am abendlichen Himmel. Am nächsten Morgen hast du gern auf der Georgshöhe gestanden, um nach Osten über den Nordstrand zu schauen und an die ertrunkenen Seefahrer zu denken, die niemals nach Norderney zurückgekehrt sind. Auch für dich ist es der letzte Aufenthalt auf der Insel. Du wirst nicht auf das Festland zurückkehren.

Willst du noch einmal zu dem Leuchtturm in der Mitte der Insel fahren, dich oben auf die weiße Düne stellen, um auf die herrliche Hügellandschaft und das Meer hinunterzuschauen, auf unzählige Windräder am greifbar nahen Festland? Nur einmal noch die salzige Luft einatmen, die frische Brise auf der nackten Haut spüren, bevor es zu spät ist. Jeden einzelnen Atemzug auf dieser Insel hättest du auskosten sollen, statt zielstrebig deinen Plan zu verfolgen. Du warst erfolgreich, aber den Preis, den du dafür zahlen musst, kennst du noch nicht. Du wirst alles verlieren. Norderney wiedersehen und hier sterben, das hat das Schicksal dir bestimmt. Das Schicksal? Nein, dein Mörder.

1

Mitternacht war schon lange vorbei, als Professor Doktor Alexander Schwarzenberg Hand in Hand mit seiner Geliebten die breiten bequemen Stufen zur Georgshöhe hinauflief. Oben machte sie sich von ihm los und schwankte zu dem Stockanker aus einem vorigen Jahrhundert hin, der an die vielen ertrunkenen Seeleute erinnerte. Sie ließ sich lachend darauf nieder, beugte den Oberkörper nach hinten und streckte die Arme nach Schwarzenberg aus. Offensichtlich hatte sie etwas zu viel von dem Champagner getrunken, den er zu ihrem leider viel zu seltenen Besuch geöffnet hatte. »Nicht doch«, mahnte Alexander Schwarzenberg. »Das bringt Unglück. Nachher werden wir dafür bestraft, dass wir uns über die toten Seefahrer lustig machen.«

»Komm schon«, neckte sie ihn. »Seit wann bist du so spießig? So kenne ich dich gar nicht. Du zierst dich doch auch nicht, mit einer verheirateten Frau ins Bett zu steigen. Aber dieser alte Anker ist tabu, was?«

»Weil er an den Tod erinnert«, entgegnete er nachdenklich. »Und ich habe schon zu viele Tote gesehen, um ihm ohne Respekt zu begegnen.« Er machte einen Schritt auf sie zu, zog sie hoch und sah ihr direkt in die Augen. »Wenn es nach mir ginge, wärst du längst meine Frau. Du bist diejenige, die sich nicht scheiden lassen will.«

»Von Wollen kann wohl keine Rede sein.« Auf einen Schlag wirkte sie wieder total nüchtern. »Du weißt doch genau, wie mein Mann reagieren würde. Gut, du hast ihn nur einmal flüchtig gesehen, aber du kennst doch meine Lage.«

»Die Situation ist unerträglich! Ich möchte mich mit dir in der Öffentlichkeit zeigen. Jetzt stehen wir mitten in der Nacht auf dieser Düne. Und warum? Nicht um den Sternenhimmel besser beobachten zu können, die Aussicht über die Insel und das Meer zu genießen oder weil wir die Einsamkeit lieben. Nein, damit uns niemand sieht, womöglich erkennt. Ich muss um meinen guten Ruf fürchten und du ...«

»Entspann dich«, gurrte sie und legte ihren Kopf an seine Schulter. »Wir sollten nicht streiten und uns damit die wenigen gemeinsamen Stunden vermiesen. Irgendwann wird sich unser Problem von selbst lösen, du wirst schon sehen.«

»Ich habe noch niemals erlebt, dass eines meiner Probleme von selbst verschwindet. Immer war das mit Anstrengung verbunden.« Er nahm sanft ihren Kopf und schaute sie an, dann küsste er ihren Mund. »In einem Punkt aber hast du vollkommen Recht. Wir sollten jetzt nicht daran denken und uns damit unsere gemeinsame Zeit vermiesen. Komm, ich will dir etwas zeigen!« Er führte sie einige Schritte bis zum Rand der Anhöhe und blickte mit ihr nach Osten. »Siehst du dahinten die Klinik in den Dünen?«

»Ja, dein ganzer Stolz.« Ihrer Stimme war nicht anzumerken, ob sie das nicht vielleicht ironisch meinte.

»Der neue Gebäudekomplex wird von hier aus hinter dem Altbau liegen. Ein Traum aus Glas. Wenn der Anbau nur halb so gut ausschaut wie auf den Plänen, wird das ein echter Anziehungspunkt. Leider steht die Finanzierung noch nicht.«

»Leider«, pflichtete sie ihm bei.

»Aber ich arbeite hart daran. Die Klinik ist eben mein Leben, solange du nicht zu mir auf die Insel ziehst. Viel zu selten habe ich dich bei mir. Lass uns gehen. Uns bleibt nicht viel Zeit, wenn du morgen schon die erste Fähre nach Norddeich nehmen willst.«

Sie legte ihren Arm um seine Hüfte und schmiegte sich an ihn.

»Warum bleibst du nicht einfach? Dein Mann ist in den nächsten Tagen doch sowieso nicht zu Hause.«

»Auch ich habe meine Termine. Das habe ich dir doch gesagt. Und du musst sowieso arbeiten. Aber am Wochenende sehen wir uns ja schon wieder.«

Im Licht des Mondes setzten sie sich in Bewegung. Er zauberte ein fast überirdisches Glitzern auf die Oberfläche des Meeres und ließ Schwarzenberg seine Probleme für einen Moment vergessen.

2

Mitten in der Nacht schreckte Natascha Gruschenko hoch. Sie wusste selbst nicht warum. Hatte ein Geräusch sie geweckt? Sie blinzelte in das fast dunkle Zimmer. Irgendwie hatte sie sich immer noch nicht richtig daran gewöhnt, dass der schöne große Raum ihr gehörte. Ein eigenes kleines Reich in Vincents Villa im Duisburger Süden. Vielleicht weil sie befürchtete, Vincent könnte ihrer überdrüssig werden und dann würde er nicht zögern, sie vor die Tür zu setzen. Vincent, der Name drückte Macht aus, fand sie. Und Vincent war mächtig.

Die Vorhänge hatte sie nicht zugezogen, sie liebte es, wenn sie gerade noch die Konturen der Möbel erkennen konnte. Sie mochte keine totale Dunkelheit. Sie warf einen Blick aus dem Fenster, das zum Garten hinausging, und sah den Schein des Mondes, der jetzt langsam hinter einer Wolke hervorkam. Müde ließ sie ihren Oberkörper wieder auf das Kissen gleiten und schloss die Augen. Sie wollte jetzt nicht über ihre Situation nachdenken, sondern schlafen.

Tatsächlich nickte sie kurz ein, schreckte dann aber wieder hoch. Natascha hielt den Atem an und lauschte. Da, eindeutig ein Geräusch! Es kam von unten. Ihr Gefühl riet ihr, es einfach zu ignorieren und weiterzuschlafen, aber sie hatte noch nie auf solche inneren Ermahnungen gehört, auch wenn sie sich dadurch schon manchen Ärger eingehandelt hatte. Neugierig stand sie auf und schlich zur Tür, öffnete sie vorsichtig und hörte Stimmen, wütende Stimmen. Eine davon gehörte Vincent. Aber er wollte erst morgen von seiner Geschäftsreise aus Mailand zurück sein. Doch der Mann, der jetzt unten mit dem sonoren Bariton und dem leichten Akzent sprach, das war ihr ... Ihr was? Sie wusste immer noch nicht, wie sie ihre Beziehung zu ihm benennen sollte.

Für einen Moment hielt sie inne, schaute an ihrem dünnen Nachthemd hinunter, dann trippelte sie auf nackten Füßen zu dem Schaukelstuhl, auf dem ihre Jeans und das giftgrüne T-Shirt mit dem Aufdruck eines bunten Fallschirms lagen. Eilig hob sie die Arme hoch, streifte das Nachthemd über die schwarzen langen Haare und schlüpfte in die Kleidung, die sie abends abgelegt hatte. Da der Boden kalt war, zog sie die Ballerinas an, die neben dem Korbsessel standen. Ihre hochhackigen Pumps konnte sie nicht gebrauchen. Die würden auf der Treppe klappern, und sie wollte sich die Option offenhalten, unbemerkt in ihr Zimmer zurückzuschleichen.

Sie zögerte kurz, dann verließ sie den Raum. Im Eingangsbereich brannte Licht. Lauschend schlich sie die Treppenstufen hinunter. Alles blieb still. Kurz bevor sie das Erdgeschoss erreicht hatte, hörte sie ein gedämpftes Geräusch. Sie konnte es nicht genau definieren. Eine Art Plopp, als ob ein Sektkorken in die Luft gegangen wäre. Anschließend herrschte wieder Totenstille. Für einige Sekunden geriet sie in Versuchung, einfach die breite Holztreppe wieder hochzulaufen und sich ins Bett zu legen, aber dann gewann die Neugier die Oberhand. Sie musste wissen, ob Vincent tatsächlich früher zurückgekehrt war. Er würde sich wundern, wenn sie seine Ankunft trotz des Lärms einfach ignorierte. Vincent liebte Aufmerksamkeit. Und sie hatte allen Grund, ihren Gönner gnädig zu stimmen.

Mit flinken Schritten wandte sie sich nach links zu dem Wohnbereich, aus dem sie das Geräusch vernommen hatte. Sie klopfte kurz an die wuchtige Doppeltür, dann drückte sie die Klinke hinunter. Stumm vor Schreck blieb sie auf der Schwelle stehen. Sie brauchte eine Sekunde, um zu realisieren, was sie da sah. Blut, viel Blut, und starre Augen. »Flieh!«, schrie plötzlich eine Stimme in ihr, riss sie aus ihrer Erstarrung. In wilder Panik drehte sie sich um, dann rannte sie los.

»Bleib stehen!«, hallte Vincents wütende Stimme durch den Eingangsbereich. »Hast du nicht gehört, du sollst stehen bleiben, du Miststück!« Und dann brüllte er das, was sie befürchtet hatte. »Antonio, wo steckst du? Antonio, mach schnell!«

Als sie die Haustür erreicht hatte, hörte sie Vincent in der Diele. Sie riss an der Klinke, aber die Tür war verschlossen. Verzweifelt versuchte sie, den Sicherheitsriegel zurückzuschieben. Er klemmte, und sie musste alle Kraft aufbringen, ihn zu bewegen. Währenddessen kam Vincent ihr bedrohlich nahe. Er streckte den Arm nach ihr aus, aber ehe er sie fassen konnte, gab der Riegel nach, und sie stürmte hinaus. Sie sprintete etliche Stufen hinunter, schließlich die lange Auffahrt entlang in Richtung Straße. Dabei zwang sie sich, nicht nach hinten zu sehen. Das Tor zum Grundstück war ebenfalls verschlossen. Zum Glück kannte sie den Code, den sie auf der kleinen Schalttafel an dem rechten Pfosten eintippen musste. Ihr Zeigefinger zitterte so stark, dass sie kaum in der Lage war, die richtigen Tasten zu treffen. *Bitte hilf mir, hier rauszukommen*, flehte sie stumm, obwohl sie eigentlich nicht an einen Gott glaubte, der ihr beistehen würde. »Fünf, zwei, sieben, eins«, zählte sie nun laut. »Komm schon, öffne dich endlich!«

Während das schwere Stahltor langsam zur Seite glitt, spähte sie kurz nach hinten. Vincent hatte sie trotz seines leichten Gehfehlers fast eingeholt. Was ihr aber weitaus mehr das Blut in den Adern gefrieren ließ, war die massige Gestalt, die kaum hundert Meter hinter ihm auftauchte. Antonio, sein Mann fürs Grobe. Der Schreck schien sie zunächst zu lähmen, doch dann war sie mit einem Mal Natascha Gruschenko, die schnellste Läuferin ihres Jahrgangs in der Schule. Sie versuchte, nur an ihre Siege zu denken, und rannte. Ihre Füße berührten kaum den Boden. Das Blut pochte in ihren Schläfen. Sie keuchte. Durchhalten, nur durchhalten, schwirrte es durch ihren Kopf. Sobald sich der Abstand zwischen Antonio und ihr vergrößert hatte, wollte sie nachdenken. Erst musste sie fort aus seiner Nähe

Inzwischen hatte sie den Anfang der Sackgasse mit den riesigen Grundstücken erreicht. Als sie in Richtung City abbog, erkannte sie Antonio. Er folgte ihr, hatte aber zum Glück nicht aufgeholt. Zum ersten Mal wurde ihr bewusst, dass sie einen Plan fassen musste. Sie konnte nicht einfach nur wegrennen, sie musste entscheiden, wohin sie eigentlich wollte. Das Wichtigste war jedoch nach wie vor, aus Antonios Sichtfeld zu verschwinden.

Nataschas Lungen brannten, ihre Füße schmerzten, aber sie lebte und sie hatte ein Ziel. Sie wollte zum Duisburger Hauptbahnhof und den hatte sie fast erreicht. Mit gehetztem Blick sah sie zum Haupteingang gegenüber der Innenstadt. Verwirrt registrierte sie, dass sich auf dem Vorplatz und in seiner Umgebung einiges verändert hatte. Die neuen Hotels kannte sie nicht. Wie lange war sie nicht mehr hier gewesen? Ihr wurde bewusst, dass Vincent sie in gewisser Weise gefangen gehalten hatte, wenn auch mit sehr vielen Annehmlichkeiten. Für einen kurzen Moment sehnte sie sich zurück in den trauten Käfig, dann aber erschien es ihr wie eine Fügung, dass sie gezwungen worden war, das süße Gefängnis zu verlassen. Freiwillig wäre sie niemals dazu imstande gewesen. Sie war sicher, dass diese positive Einstellung bald kippen würde, aber ihr fehlte die Zeit, sich darüber weitere Gedanken zu machen.

Die Bahnhofsuhr zeigte zwanzig nach vier Uhr. Sie würde den nächsten Zug nehmen, egal wohin. Nur fort von hier. Zum ersten Mal dachte sie darüber nach, dass sie kein Geld bei sich hatte. Nun, das war ihr geringstes Problem. Sie konnte sich in der Toilette einschließen, dem Schaffner schöne Augen machen oder vielleicht konnte sie einen Mitreisenden umgarnen, der ihr helfen würde. Selbst wenn man sie erwischte und auf irgendeine Polizeistation schaffte, würde das allemal besser sein, als Vincent oder Antonio in die Hände zu fallen. Obwohl sie lieber nicht von den Bullen aufgegriffen werden wollte, ohne Papiere, ohne Fürsprecher. Wer konnte schon wissen, ob es hier wirklich so ganz anders zuging als in ihrer Heimat? Und was war, wenn sie bei der Polizei Vincents Kontaktmann begegnete, den er mal erwähnt hatte?

Mit gemischten Gefühlen legte Natascha das letzte Stück zum Bahnhof zurück. Dabei sah sie sich immer wieder nach allen Seiten um. Einige Meter neben dem Haupteingang hatte ein Penner sein Nachtlager aufgeschlagen. Bevor sie die Eingangshalle betrat, spähte sie vorsichtig ins Innere. Um diese Zeit war kaum etwas los. Drei Jugendliche mit Punkerfrisuren standen vor einer Apotheke, ein Mann zog einen großen schwarzen Koffer hinter sich her. Anscheinend war die Luft rein.

Natascha betrat das Gebäude und eilte auf die große Anzeigentafel zu. Nur wenige Züge fuhren um diese Zeit. Der nächste ging in einer guten Viertelstunde, heute ausnahmsweise ab Gleis vier. Eine Regionalbahn nach Dortmund. Wenn sie dort ankam, wäre vielleicht schon jemand in so einem kleinen Häuschen auf einem Bahnsteig, der ihr weiterhelfen würde. Über eine solche Einrichtung hatte sie mal etwas im Fernsehen gesehen. Sie würde gern nach Bremen oder Hamburg. Eine Stadt im Norden wäre schön, sie hatte noch nie gehört, dass Vincent dorthin fuhr. Und sie hatte eine Cousine, die auf einer Insel in der Nordsee lebte. Sie würde irgendwie ihre Adresse herausfinden. Sobald sie in Sicherheit war, der Gefahr entkommen, jemandem in die Arme zu laufen, der sie in Vincents Auftrag töten wollte, sogar töten musste, um nicht seinen schrecklichen Zorn auf sich zu laden.

Ängstlich blickte sie nach hinten, dann verließ sie die Eingangshalle. Wenn doch bloß mehr Menschen unterwegs wären, zwischen denen sie sich verstecken könnte. Sie passierte die Passage mit den Aufgängen zu den Gleisen. Gleis eins und zwei, las sie und lief weiter. Bei drei und vier blieb sie stehen und schaute die Treppe hinauf. Oben stand ein Mann mit Hut, dessen Gesicht sie nicht erkennen konnte. Natascha schreckte zusammen. Erst im zweiten Moment fiel ihr auf, dass seine Größe nicht zu Antonio passte. Trotzdem fühlte sie sich gewarnt.

Wenn Vincents Mann fürs Grobe ihr wirklich hier auflauerte, würde er genau den Bahnsteig kontrollieren, von dem der nächste Zug abfuhr. Um die Gefahr zu minimieren, durfte sie erst im letzten Moment vor der Abfahrt dort auftauchen. Seufzend lief sie zu dem ersten Aufgang zurück und stieg die Treppe hoch. Alle paar Stufen spähte sie zurück in die Passage. Plötzlich erkannte sie Antonios kantigen Kopf mit der breiten

Stirn, seinen energischen Gang, den entschlossenen Blick, der sie suchte.

Er hatte tatsächlich geahnt, dass er sie hier am Bahnhof finden würde. In den ersten Sekunden fühlte sie sich vor Schreck wie gelähmt, dann durchflutete Adrenalin ihre Adern und sie hastete weiter nach oben. Endlich hatte sie die letzte Stufe erreicht. Sie rannte, bis Antonio sie von unten ganz sicher nicht mehr erkennen konnte. Was sollte sie nur tun? Sich hinter dem Wartehäuschen verbergen oder auf dem Bahnsteig weiterhetzen und darauf hoffen, dass es hinten ein Versteck geben würde? Sie würde laufen, darin bestand ihre einzige Chance. Nur damit hatte sie es den anderen gezeigt, ansonsten war sie immer nur die erfolglose, naive Natascha gewesen.

Während ihre Füße den harten Steinboden kaum berührten, schaute sie mehrmals nach hinten. Niemand verfolgte sie. Trotzdem musste sie jeden Moment damit rechnen, dass Antonio hier auftauchen würde oder auf dem benachbarten Bahnsteig, von dem aus er sie auch sehen konnte. Keuchend rannte sie weiter. Plötzlich hielt sie inne und bekreuzigte sich. Ein Ritual aus ihrer Heimat. Es half! Tränen der Erleichterung rannen über ihre Wangen. Vor ihr tat sich ein Fluchtweg auf, mit dem sie nicht gerechnet hatte. Eine weitere Treppe führte vom Bahnsteig hinab in die Freiheit.

Natascha hetzte die Stufen hinunter. Sie endeten gegenüber einer Mauer, davor eine Straße. Als sie das Ende der Treppe erreichte, erkannte sie, dass sie in einer Unterführung gelandet war. Atemlos blieb sie stehen und spähte nach rechts und links. Dann überquerte sie mit schnellen Schritten die Fahrbahn, um zu der Haltestelle auf der anderen Straßenseite zu gelangen. Dabei blickte sie immer wieder nach hinten. Während sie registrierte, dass auch die anderen Bahnsteige einen direkten Zugang nach unten zur Straße hatten, beschleunigte sich ihr Herzschlag noch einmal. Sie musste so schnell wie möglich von hier fort. Plötzlich näherte sich ein Bus. Er hielt an! Die vordere Tür glitt auf, die hintere blieb verschlossen. Natascha stieg ein. Der Fahrer musterte sie eindringlich.

»Ihren Fahrschein bitte!«, hörte sie seine Stimme wie aus der Ferne.

Ruckartig drehte sie sich um und hetzte aus dem Bus. Von Antonio war zum Glück nichts zu sehen, aber auch von Fahrgästen fehlte jede Spur. Musste denn niemand zur Frühschicht fahren? In etwa hundert Metern Entfernung tauchten nun einige jugendliche Nachtschwärmer auf. Dahinter zwei Männer mittleren Alters, von denen sie eher annahm, sie würden zur Arbeit fahren. Ratlos blieb sie stehen. Doch mit einem Mal kam ihr eine Idee, wohin sie sich wenden konnte. Um nicht aufzufallen, lief sie nicht, sondern ging zügig die Straße entlang, hin zum Ende der Unterführung, immer mit bangem Blick zu den Treppenaufgängen zu den Gleisen. Jeden Moment konnte dort eine Gestalt mit breitem Schädel auftauchen.

Als sie wieder den fast sternenklaren Himmel sehen konnte, erkannte sie die Mülheimer Straße und atmete kurz auf. Ganz sicher war sie nicht, aber sie glaubte doch, auf dem richtigen Weg zu sein. Wie lange hatte sie Anastasija nicht gesehen? Anastasija, ihre ehemalige Zimmernachbarin aus dem Hochfelder Nachtclub »Zum eisernen Anker«, die ihr nun als Rettungsanker erschien. Vorausgesetzt Anastasija wohnte immer noch in diesem biederen Haus in guter Wohngegend, dessen Hausnummer sie vergessen hatte, das sie jedoch wiedererkennen würde. Hoffte sie. Und vorausgesetzt, Antonio hatte wirklich nicht ihre Spur aufgenommen. Sie schaute sich um.

3

Unruhig wälzte sich Hauptkommissar Willibald Pielkötter in seinem Bett hin und her. Bisher hatte er kein Auge zugemacht, dabei war die Nacht so gut wie vorbei. Er schaltete das Licht des Weckers ein, den er auf halb vier Uhr gestellt hatte. Das hieß, ihm blieben knapp zwanzig Minuten. Jetzt noch einzuschlafen, lohnte sich nicht. Er plante ohnehin lieber ausreichend Zeit ein, zumal mit seiner lädierten Schulter fast jeder Handgriff mehr Zeit erforderte als früher. Punkt fünf würde Jan Hendrik auf der Matte stehen. Sein Sohn hatte sich den Tag freigehalten, um ihn zum Antritt seiner Reha nach Norderney zu kutschieren. Sofern alles planmäßig lief, konnten sie die Fähre um zehn Uhr dreißig erreichen.

Draußen war es noch dunkel und Pielkötter knipste die Nachttischlampe an. Anschließend setzte er sich seufzend auf. Was wäre, wenn alle Mühe umsonst war und er nie wieder in seinen Beruf zurückkehren konnte? Hastig wischte er mit dem Handrücken über seine Stirn, als könne er diese schreckliche Vorstellung dadurch verscheuchen. *Denken Sie positiv*, hatte ihm der behandelnde Arzt aus dem Duisburger Krankenhaus bei der Abschiedsvisite ans Herz gelegt, *visualisieren Sie im Geiste, dass Sie wieder an Ihrem Schreibtisch sitzen. Das ist die beste Voraussetzung dafür, dass es genauso kommen wird.*

Pah, am Schreibtisch sitzen. Was glaubte der denn? Als ob es bei einem Kommissar nur darauf ankäme, einen Bleistift richtig zu halten oder die Tasten des Computers zu bedienen. Im Notfall musste er einen Gegner überwältigen können. Er musste darauf vertrauen, dass all seine Gelenke, Muskeln und Sehnen im richtigen Moment funktionierten. »Genau dafür trittst du ja diese Reha an«, stöhnte er laut. Mit dem rechten Fuß angelte er nach einem Hausschuh, der gestern Abend offensichtlich unter dem Bett gelandet war. Nach einigen erfolglosen Versuchen, das Ding hervorzuholen, tauchte der von einem dicken Staubflocken umgebene Pantoffel wieder auf.

Pielkötter erhob sich und wankte ins Bad. Während er unter der Dusche stand, dachte er an Marianne. Zum ersten Mal lächelte er kurz. Seine Frau, die seit einiger Zeit getrennt von ihm lebte, beabsichtigte, ihn auf Norderney zu besuchen. Von diesem gemeinsamen Wochenende hing unendlich viel ab. Okay, direkt nach seiner Operation hatte sie versprochen, zu ihm zu halten, aber hatte sie das wirklich als seine *Frau* gemeint? Oder eher als eine Art gute Bekannte, Krankenschwester oder Trösterin? Pielkötter stellte gedankenverloren das Wasser ab, dabei war sein Körper noch halb voller Seifenschaum. Er drehte den Hahn wieder auf und platzierte sich mitten unter den Strahl. Die Wärme tat gut.

Auf dem Weg zur Treppe ins Erdgeschoss wäre er beinahe über den fast fertig gepackten Koffer gestolpert. Nur der Kulturbeutel fehlte, denn er wollte die Zahnbürste nach dem

Frühstück noch einmal benutzen. Ohne den Koffer lief er hinunter. Jan Hendrik würde ihn später ins Erdgeschoss bringen. So schwer es Pielkötter auch fiel, er musste lernen, Hilfe anzunehmen.

Zwei Brote hatte er schon gestern Abend mit Käse belegt, nur der Kaffee musste frisch zubereitet werden. Während die Maschine Laute von sich gab, als hätte sich jemand gründlich den Magen verdorben, ging er noch einmal die Merkliste der Klinik durch, die auf dem Küchentisch lag. Anscheinend hatte er nichts vergessen, aber galt das auch für das Haus? Hatte er wirklich die Stecker für Fernseher, Musikanlage und den Router herausgezogen? Zum Glück blieb ihm noch genügend Zeit, in allen Räumen ein letztes Mal nach dem Rechten zu sehen.

Pielkötter hatte seinen Rundgang gerade beendet, da klingelte es an der Tür. Automatisch schielte er zu seiner Armbanduhr. Die zeigte fünf vor fünf. Sein Junge war pünktlich. Ein mildes Lächeln huschte über sein Gesicht, dann wurde er wieder ernst. Schließlich holte Jan Hendrik ihn nicht ab, um einen freien Tag mit ihm zu genießen. Seufzend lief er zur Tür und ließ seinen Sohn herein.

»Wenn du die kaputte Schulter nicht hättest, würde ich glatt mit dir tauschen«, erklärte Jan Hendrik statt einer Begrüßung. »Ein paar Wochen auf Norderney, da hast du wirklich Dussel gehabt. Du hättest genauso gut irgendwo anders landen können, in einem kleinen Kaff im tiefsten Hinterland. Stattdessen darfst du auf die angesagte Szene-Insel.«

Pielkötter bereitete es Mühe, die Begeisterung seines Sohnes zu teilen, auch wenn er inzwischen einiges über Norderney gehört und gelesen hatte, was auf einen angenehmen Aufenthalt schließen ließ.

»Und welche Kneipe du unbedingt mal besuchen musst, ist der Kings Club von Tante Jens«, fuhr sein Sohn fort. »Da gibt es nicht nur Plüsch und Pomp, sondern auch nette musikalische Einlagen vom Besitzer. Ich hoffe jedenfalls, den urigen Club gibt es noch. Ist ja schon bald drei Jahre her, seit ich mit Sebastian dort war.« Er stockte. Offensichtlich ließ die Trauer über den Tod seines Lebenspartners vor wenigen Wochen ihn verstummen. »Vielleicht ist die Kneipe ja auch nichts für dich«, versuchte er, das Gefühl von Verlust zu überspielen.

»Mal sehen«, erwiderte Pielkötter nachdenklich und klopfte seinem Sohn mit der linken Hand auf die Schulter. »Es kann ja sein, dass ich gar nicht so viel Freizeit habe. Oder schon in der Klinik sein muss, wenn es bei dieser Tante Jens erst richtig losgeht. Aber jetzt sollten wir aufbrechen. Oben steht noch mein Koffer.«

4

Anastasija hatte ihr Hilfe angeboten, sollte Natascha jemals nicht mehr bereit sein, sich für einen Hungerlohn in dem Nachtclub von ekeligen Händen begrapschen zu lassen. Warum Anastasija sie gemocht hatte? Vielleicht weil ihre Mutter aus der Gegend stammte, in der Natascha geboren worden war, vielleicht aus einem ganz anderen Grund. Im Augenblick sollte sie darüber nicht nachdenken, es gab Wichtigeres.

Hauptsache, sie wohnte noch in dem Viertel südlich der Bundesstraße mit diesem seltsamen Namen. Mondbuschweg, Sternbuschweg oder Sonnenbuschweg, irgendetwas mit Gestirnen. Und sie meinte sich genau zu erinnern, dass der Weg rechts ab führte. Während sie forteilte, sah sich Natascha immer wieder um. Obwohl sie keinen Verfolger erkennen konnte, pochte ihr Herz nicht nur wegen der Anstrengung.

Nach einer guten Viertelstunde erreichte sie die Häuserzeile, in der Anastasija hoffentlich noch diese Wohnung in der ersten Etage besaß. Ängstlich schaute Natascha ein letztes Mal nach hinten, dann verlangsamte sie den Schritt. Sie schaute in allen Hauseingängen auf die Klingelschilder und ihre Hoffnung sank mit jedem Misserfolg. Doch endlich stand sie vor der richtigen Tür, sie las: Fröhlich, Erlenmeier und dann in der zweiten Reihe Ryschikow. Vor Erleichterung hätte sie fast geweint. Anastasija wohnte tatsächlich noch hier.

Nataschas Finger presste sich auf den Klingelknopf, einmal, zweimal, dreimal, jedes Mal ein wenig fester und länger, doch nichts rührte sich. Ob Anastasija nicht zu Hause war? Vielleicht hatte sie auch Besuch von einem Freier, bei dem niemand stören durfte. Unwahrscheinlich, überlegte Natascha. Zumindest hatte sie ihr bei der letzten Begegnung erzählt, dass sie ihre Kunden nur in deren Domizil oder einem Hotel empfangen und ihre Wohnung reinhalten wolle. Egal, wo Anastasija sich befand, Natascha musste warten, bis sie aufwachte oder zurückkehrte.

Plötzlich fiel ihr ein, dass ihre frühere Zimmernachbarin, seitdem sie sich einmal ausgesperrt hatte, einen Schlüssel auf dem Dachboden verwahrte. »Ich könnte mich ohrfeigen«, hatte sie am Telefon getönt. »Wie kann man nur so blöd sein?

Der Schlüsseldienst musste kommen. Bei den Preisen verkaufe ich mich geradezu billig. Aber jetzt habe ich einen Ersatzschlüssel auf dem Söller versteckt. Da hat jeder seinen eigenen Bereich mit Hocker für den Wäschekorb. Leine und Klammerbeutel.« Ja, so ähnlich hatte sie es erzählt.

Ob der Schlüssel wohl immer noch dort oben lag? Aber selbst wenn, nützte Natascha das im Moment herzlich wenig. Um dorthin zu gelangen musste sie erst einmal ins Treppenhaus. Sie lief auf die andere Straßenseite und schaute zurück. Alle Fenster waren dunkel, nirgendwo brannte Licht. Und sofern sie um diese Zeit einen Nachbarn rausklingeln würde, selbst wenn er nicht schliefe, würde sie sich sehr verdächtig machen. Es half alles nichts, sie musste sich gedulden. Natascha sah an ihren Armen hinunter. Sie hatte Gänsehaut. Dabei spürte sie überhaupt keine Kälte. Seufzend drehte sie sich einmal um die eigene Achse, dann setzte sie sich auf den Bordstein zwischen zwei parkende Wagen. Der Platz bot Schutz, aber eigentlich rechnete sie nicht damit, dass Antonio hier auftauchen würde. Wenn er ihr vom Bahnhof gefolgt wäre, hätte er sie längst gepackt. Und eine andere Spur, ihr zu folgen, gab es nicht, hoffte sie.

Während die Nacht der Morgendämmerung zu weichen begann, döste Natascha vor sich hin und schreckte hoch, als sie plötzlich ein Geräusch hörte. Zwar konnte sie es nicht orten, aber dafür sah sie, dass in Anastasijas Haus in der unteren Etage das Licht angegangen war. Sie erhob sich vom Bordstein, um einen besseren Beobachtungspunkt zu finden. Der Rücken und etliche Glieder taten ihr weh. Sie ignorierte den Schmerz und ging weiter, bis sie einen guten Blick in das beleuchtete Zimmer werfen konnte. Ein Mann mittleren Alters hantierte in einer Küche herum. Zumindest glaubte Natascha eine Dunstabzugshaube auf der rechten Seite erkennen zu können. Sie schüttelte ihre Beine, rieb mit den Händen an den kalten Armen entlang. Während der Mann Schränke öffnete, den Wasserkocher füllte, gelegentlich an der Arbeitsplatte verweilte und zwischendurch immer wieder herzhaft gähnte, rotierten ihre Gedanken. Mit etwas Glück würde der Typ bald zur Arbeit gehen und das Haus verlassen. Das hieß, dass er die Tür öffnen würde. Genau in diesem Moment musste sie dort auftauchen und ihm eine Erklärung dafür liefern, dass es okay war, sie einfach hineinhuschen zu lassen.

Das Licht in der Küche erlosch. Inzwischen wusste sie, was sie sagen würde: Ich hole Anastasija ab. Eilig überquerte Natascha die Straße und positionierte sich direkt vor der Tür aus dunklem Holz. Sie strich sich zwei vorwitzige Haarsträhnen aus der Stirn und atmete mehrmals tief durch. Als sich die Flurbeleuchtung einschaltete, rauschten noch einmal die Worte durch ihren Kopf, die sie gleich hervorsprudeln wollte. Nun hörte sie eilige Schritte. Unmittelbar darauf wurde die Tür aufgerissen.

Natascha stürmte nach vorn, drückte ihren rechten Arm gegen das Holz. Sie wollte gerade zu der wohlüberlegten Erklärung ansetzen, da hastete der Mann mit einem kurzen »Morgen« an ihr vorbei auf die Straße. Die kleine Aktentasche in seiner Hand schwankte hin und her. Offensichtlich hatte er es sehr eilig. Ihr war das nur recht. Während sie ins Treppenhaus lief, ging die Beleuchtung aus, aber es fiel trotzdem genug Licht durch ein kleines Fenster, um sich zurechtzufinden. Natascha schlich die Treppe bis zum Dachboden hoch. Als sie die Tür öffnete, knarrte sie leise, deshalb ließ Natascha sie offen.

Zunächst konnte Natascha nur Konturen erkennen, aber dann erkannte sie hinten links einen dreibeinigen Schemel, den Anastasija schon in Hochfeld besessen hatte. Seitlich darüber hing ein Wäschesack auf einer Leine. Nataschas Herz pochte. Lag die Lösung wirklich so nah? Sie durchquerte eilig den Dachboden und nahm den Beutel an sich. Hektisch suchten ihre Finger zwischen den Klammern herum, bis sie tatsächlich auf etwas Kaltes, Metallisches stieß. Sie lächelte. »Gute Anastasija«, flüsterte sie erleichtert, während sie den Schlüssel an sich nahm. Anschließend hängte sie den kleinen Sack wieder zurück und stieg in die erste Etage hinunter.

Bis auf ihre kaum wahrnehmbaren Tritte, hörte sie keinen Laut. Abgesehen von dem Mann, der vorhin hinausgeeilt war, schienen alle Bewohner noch zu schlafen. Vor Anastasijas Wohnung hielt sie inne. Mit angehaltenem Atem steckte sie den Schlüssel ins Schloss. Er passte. Als Natascha die Diele betrat, blähte sie die Nasenflügel. Die Luft roch abgestanden und nach einer Art Gewürz, das sie aus ihre Kindheit kannte. Nur den Namen hatte sie vergessen. Sie schloss die Tür hinter sich und tastete sich langsam an der Wand entlang bis zum gegenüberliegenden Zimmer. Von dort drang diffuses Grau in die Diele.

Als sie den Raum erreicht hatte, ließ sie ihren Blick über das Mobiliar schweifen. Offensichtlich hatte sich seit ihrem Besuch nicht viel geändert. Gegenüber stand der moderne Schrank mit etlichen offenen Fächern. Linker Hand erkannte sie dieses altmodische Sofa, dessen roter Bezug bei dem schwachen Licht noch nicht richtig zur Geltung kam. Natascha geriet in Versuchung, sich darauf niederzulassen, die Augen zu schließen und einfach einzuschlafen. Zuerst jedoch musste sie den Rest der Wohnung inspizieren, auch wenn die abgestandene Luft darauf hindeutete, dass Anastasija die letzten Tage woanders verbracht hatte.

Ein Prospekt auf dem Küchentisch mit Ferienhäusern in Spanien ließ darauf schließen, dass Anastasija dort Urlaub machte oder eine Weile ihr Geld verdiente. Schade, Natascha sehnte sich nach der Nähe eines Menschen, der es gut mit ihr meinte. Plötzlich überfiel sie ein Gefühl von Trauer. Sie kauerte sich auf das Sofa und wimmerte leise vor sich hin. Ihre mageren Arme umklammerten die fast ebenso dünnen Beine, die sie dicht an den Körper gezogen hatte. Die anfängliche Erleichterung über den passenden Schlüssel wich unaufhörlich einer Mischung aus Angst und Leere.

Warum hatte sie bloß diese verflixte Tür aufgerissen? Die Stimmen hätten sie nicht anlocken, sondern warnen müssen. Sie kannte Vincent und wusste doch, dass er keine Einmischung in seine Angelegenheiten duldete. Plötzlich hörte sie auf zu wimmern. Tränen schossen ihr in die Augen. Sie war jung, hatte das Leben noch vor sich. Vincent würde sie jedoch finden, hier oder in einem anderen Unterschlupf. Sie war eine gefährliche Zeugin. Unwillkürlich biss sie sich auf die Unterlippe. Erst nachdem sie Blut geschmeckt hatte, zog sie die Schneidezähne zurück und wimmerte wieder. Ja, sie war viel zu jung zum Sterben, aber das würde nichts nützen. Wer einmal bei Vincent in Ungnade gefallen war ... und sie hatte in seine Augen geblickt. In die Augen eines gnadenlosen, rücksichtslosen Jägers. In dem Moment war es ihr vorgekommen, als hätte sie sich darin als verängstigte Beute gespiegelt.

Immer mehr Tränen rannen über ihre Wangen. Nur mit Anastasijas Hilfe blieb ihr vielleicht eine Chance. Sicher hatte sie etwas Geld zur Seite gelegt. Anastasija verdiente gut. Mit Geld konnte man alles kaufen. Einen neuen Pass, sogar ein neues Leben. Aber dazu brauchte sie Glück und sie hatte niemals Glück gehabt, nicht im Waisenhaus, nicht bei Wladimir, nicht bei Vincent. Warum sollte ihr Anastasija helfen? Erst recht, wenn sie dadurch selbst in Gefahr geriet.

Nataschas Arme zogen sich enger um die angewinkelten Beine, bis die Umklammerung schmerzte. Sie war versucht, sich erneut auf die Unterlippe zu beißen, unterließ es jedoch und stimmte eine Melodie an, die sie längst vergessen zu haben glaubte. Sie kannte das Lied aus ihrer Kindheit. Ihre Tante hatte sie damit oft in den Schlaf gewiegt, bevor sie krank geworden war und Natascha in das Waisenhaus abgeben musste. Warum hatte sie nie versucht, sie wiederzusehen? Jetzt würde sie viel darum geben, es nachzuholen, aber nun war es ganz sicher zu spät. Sie löste kurz ihre Arme von den Beinen, um mit dem rechten Unterarm an ihrer Nase vorbeizuwischen. Blieb aus der Verwandtschaft noch ihre ältere Cousine. Doch wie sollte sie es schaffen, sich ohne Geld zu ihr auf diese Insel durchzuschlagen, deren Namen sie vergessen hatte?

Plötzlich hörte sie ein Geräusch. Leise Schritte. Sie kamen wahrscheinlich aus dem Treppenhaus. Natascha hielt in der Bewegung inne. Nur ihre Beine zitterten unkontrolliert. Sie versuchte, sich auf das Geräusch zu konzentrieren. Es waren schwere Schritte. Die gehören nicht zu Anastasija, überlegte sie, während nun auch ihre Hände zu flattern begannen. Die Schritte entfernten sich. Eine Weile verharrte sie noch auf dem Sofa, dann schlich sie auf nackten Füßen ins Bad und übergab sich. Warum hatte sie nur diese verflixte Tür geöffnet, fragte sie sich ein weiteres Mal. Nachdem sie sich den Mund mit Wasser ausgespült hatte, fühlte sie sich wieder etwas besser.

Auf Zehenspitzen lief sie in die kleine Küche. Sie öffnete die linke Schranktür und durchwühlte die beiden Fächer. Schließlich nahm sie eine angebrochene Packung Knäckebrot heraus, die neben einer runden Dose mit chinesischen Schriftzeichen stand. Die Packung enthielt noch genau drei Scheiben. Möglicherweise würde sie verhungern, bevor Vincent sie fand. Natascha versuchte zu lachen, doch der Ton, der ihrer Kehle entfuhr, erinnerte eher an das Anstimmen eines Klageliedes. Sie fischte eine Scheibe aus der Packung und biss hinein. Augenblicklich fing ihre Lippe wieder an zu bluten. Sie wischte das Blut mit dem Handrücken fort.

Wenn Anastasija nicht bald zurückkehrte, musste sie zum Bäcker gehen, um altes Brot bitten oder ihr geliebtes Halskettchen zum Tausch anbieten. Neugierig drehte sie an dem Deckel der runden Dose, die vielleicht Kekse enthielt. Bei dem Inhalt handelte es sich jedoch um schwarzen Tee, der nach Vanille roch. Mit dem Löffel, der darin steckte, schaufelte sie eine Portion kleingehackter Blätter in eine Kanne und kochte Wasser. Nachdem der Tee fertig war, zog sie den einzigen Küchenstuhl etwas vor und setzte sich an den Tisch. Sie trank in kleinen Schlucken und spülte die restlichen Krümel hinunter.

Mit resignierter Miene stützte sie den Kopf auf ihre Hände. Eine Art Winseln drang aus Nataschas Kehle, aber dann straffte sie die Schultern. Sie würde nicht so schnell aufgeben. Sie wollte leben, einfach nur leben. Die Schritte vorhin waren verklungen, ohne dass jemand versucht hätte, in die Wohnung einzudringen. Natascha wertete es als gutes Omen. Schließlich kannte Vincent ihre Verbindung zu der früheren Zimmernachbarin nicht. Als er Natascha zu seiner persönlichen Gespielin auserkoren und sie aus dem berüchtigten Bordell herausgeholt hatte, war Anastasija bereits dort abgehauen und hatte sich selbstständig gemacht. Vielleicht gab es doch noch Hoffnung, vielleicht hatte selbst sie einmal Glück im Leben.

Sie angelte die zweite Scheibe Knäckebrot aus der Packung. Vorsichtig biss sie hinein. Sie wollte nicht wieder bluten, sie wollte nie mehr bluten, erst recht nicht, wenn sie absichtlich verletzt worden war, nicht einmal durch sich selbst. Als sie ihre Ration aufgegessen und zwei Tassen Tee getrunken hatte, stand sie auf. Sie hatte die Küche gerade verlassen und stand in der Diele, da hörte sie erneut etwas. Automatisch stellten sich ihre Nackenhaare auf. Ein leises Geräusch, kaum wahrnehmbar, aber sie hatte gute Ohren, sehr gute Ohren. Und sie hatte gelernt, gerade die leisen Geräusche zu fürchten, wenn sich jemand anschlich, seine Anwesenheit zu verbergen versuchte. Regungslos stand sie in dem winzigen fensterlosen Flur und lauschte. Nun blieb alles still. Aber ihr Herz hörte nicht auf, wild zu pochen.

5

Auf der A 31, dem sogenannten Friesenspieß, der vom Ruhrgebiet aus zur Nordseeküste führte, kamen Pielkötter und sein Sohn zügig voran. Satte grüne Wiesen zogen an ihnen vorbei, einzelne Windräder, die sich später zu Parks verdichteten. Jan Hendrik stellte seinen Opel Corsa, den er aus einer für Pielkötter nicht nachvollziehbaren Überzeugung fuhr, auf dem Parkplatz des Fährunternehmens in der Nähe der Kassenautomaten ab. Der Weg von hier zum Anleger war recht kurz, auch wenn sie mehrmals die Straßenseite wechseln mussten. Immerhin gab es an den entscheidenden Stellen Zebrastreifen. Das letzte Stück liefen sie parallel zu den Schienen der deutschen Bundesbahn, die ihre Fahrgäste bis zum Terminal der Reederei zwischen West- und Osthafen brachte.

»Ich hätte wirklich mit dem Zug anreisen können«, erklärte Pielkötter, während er sich neben seinen Trolley stellte, den sein Sohn auf dem Weg hinter sich hergezogen hatte. »Das wäre überhaupt kein großer Aufwand gewesen. Selbst um die Beförderung des Koffers hätte sich die Rehaklinik gekümmert.«

Jan Hendrik winkte ab und ging nicht darauf ein. Pielkötter schaute nach vorn zum Terminal. Rechts daneben an der Passagierbrücke 2 lag schon die Fähre. Auf der Anzeigentafel leuchtet als Abfahrtszeit für die nächste Überfahrt nach Norderney 10:30 Uhr in roten Ziffern. Genau die hatte er ausgewählt, um sich noch vor der geforderten Anreise bis zwölf Uhr in der Klinik einzufinden. Wegen des großzügig eingeplanten Puffers blieb ihnen noch eine gute Stunde Zeit, und die Fahrkarten hatte er bereits im Internet erstanden und ausgedruckt. Pielkötter kramte sie aus seiner Brieftasche hervor und hielt sie seinem Sohn hin.

»Schau mal, da steht Ticket und Kurkarte. Heißt das, die Kurtaxe ist bereits für den Anreisetag bezahlt?«

»Nein, so viel ich weiß, gilt das nur für die Überfahrt. Nach der Ankunft musst du dir die NorderneyCard an einem der Automaten besorgen.«

»Aha! Was hältst du von einem Kaffee in diesem ...« Er reckte den Hals, um die Schrift auf dem Schild besser entziffern zu können. »Pier Café und Bistro Norddeich.«

»Gute Idee. So langsam werde ich nämlich wieder müde. Und aufs Schiff lassen die uns sowieso erst kurz vor der Abfahrt. Das Café hat übrigens einen netten Außenbereich mit schönem Blick auf die Fahrrinne nach Juist und Norderney.«

Jan Hendrik ging voran. Pielkötter folgte ihm bis zur Terrasse, auf der sogar einige Strandkörbe standen. Während sein Sohn sich in einem der breiten braunen Strandkörbe niederließ, lief er weiter zur Brüstung und schaute zur Spitze der Mole auf das Meer. Links tauchten die Konturen der Insel Juist aus dem Wasser auf und am rechten Horizont Norderney. Die Luft war so klar, dass man sogar die weißen Häuser der Stadt erkennen konnte. Pielkötter atmete mehrmals tief ein, dann trabte er zu seinem Sohn zurück.

»Der Kaffee hat meine Lebensgeister geweckt«, erklärte Jan Hendrik, als sie in der Schlange vor der Fähre Frisia III standen.

»Kaum zu glauben, wie viele Urlauber an einem normalen Wochentag übersetzen«, staunte Pielkötter. »Und die Sommerferien sind in den meisten Bundesländern auch vorbei.«

»Die Insel ist eben beliebt«, entgegnete Jan Hendrik

Nachdem sie den Koffer deponiert hatten, betraten sie einen Innenraum mit hellen Möbeln. Die grünen Büschel aus Dünengras zwischen den Sitzgruppen kontrastierten gut mit der roten Polsterung. An den Wänden hingen riesige Abzüge von alten Fotografien, auf denen das Strandleben in der Anfangszeit der Seebäder abgebildet war. Trotz des ansprechenden Ambientes zog es Pielkötter sofort auf das obere Deck. Er wollte beobachten, wie die letzten Fahrzeuge an Bord gingen, die Rampe hochgefahren wurde und die Küste sich immer weiter entfernte. Nach dem Abfahrtssignal informierte eine Stimme aus einem Lautsprecher über den Wasserstand und sagte eine Fahrzeit von fünfundvierzig Minuten voraus.

»Man könnte meinen, wir fahren nach Juist«, bemerkte Jan Hendrik einige Minuten später. »Aber gleich drehen wir ab und nehmen Kurs auf Norderney.«

Sein Sohn hatte Recht. Als ob er später zu Protokoll geben müsse, wie der Ort mit den weißen Häusern während der Überfahrt immer näherkam, starrte Pielkötter über die Reling. Ganz im Westen stach ein grünes Dach mit Spitze aus dem Häusermeer heraus. Östlich der Stadt erkannte er Dünen, dahinter lagen kleinere Gebäude, von denen teilweise nur die roten Dächer herausragten. Als markantesten Punkt machte Pielkötter den einsamen Leuchtturm fast in der Mitte aus. Was er sah, gefiel ihm, dennoch hielt sich die freudige Erwartung in Grenzen. Zu gerne hätte er hier einen Urlaub mit Marianne verbracht, aber eine Reha mit ungewissem Ausgang versetzte ihn nicht gerade in gute Laune.

Die Fahrt mit dem Taxi zur Norderneyer Kur- und Rehabilitationsklinik am Deich, wie sich das Haus offiziell nannte, war recht kurz, dafür zogen sich die Formalitäten länger hin, als Pielkötter erwartet hatte. Endlich konnte Jan Hendrik ihm den Koffer aufs Zimmer bringen. Es war mit hellen Holzmöbeln und blau-grün gemusterten Vorhängen freundlich eingerichtet und würde für drei Wochen oder vielleicht auch länger sein Rückzugsort von dem Rummel des Klinikalltags sein. Nachdem Jan Hendrik ihm beim Auspacken geholfen hatte, nahm er in einem blauen Sessel neben einem niedrigen, kleinen runden Buchentisch Platz. Pielkötter kam alles unwirklich vor.

»Danke noch mal, dass du dir freigenommen hast, um mich hierher zu begleiten.«

»Das war wohl das Mindeste, was ich für dich tun konnte«, entgegnete sein Sohn. »Ich meine, nachdem ich dich praktisch in diese Lage gebracht habe.«

»Das stimmt ja so nicht«, protestierte Pielkötter. »Ich habe nur meinen Job gemacht und bin dabei verletzt worden, weil ich unachtsam war. Dummerweise habe ich mein Gegenüber falsch eingeschätzt.«

»Aber die Frage ist doch, warum dir dieser Fehler unterlaufen ist.« Traurig starrte Jan Hendrik auf den Füller, den er unaufhörlich auf der Tischplatte zwischen seinen Fingern drehte, als wäre er eine Art Kreisel. »Das war schließlich kein gewöhnlicher Fall für dich, weil du persönlich involviert warst«, fuhr er fort, während er weiterhin dem Blick seines Vaters auszuweichen versuchte.

Pielkötter glaubte einen feuchten Schimmer gesehen zu haben. Doch selbst wenn er sich getäuscht hatte, wusste er, wie sehr sein Sohn noch immer unter dem Verlust des geliebten Partners litt. Und er konnte nur zu gut nachvollziehen, dass es besonders schmerzhaft war, den Freund durch die Wahnsinnstat eines Mörders verloren zu haben. Genau der Mörder, dem er selbst diesen Aufenthalt in der Rehaklinik zu verdanken hatte. Sofern die Therapien nicht anschlügen, würde auch sein endgültiger Ausstieg aus dem geliebten Beruf auf das Konto dieses Verbrechers gehen. Pielkötter beugte sich vor und legte seinem Sohn die Hand auf die Schulter.

Jan Hendrik ließ endlich von dem Füller ab und griff nach dem Therapieplan, der ebenfalls auf dem Tischchen lag. »Straffes Programm«, bemerkte er mit einer Stimme, die jetzt wieder fester klang. »Die nehmen dich hier ganz schön in die Mangel.«

»Das hoffe ich. Schließlich möchte ich so schnell wie möglich wieder arbeiten.«

»Und wenn das trotz aller Anstrengung nicht klappt? Hast du darüber schon mal nachgedacht?«

Pielkötter entfuhr ein Geräusch, das entfernt an ein missglücktes Lachen erinnerte. »Pausenlos denke ich darüber nach, bisher leider nur mit einem Ergebnis: Ich kann mir einfach nicht vorstellen, meinen Beruf aufzugeben.«

»Was hältst du davon, an der Polizeihochschule zu unterrichten?«, erwiderte sein Sohn. »Deine Erfahrungen weitergeben. Irgendwann wird der Tag ja ohnehin kommen, an dem du deinen Dienst nicht mehr ausüben kannst.«

»Ein regulärer Ausstieg aus Altersgründen ist etwas anderes, als wenn man von einem auf den anderen Tag herausgerissen wird. Normalerweise bereitet man sich auf den Tag X vor.«

»Okay! Ich verstehe dich ja. Eigentlich wollte ich …« Jan Hendrik erhob sich und starrte durch das Fenster auf den hübschen Balkon und die nahen Dünen dahinter. »Aber ich habe wohl die falschen Worte gewählt.«

»Schon gut. Was hältst du davon, wenn wir jetzt etwas essen gehen? Die Formalitäten sind alle erledigt und ich habe für den restlichen Tag frei.«

»Musst du die Mahlzeiten nicht hier im Sanatorium einnehmen?«

»*Sanatorium*, wie sich das anhört? Da denke ich sofort an den Zauberberg und fühle mich gleich noch viel schlechter.«

»Du meinst den von Thomas Mann?« Jan Hendrik bedachte ihn mit einem skeptischen Blick.

»Ja, ich weiß, dass der Vergleich hinkt. Jedenfalls wird die Kurklinik sicher nichts dagegen haben, wenn ich heute auswärts speise. Zudem habe ich mich im Internet schlau gemacht. Das deLeckerbeck, also das Leckermäulchen, soll eine vorzügliche Küche haben. Vor allem gute Fischgerichte. Hier auf Norderney gibt es Restaurants aus etlichen Ländern, aber die haben wir in Duisburg ja auch. Deshalb dachte ich, dass wir uns etwas Einheimisches suchen.« Pielkötter war froh, sich nun auf unverfänglichem Terrain zu bewegen. »Das Haus hat übrigens eine bewegte Geschichte hinter sich. Es wurde Ende des neunzehnten Jahrhunderts als Synagoge für Bade- und Kurgäste errichtet.«

»Gab es denn auf dieser Insel so viele jüdische Besucher?«, fragte Jan Hendrik erstaunt.

»Ja, das weiß ich aber auch erst seit ich den Bescheid bekommen habe, dass meine Reha hier stattfinden wird. Bis 1933 war Norderney sogar als sogenanntes Judenbad über die Grenzen von Deutschland hinaus bekannt. Doch jetzt genug von der Geschichte. Lass uns aufbrechen. Ich bekomme langsam Hunger.«

»Also, weißt du«, druckste sein Sohn plötzlich herum. »Ich bin davon ausgegangen, dass du hier in der Klinik speist und ich deshalb früh zurückfahren kann.«

»Verstehe«, presste Pielkötter hervor, wobei er sich verzweifelt bemühte, seine Enttäuschung zu verbergen.

»Mir wäre es lieb, wenn ich die Fähre um Viertel nach eins nicht verpassen würde«, erklärte Jan Hendrik, während er erneut auf die Uhr schielte. »Bis dahin bleibt mir ja noch etwas Zeit und ich kann dich bis zu diesem *Leckermäulchen* begleiten. Liegt das eigentlich am Meer?«

»Im Zentrum. Und bei dem Wind heute ist das auch gut so. Vielleicht habe ich Glück und kann sogar draußen sitzen.« Eigentlich verspürte Pielkötter nicht die geringste Lust, allein in dem Lokal zu speisen, aber das wollte er seinem Sohn nicht unbedingt auf die Nase binden. Jan Hendrik sollte das Gefühl haben, alles sei in bester Ordnung.

»Schade, dass du noch nicht Radfahren kannst«, bemerkte Jan Hendrik auf dem Weg zum Lokal. »Dann hättest du einen größeren Radius, um dich umzusehen. Das Konzept, den Autoverkehr weitgehend einzuschränken, finde ich jedenfalls super. Nichts mehr mit Lärm und Abgasen in einem großen Teil der Stadt. Und das von März bis Oktober.« Er berührte Pielkötter leicht an der gesunden Schulter. »Vielleicht haben die Ärzte und Therapeuten dich gegen Ende der Kur wieder so weit hergestellt, dass du dich auf den Drahtesel wagen kannst.«

Die Stühle und Tische vor dem deLeckerbeck wirkten zwar einladend, der Wind wehte jedoch so heftig durch die Schmiedegasse, dass Pielkötter beschloss, einen Platz im Inneren zu suchen.

Der Abschied fiel ziemlich kurz aus. Es war, als hätten sie sich abgesprochen, so wenig Gefühl wie möglich zu zeigen. Eine flüchtige Umarmung, ein hastiges »Mach's gut«, dann lief Jan Hendrik die autofreie Gasse in Richtung Hafen. Pielkötter blieb noch eine Weile stehen und sah ihm nach. Am liebsten wäre er jetzt mit seinem Sohn ins Ruhrgebiet zurückgefahren. Hatte er wirklich die richtige Entscheidung getroffen oder hätte er sich besser gegen diese Reha wehren sollen? Krankengymnastik, Physiotherapie, das alles gab es in Duisburg doch auch. Sein Chef, der Amtsarzt, ein Polizeipsychologe, alle hatten ihn jedoch zu diesem Kuraufenthalt gedrängt. Sie hatten behauptet, seine kaputte Schulter mit einem komplizierten Bruch am Schlüsselbein sei nicht allein das Problem. Nachdem er nur knapp dem Tod entronnen war, würde er dringend eine Auszeit brauchen, und Norderney sei genau der richtige Ort, um die Seele baumeln zu lassen und nachhaltig zu regenerieren.

»Moin«, wünschte eine Frau mit einem Tablett in der Hand, als er nach einigem Zögern das Lokal betrat. Auf der Suche nach einem ruhigen Plätzchen lief er zur Treppe im hinteren Teil des Lokals und stieg die Stufen hoch. Durch die Schräge auf beiden Seiten wirkte der obere Gastraum sehr gemütlich. Dennoch ging er hinaus auf die Veranda und wählte den einzig freien Tisch an der Hauswand. Die Sitzreihen an der Brüstung waren fast leer, wahrscheinlich aus gutem Grund.

Er hatte gerade Platz genommen, da erschien die Bedienung mit der Speisekarte. Er bestellte ein Pils und Kabeljaufilet mit Senf-Dill-Soße und Brokkoli mit Mandeln. Während die Kellnerin verschwand, schaute er neugierig zum Nachbartisch. Der junge Mann mit den rotblonden Haaren kam ihm bekannt vor. Hatte er den nicht vorhin in der Klinik gesehen?

»Bei meinem Glück laufe ich bestimmt gleich dem Chef höchstpersönlich in die Arme«, hörte er den Rotschopf sagen. »Dann ist eine Standpauke angesagt, dabei kann man in seiner Mittagspause doch eigentlich machen, was man will, oder? Und die nächste Massage habe ich sowieso mit einer Kollegin getauscht. Aber Professor Schwarzenberg besteht darauf, dass wir auf dem Klinikgelände bleiben.«

Da habe ich mit meiner Vermutung wohl richtig gelegen, dachte Pielkötter, während er sich anstrengte, der Unterhaltung zu folgen.

»Normalerweise hätten wir uns auch nach Feierabend treffen können«, erwiderte ein etwa gleichaltriger Mann mit kurzen dunkeln Haaren und einer rauen Stimme, der mit dem Rücken zu Pielkötter saß. »Aber da ich jetzt für ein paar Tage weg bin ...«

»Danke, dass du es noch möglich gemacht hast«, fiel der Rotschopf ihm ins Wort. »Ich muss einfach mit jemandem reden. Was soll ich bloß machen? Immer wieder fängt sie davon an, dass meine Kommilitonen aus Köln unbedingt zur Hochzeit eingeladen werden sollen.«

»Welche Kommilitonen, Dennis?«

»Aber das ist es ja gerade. Das Sportstudium in Köln habe ich erfunden, um ihr zu imponieren und natürlich ihren Alten. Und jetzt komme ich aus der Nummer nicht mehr raus. Zudem nervt Nicole. Sie will die Trennung einfach nicht akzeptieren.«

»Geh ihr am besten aus dem Weg. Irgendwann gibt sie bestimmt auf. Und vor allem: Lass dich von ihr nicht wieder in Versuchung führen.« Er hob sein Glas und lachte.

»Als wenn das so einfach wäre«, stöhnte Dennis. »Schließlich arbeiten wir in demselben Haus. Und sie ist wirklich eine heiße Braut, das muss man ihr lassen.«

Die Bedienung servierte das Gericht und Pielkötter konzentrierte sich auf das Essen. Er hatte die Mahlzeit noch nicht beendet, da erhoben sich die Männer. Während sie an ihm vorbeiliefen, erkannte er am Ohr des Rotschopfs ein Piercing. Ob Professor Schwarzenberg das wohl schon gesehen hatte?

Als die beiden jungen Männer verschwunden waren, kam er sich plötzlich verloren vor. Dabei scheute er nicht die Einsamkeit. Schließlich war er es gewohnt, allein zu sein, aber nicht an einem fremden Ort, an dem er nicht so recht wusste, was ihn genau erwartete. Eine Reha mit ungewissem Ausgang konnte man eben kaum mit einem Urlaub vergleichen oder mit einem Feierabend, den er seit dem Auszug seiner Frau Marianne oft mit sich allein in dem einst gemeinsamen Haus verbrachte.

6

Kommissar Bernhard Barnowski saß an seinem Schreibtisch im Duisburger Polizeipräsidium und kaute auf einem Kugelschreiber herum. In diese kleine Unart verfiel er selten, nur wenn er sich aufregte, kam das schon mal vor. Und Barnowski war wütend. Seine Freundin Gaby hatte ihm heute Morgen zwischen Tür und Angel erklärt, dass ihre Mutter sie in der nächsten Woche für einige Tage besuchen komme. Als ob er da nicht auch ein Wörtchen mitzureden hätte. Schließlich wollte die feine Dame auch in seiner Wohnung übernachten und das gleich mehrmals hintereinander. Barnowski sah sich im Geist schon auf der Couch im Wohnzimmer schlafen. Ein Gästezimmer besaßen sie nicht und für Mariella Böttke war sowieso nichts gut genug. Die plagte während ihres Besuchs garantiert irgendein Rückenwirbel oder der Ischias. Zum Kuckuck, er selbst hatte auch Nerven. Darauf trampelte seine zukünftige Schwiegermutter schon jetzt herum, obwohl sie noch nicht einmal anwesend war.

Diese Fast-Verwandte war einfach eine Zumutung. Im Geiste hörte er schon ihre Stimme: Gaby, ich will dir ja nicht reinreden, aber die Vase passt dort wirklich nicht hin. Und dann ohne Deckchen. Wo sind eigentlich die Gehäkelten von der Oma, die ich dir beim letzten Besuch mitgebracht habe? Und diese Gardinen. Da gibt es inzwischen aber wirklich schönere. Ihr seid doch junge Leute, müsst ein wenig mit der Mode gehen. Apropos, Bernhard, dieser Hemdkragen ... so was trägt man seit Jahren nicht mehr. Gaby, du müsstest dringend mit deinem Freund einkaufen gehen. Ich hätte deinen Vater nicht so rumlaufen lassen ...

Barnowski fuhr sich mit den Händen durch das dichte schwarze Haar und setzte ein spitzbübisches Lächeln auf. Dabei bildeten sich zwei Grübchen, die weibliche Wesen jeder Altersklasse so anziehend fanden, alle bis auf Mariella Böttke vielleicht. Er bastelte gerade an einer Abwehrstrategie. Am besten eiferte er seinem Chef Hauptkommissar Pielkötter nach, der auch schon mal wahnsinnig beschäftigt sein konnte, wenn seine Frau zu irgendeiner unliebsamen Veranstaltung wollte. Akten aufarbeiten gefiel Barnowski jedenfalls weitaus besser als nervige Konversation mit seiner zukünftigen Schwiegermutter. Er seufzte laut. Das Leben könnte so schön sein, gerade jetzt, ohne neuen Fall und ohne seinen Vorgesetzten, der gerade seine Reha auf Norderney antrat.

Mitten in diesen Gedanken hinein hämmerte jemand gegen die Tür. Er hatte noch nicht reagiert, da wurde sie bereits aufgestoßen. Zuerst registrierte Barnowski eine Aktenmappe, dann dass rot angelaufene Gesicht von Kriminaloberrat Plötsche.

»Das soll ein Bericht sein«, polterte er ohne Vorwarnung los. »Ihnen scheint wohl nicht zu bekommen, dass sie nicht unter Pielkötters Aufsicht stehen.«

Barnowski verdrehte die Augen. Jetzt fehlte nur noch ein neuer Fall, und der Mist wäre perfekt.

7

Wolfgang Schröder saß auf der Terrasse des Strandcafés und Restaurants »Giftbude«, das diesen seltsamen Namen seit mindestens einem Jahrhundert trug. Das *Gift*, das gerne als Geschenk oder einfach Geben übersetzt wurde, hatte man damals wohl aus dem Englischen oder Ostfriesischen entliehen. Und *Bude* stand einfach für einen kleinen Pavillon aus Holz.

Missmutig starrte Schröder auf den Weststrand hinunter. Dort spielten Kinder im Sand, ältere Herrschaften räkelten sich in den Strandkörben mit blau-weiß gestreiftem Stoffbezug der Sonne entgegen. Einige Unerschrockene badeten im Meer, etliche liefen am Ufer entlang durch das seichte Wasser. Alle schienen gute Laune zu haben, auch die Spaziergänger, die auf der Promenade direkt vor seiner Nase vorbeiflanierten. Einige unterhielten sich rege, andere beschäftigten sich mit ihrem Kind, das in Buggy oder Bollerwagen saß, einige lächelten still vor sich hin. Anscheinend war er heute der einzige Mensch auf der Insel, der trotz des azurblauen Himmels mit dekorativen weißen Fotowölkchen düsteren Gedanken nachhing. Selbst die Golden Retriever, Malteser und Mischlinge wedelten mit dem Schwanz, drückten pure Lebensfreude aus. Offensichtlich war Norderney nicht nur bei Frauchen und Herrchen beliebt.

Schröder seufzte mehrmals, dann trank er einen Schluck seines Cappuccinos. Wenn er nur etwas schneller oder vielleicht auch mutiger gewesen wäre, hätte er diesen Dreckskerl noch eingeholt, so aber hatte er die heutige Chance vertan, ihn zur Rede zu stellen, und musste auf die nächste Gelegenheit warten. Nur würde er nicht mehr lange auf der Insel bleiben können. Es sei denn, er fände einen triftigen Grund ... Aber noch war nichts verloren, beruhigte er sich. Mit etwas Glück gelang es ihm vielleicht doch, die Beweise gegen ihn in den Händen zu halten. Zudem konnte er notfalls immer noch einen Detektiv einschalten.

Er trank den restlichen Cappuccino und winkte eine junge Bedienung mit zusammengebundenen langen Haaren und Röhrenjeans heran. Kurz nachdem er gezahlt hatte, stand er auf und lief von der Terrasse die Stufen zur Promenade hinunter. Mit der hellen Sommerhose, dem legeren karierten

Hemd und der Kamera um den Hals wirkte er wie ein ganz gewöhnlicher Tourist. Das täuschte, denn er kannte die Insel besser als die meisten, die alljährlich vom Festland übersetzten. Für ihn war sogar noch der damalige »Insulanertag« ein Begriff, an dem sich Kurgäste und Insulaner zu einem festlichen Unterhaltungsabend trafen und die Rechnung der Einheimischen bis zu einer gewissen Höhe von der Kurverwaltung übernommen wurde.

Schröder hatte seit frühster Kindheit etliche Urlaube hier verbracht, dazu unzählige Wochenenden. Und das schicke, kleine Reihenhaus am östlichen Rand der Stadt ganz nah bei den Dünen zu kaufen, wovon Brigitte ihm damals leider abgeraten hatte, hätte sich mit Sicherheit gelohnt. Denn die Immobilienpreise waren inzwischen enorm gestiegen. Er sah auf die Uhr. So spät schon! Er musste noch einige Einkäufe erledigen, und wenn er pünktlich zum Abendessen in der Norderneyer Kur- und Rehaklinik am Deich erscheinen wollte, beeilte er sich besser. Schließlich durfte er keine Aufmerksamkeit auf sich ziehen. Deshalb verhielt er sich am besten genau wie jeder andere Patient, dem die Beihilfe, Versicherung oder Krankenkasse eine Kur bewilligt hatte. Er beschleunigte seinen Schritt.

Plötzlich drehte Schröder sich aufgeschreckt nach hinten und sprang zur Seite. Ein Radfahrer rauschte an ihm vorbei. Schröder wollte ihm hinterherrufen, dass dieser Weg für Fußgänger reserviert sei, unterließ es dann aber. Zum Glück war nichts passiert, der Jugendliche hatte ihn nicht einmal touchiert. Die Norderneyer und die Inselbesucher hielten sich gewöhnlich an die Regeln, zumal die Verantwortlichen für die unterschiedlichen Bedürfnisse eine gute Lösung gefunden hatten. Ein extrem breiter Radweg verlief unterhalb der Fußgängerpromenade mit den modernen weißen Leuchten. Die Böschung dazwischen bestand aus dicken Granitsteinen, von denen etliche ein gutes Stück herausragten wie kleine Poller. Ob diese Konstruktion eher der Deichsicherung diente oder rein optische Gründe dahinterstanden, vermochte Schröder nicht zu sagen. Er schaute erneut auf die Uhr, anschließend erhöhte er noch einmal sein Tempo.

8

Pielkötter blieb noch etwas Zeit bis zu seinem Termin in der Bäderabteilung. Plötzlich verspürte er das Bedürfnis, seinen jungen Mitarbeiter Bernhard Barnowski in Duisburg anzurufen. Vielleicht arbeitete der schon an einem neuen Fall, von dem er auf Norderney nichts mitbekommen hatte. Mit entschlossener Miene wählte er Barnowskis Nummer im Präsidium.

»Kriminalkommissariat Duisburg, Bernhard Barnowski«, vernahm er die vertraute Stimme seines Untergebenen.

»Pielkötter hier«, er räusperte sich, »wollte mich mal erkundigen, ob es in der Heimat etwas Neues gibt.«

»Ja leider. Ich werde überfallen.«

»Was soll das heißen?«, fragte Pielkötter irritiert.

»Mariella Böttke dringt ohne meine ausdrückliche Zustimmung bei uns zu Zuhause ein und bringt alles in Unordnung.«

»Ihre zukünftige Schwiegermutter?« Pielkötter erinnerte sich, dass Barnowskis langjährige Freundin mit Hausnamen Böttke hieß.

»Genau, fast wünsche ich mir einen neuen Fall, um dieser besserwisserischen Nervensäge ohne Ausreden aus dem Weg gehen zu können. Vielleicht haben Sie ja Arbeit für mich auf Norderney.« Er lachte.

»Es gibt größere Probleme als einen lästigen Besuch. Also, wenn sonst nichts anliegt ...«

»Wie geht es Ihnen überhaupt?«, unterbrach Barnowski ihn.

»Alles wie gehabt. Ich bin ja auch erst wenige Tage in der Reha. Ausführlich erzähle ich Ihnen das ein anderes Mal. Ich muss jetzt Schluss machen. Der nächste Termin rückt näher.«

Na, um von Mariella Böttges Besuch zu erfahren, habe ich extra in Duisburg angerufen, dachte Pielkötter missmutig, nachdem sie sich verabschiedet hatten. Jetzt schnell noch die Sachen zusammensuchen, dann musste er auch schon los.

Pielkötter lief einen breiten, hellgelb gestrichenen Gang mit schönen Bildern entlang. Die fette Aufschrift an der doppelten Glastür etwa zehn Meter vor ihm verriet, dass er die Bäderabteilung endlich gefunden hatte. Das wurde auch langsam Zeit, eine ganze Weile war er nun schon im Therapiezentrum herumgeirrt. Kopfschüttelnd drückte er gegen den Knauf, der die Form einer Wanne hatte. Wenn man sich erst einmal bis hierhin durchgeschlagen hatte, nützte einem dieses Symbol auch nicht mehr viel. Pielkötter studierte die Schilder neben den Türen der Behandlungsräume, konnte den Raum D2, der auf seinem Plan stand, jedoch immer noch nicht entdecken.

»Können Sie mir vielleicht weiterhelfen?«, fragte er einen jungen Mann in einem weißen Anzug, der plötzlich auftauchte und ihm entgegeneilte. »Ich suche D2.«

»Oh, da sind Sie ganz falsch.«

»Aber hier ist doch die Bäderabteilung«, erwiderte Pielkötter irritiert.

Der Angestellte lachte. »Das schon. Allerdings verfügen wir hier nicht über genügend Kapazitäten. Deshalb nutzen wir, solange der geplante Neubau noch nicht fertig ist, zwei Räume in einem anderen Gebäudeteil. Am besten laufen Sie den Gang fast ganz zurück. Kurz bevor sie das Treppenhaus erreichen, geht ein schmaler Korridor rechts ab. Ganz hinten knickt der noch einmal nach rechts. Wenn Sie dort sind, können Sie D1 und 2 nicht mehr verfehlen. Da befinden sich nämlich nur die beiden Räume.«

Pielkötter bedankte sich und wandte sich um. Auf dem Rückweg ärgerte er sich. Hätten die auf seinem Therapieplan nicht irgendeine Bemerkung dazuschreiben oder besser noch einen Lageplan anhängen können? Nebenbei fiel ihm auf, dass man diesen Nebentrakt ganz schön vernachlässigt hatte. Die Wände brauchten offensichtlich einen neuen Anstrich und schöne Bilder fehlten auch. Ein Druck von Edward Munch, die einen Mann zeigte, der in nachdenklicher Pose am Meeresufer saß, wirkte eher düster. Immerhin passte er auf die Insel und man hatte nicht den berühmten Schrei aufgehängt. Das wäre bei den Kranken hier wohl auch nicht gut angekommen. Wahrscheinlich lohnte sich eine Renovierung nicht, wenn der Neubau bald fertiggestellt würde, begann Pielkötter zu überlegen, schalt sich dann aber selbst: Nun vergiss mal deinen Beruf und hör auf, für alles nach einem Motiv zu suchen!

Er bog um die Ecke, starrte auf das Schild neben der linken Tür und ließ sich zu einem kurzen »Uff« hinreißen, das normalerweise nicht zu seinem Wortschatz gehörte. Endlich hatte er sein Ziel gefunden, genau vier Minuten zu spät, wie ihm der hastige Blick auf seine Uhr verriet. Er hasste Unpünktlichkeit, aber diese hatte er kaum zu verantworten. Sein Therapieplan war teilweise so straff, dass ihm in den äußerst knapp bemessenen Zwischenräumen kaum Zeit blieb, tief Luft zu holen, geschweige denn einen Raum in einem weit abgelegenen Winkel der Klinik zu suchen.

Energisch klopfte er an die Tür und vernahm sofort ein freundliches »Herein«. Pielkötter drückte die Klinke herunter und stand einer etwa fünfunddreißig bis vierzigjährigen Angestellten in einem weißen Kittel gegenüber.

»Sie sind aber pünktlich.« Zu seinem Erstaunen klang das überhaupt nicht ironisch, sondern eher anerkennend. »Die meisten Patienten kommen beim ersten Mal mindestens zehn Minuten zu spät. Ich bin übrigens Schwester Monika und für die meisten Bäder zuständig, die der Arzt Ihnen verschrieben hat.«

»Wenn ich das richtig im Kopf habe, bekomme ich zweimal pro Woche ein Sauerstoffbad und dreimal gibt es Kohlendioxid.«

Sie schmunzelte, wobei sich um ihre leicht verträumt wirkenden rehbraunen Augen etliche Lachfältchen zeigten und auf ihren Wangen zwei kleine Grübchen. »Na, Sie sind mir ja ein ganz besonderer Fall. Erst finden Sie erstaunlich schnell hierher und dann kennen Sie sich auch noch mit den Gasen aus. Für die Mehrzahl der Patienten gibt es einfach irgendein Bad, sie kümmern sich gar nicht darum, was da reinkommt. Ich könnte ihnen ankündigen, CO_2 ins Wasser zu leiten, ohne zuvor die Wanne abgedeckt zu haben, und sie würden das sang- und klanglos akzeptieren, als käme das nicht einem Todesurteil gleich.«

»Und beide Bäder werden im selben Raum durchgeführt?«, fragte Pielkötter mit wachsendem Interesse. Der Kommissar war schon wieder in ihm erwacht, auch wenn hier niemand durch ein solches Bad umgekommen war.

Schwester Monika nickte. »Ich zeige Ihnen die Wannen gleich.« Sie deutete mit der Hand auf eine weiße Tür an der linken Wand. »Dort drüben ist unsere Umkleidekabine. Da können Sie Ihre Sachen ausziehen.«

»Alles?«, fragte Pielkötter irritiert.

»Zu Hause steigen Sie doch bestimmt auch nicht mit Unterhose in die Wanne«, entgegnete sie lachend. »Zudem habe ich schon etliche nackte Männer gesehen. Also, auf Sie kommt es da jetzt auch nicht mehr an.«

Pielkötter wusste in diesem Moment nichts zu erwidern. Das kam selten vor. Doch diese Situation war für ihn vollkommen neu. Normalerweise sagte ihm niemand, was er tun sollte, erst recht nicht, wenn es um solche intimen Dinge ging. Trotzdem hatte die Frau natürlich vollkommen Recht. Pielkötter beschloss widerwillig, die Anweisung ohne weitere Nachfragen zu befolgen. Schnurstracks lief er auf die Kabine zu und verschwand im Inneren. Sie war geräumiger, als er erwartet hatte. Zu seiner Verwunderung gab es sogar einen zweiten Ausgang, eine Schwingtür mit Flügeln aus Holzriemchen, die ihn an die Saloons in seinen geliebten Western erinnerte. Wahrscheinlich gelangte man durch sie direkt in den Raum mit den Wannen.

Die untere Kante der Tür befand sich etwa zwanzig Zentimeter über den hellbraunen Bodenfliesen, so dass die Füße der Patienten nicht zu sehen sein würden, wenn sie im hinteren Bereich der Kabine stünden. Ein gutes Versteck, stellte er mit dem Blick eines Kriminalisten fest, rief sich aber sofort selbst zur Räson. Pielkötter atmete dreimal tief durch, dann entledigte er sich zügig seiner Kleidung, nur bei dem Baumwollslip zögerte er eine Sekunde. Anschließend stieß er die Schwingtür mit dem schmerzfreien Arm ein wenig auf und schaute hinaus. Von Schwester Monika war nichts zu sehen. Die Flügel mit den Holzriemchen schwangen zurück und verteilten einen Duft nach Lavendel in der Kabine. Vielleicht benutzen sie Lavendel als Badezusatz, überlegte er.

»Ich warte hier auf Sie!«, hörte er plötzlich Schwester Monikas Stimme.

Pielkötters Blick wanderte über seinen Körper nach unten. Er war gebaut wie ein ganz normaler Mann, und natürlich hatten ihn schon einige Frauen nackt gesehen, trotzdem wäre ihm in dieser Situation jeder unfreundliche Pfleger als Badeassistent lieber gewesen als diese sympathische Schwester Monika mit Grübchen, wie er sie nur von Barnowski kannte.

»Kommen Sie?« Die Stimme klang ungeduldig.

Pielkötter unterdrückte ein Seufzen und betrat den nächsten Raum. Der Duft war hier noch intensiver. Daneben fielen ihm sofort die dunkelgrünen Fliesen ohne Muster auf, die an allen Wänden bis zur Decke reichten. Schwester Monika stand neben einer Wanne, in der Hand ein großes Thermometer.

»Ihr Bad steht bereit«, erklärte Schwester Monika, während sie die Gradskala auf dem Thermometer fixierte. Pielkötter war das nur recht. Hauptsache, sie starrte nicht ihn an.

»Der Sauerstoff wird hinzugefügt, sobald Sie im Wasser sitzen.«

»Und wo kommt er her?«

Zu seinem Leidwesen drehte sie sich nun doch in seine Richtung und deutete lachend nach links. »Die stylischen Stahlflaschen stehen hinter dieser Mauer. Wir wollen unsere Patienten ja nicht gleich verschrecken. Für manche Leute sehen die bestimmt gefährlich aus.«

Pielkötter fiel auf, dass man den Raum, in den er von seiner Kabine aus gelangt war, auch durch einen Wanddurchbruch erreichen konnte. Vor hier aus hatte Schwester Monika ihn offensichtlich betreten.

»Was ist, brauchen Sie noch eine weitere Einladung?«, fragte sie nun mit neutraler Stimme. »Ihr Bad hat genau die richtige Temperatur.«

Er näherte sich wortlos der Wanne. Langsam stieg er ins angenehm warme Wasser.

»Die meisten Patienten mögen von allen Therapien die Bäder am liebsten«, fuhr sie fort. »Was mich natürlich nicht wundert. Sie wirken herrlich entspannend.«

»Bekomme ich die etwa nur wegen der Psyche?« Pielkötter war irritiert, vielleicht auch etwas verärgert. Zum Kuckuck, er brauchte eine gesunde Schulter, einen Arm, den er wieder ohne Schwierigkeiten in alle Richtungen bewegen konnte, dann würde sich sein psychisches Gleichgewicht von ganz allein einstellen.

»Nein, da seien Sie mal ganz unbesorgt«, fuhr Schwester Monika mitten in seine Überlegung. »Das Sauerstoffbad ist auch gut für Ihre Schulter. Es fördert die Durchblutung und damit den Heilungsprozess, um nur ein Beispiel zu nennen.«

Pielkötter entgegnete etwas Unverständliches. Vielleicht war es auch nur ein tiefes Brummen. Zumindest stellte ihn die Antwort in gewisser Weise zufrieden.

»Ach ja, ehe ich jetzt nach nebenan verschwinde und den Sauerstoff einleite, noch einmal ein Hinweis zu Ihrer Sicherheit. Im Notfall ziehen Sie einfach an dieser Schnur.« Während sie das erklärte, zeigte sie auf ein weißes dünnes Band, an dessen Ende sich ein kleiner roter Fisch aus Plastik befand. »Ich bin dann sofort zur Stelle. Im Übrigen sind Sie hier sowieso nicht allein. Ich sitze während der gesamten Badedauer im Vorraum und schaue alle paar Minuten zu Ihnen herein. Wenn also etwas sein sollte ...« Sie schien zu überlegen, wie sie das ausdrücken sollte. »Aber nach meiner Erfahrung kommt das selten vor. Die verordneten Bäder sind in der Regel so temperiert, das der Kreislauf sie gut vertragen kann. Und Sie können von Glück sagen, dass in dieser Klinik noch auf ihre Heilkraft gesetzt wird.«

»Und was ist dort drüben mit der zweiten Wanne mit diesem komischen Aufsatz?«, fragte Pielkötter neugierig. »Die wird doch wohl nicht gleichzeitig genutzt?«

»Theoretisch ginge das schon«, entgegnete sie nachdenklich. »Wir haben sogar eine Spanische Wand, um die Intimsphäre der Patienten zu gewährleisten. Allerdings wird diese Wanne seit einigen Wochen nicht mehr benutzt. Doktor Ludwig Schreiber hat dieses CO_2-Bad immer verordnet, aber der hat vor einigen Wochen eine Stelle in einer Klinik in Bayern angenommen.« Schwester Monika machte eine kunstvolle Pause und verdrehte die Augen. »Stellen Sie sich das vor, von Norderney in die tiefste bayerische Provinz. Also, für mich wäre das nichts.«

»Hat es denn hier Ärger gegeben?«, fragte Pielkötter, während er etwas tiefer ins warme Wasser sank. Himmel, warum musste er immer alles ergründen, mahnte er sich erneut.

»Keine Ahnung. Nun ja, natürlich macht man sich so seine Gedanken. Er war in seinen Ansichten schon recht speziell. Wahrscheinlich ist er deshalb öfter mit dem Chef unserer Klinik aneinandergeraten.« Sie drehte sich halb um und schaute zu der zweiten Wanne. »Dieses CO_2-Bad hier ist ein gutes Beispiel dafür. In den anderen Badeabteilungen verwenden wir eine Mischbatterie. Das mit dem CO_2 angereicherte Wasser wird dabei in die Wanne geleitet und nicht das Gas selbst. Dem Patienten kann dabei auch ohne Abdeckung nichts passieren. Doktor Schreiber hat jedoch die Ansicht vertreten, dass die direkte Einleitung viel wirkungsvoller sei.«

»Damit der Patient dabei nicht zu viel CO_2 einatmet, gibt es dann diese Abdeckung, aus der nur der Kopf hervorragt«, stellte Pielkötter fest.

»Na, Sie scheinen sich ja gut auszukennen.« Schwester Monika lachte. »Und aufs Ausfragen verstehen Sie sich auch. Als Beruf tippe ich ganz schwer auf Polizist oder Lehrer.«

Jetzt musste auch Pielkötter schmunzeln. »Mit Ihrer ersten Vermutung liegen Sie vollkommen richtig, und wenn Sie mal in den Polizeidienst treten wollen, lege ich ein gutes Wort für Sie ein.«

»Vielen Dank, aber ich liebe meinen Beruf. Mit Verbrechern, vielleicht sogar Mördern, umgehen zu müssen, wäre wirklich nichts für mich. Aber das diskutieren wir jetzt mal nicht aus, es wird Zeit für den Sauerstoff.«

Ohne seine Reaktion abzuwarten, verließ Schwester Monika den Raum. Sie war kaum in das Vorzimmer verschwunden, da blubberten die ersten Gasblasen aus seinem Badewasser nach oben. Pielkötter lehnte seinen Oberkörper zurück und versuchte, sich zu entspannen, aber das gelang ihm nicht. Auf ihn strömten einfach noch so viele Fragen ein. Was hatte der seltsame Wechsel dieses Arztes zu bedeuten und ...?

Stopp, ermahnte er sich erneut. Hier gibt es keinen Fall, in dem du ermitteln musst. Dir kann es egal sein, warum der Arzt die Stelle gewechselt hat. Dir darf es sogar wurscht sein, was mit dem überschüssigen Sauerstoff passiert, der aus der Wanne steigt. Du bist nicht dafür zuständig, du bist nicht dafür verantwortlich. Trotzdem schielte er automatisch zur Decke, wo er einen Abzug zu erkennen glaubte. Zumindest befand sich eine Art Gitter über ihm, und er hatte das Gefühl, die Luft würde nach oben strömen.

Nachdem zwei, vielleicht auch drei Minuten verstrichen waren, tauchte Schwester Monika in dem Durchgang auf. »Alles in Ordnung mit Ihnen?«

»Ja, alles bestens«, antwortete Pielkötter. »Aber eine Frage hätte ich da noch«, schob er schnell hinterher, als sie sich anschickte, wieder in den Vorraum zu verschwinden.

»Sie geben sich wohl nie zufrieden, bevor Sie nicht über alles Bescheid wissen. Also, so einen Patienten wie Sie hatte ich lange nicht mehr.«

Zum Glück wirkte Sie eher amüsiert als verärgert, und er fühlte sich ermutigt, weiterzufragen. »Dieser Arzt, von dem Sie vorhin gesprochen haben, arbeitet ja nicht mehr in der Klinik ...« Pielkötter überlegte, wie er sich am besten ausdrücken sollte. »Und diese Wanne dort drüben mit der Abdeckung wird momentan nicht mehr genutzt.«

»Ganz richtig, Ihre CO_2-Bäder bekommen Sie in der Wanne, in der Sie jetzt sitzen. Es gibt nämlich noch eine dritte Möglichkeit, dem Wasser das Gas zuzuführen«, fuhr Schwester Monika fort. »Wir benutzen Badezusätze, aus denen sich CO_2 entwickelt. Die Dosierung ist dabei ganz einfach, und sie brauchen keine Angst zu haben, dass Sie zu viel Kohlendioxid einatmen müssen.«

»Das beruhigt mich«, versicherte Pielkötter, obwohl ihm etwas ganz anderes durch den Kopf gegangen war. »Aber die entsprechende Stahlflasche befindet sich immer noch hier in der Abteilung?«

»Jawohl, Herr Kommissar!«, stöhnte sie. »Und wenn Sie es noch genauer wissen wollen: direkt neben dem Sauerstoff.«

»Ist das denn nicht gefährlich? Ich meine, wenn jemand die Flaschen vertauscht, dann könnte das doch tödliche Folgen haben, oder nicht?«

»Das schon, aber verwechseln kann man die Gase nicht. Die Flaschen haben ja ganz unterschiedliche Farben. Die für den Sauerstoff ist blau und die für das Kohlenstoffdioxid grau. Zudem ist jeder Anschluss genau mit der richtigen Wanne verbunden. Da müsste schon jemand mutwillig die Schläuche vertauschen. Wer sollte so etwas tun?«

»Nun, während meiner Laufbahn als Kommissar habe ich schon so vieles erlebt, dass ich nichts ausschließen würde.«

Schwester Monika sah ihn an, als hätte er ihr gerade verkündet, irgendwelche Außerirdischen würden gleich die Klinik übernehmen.

»Natürlich alles nur theoretisch«, wiegelte er schnell ab. »Hier auf der Insel geht es ja sehr friedlich und beschaulich zu.«

Sie bedachte ihn mit einem letzten skeptischen Blick, dann schaute sie auf die Uhr. »Nur noch eine Minute, dann ist Ihre Badezeit vorbei. Und merken Sie sich eins: Beim nächsten Mal beantworte ich nicht eine einzige Frage. Wie wollen Sie sich denn entspannen, wenn Sie sich dauernd mit solch abstrusen Ideen beschäftigen? Verstehen Sie mich nicht falsch, Herr Pielkötter. Sie sind als Patient in dieser Klinik, nur als Patient.« Sie schien angestrengt nachzudenken. Zumindest bildete sich eine steile Falte auf ihrer ansonsten glatten Stirn. »Aber mit Ihrem Status hier haben Sie offensichtlich Probleme.«

Plötzlich musste er an Marianne denken. Die hätte so etwas auch gut sagen können. Und damit lagen beide wohl richtig. »Okay, beim nächsten Mal keine einzige Frage«, entgegnete er versöhnlich.

Schwester Monika ging nicht weiter darauf ein. »Ein Badehandtuch können Sie sich dort von dem Stapel nehmen.« Sie zeigte auf ein kleines Regal, das sich in der Nähe des Kopfendes der Wanne befand. »Und halten Sie sich gut fest. Manche Patienten merken erst beim Aufstehen, dass ihr Kreislauf in die Knie gegangen ist.«

Pielkötter zögerte, aus dem Wasser zu steigen. Erst nachdem Monika den Raum verlassen hatte, erhob er sich und griff nach dem obersten Frotteetuch, dessen gelber Farbton gut zu den Fliesen passte. Doch wahrscheinlich steckte eher Zufall als Absicht dahinter. Er rubbelte sich trocken, schlug das Handtuch hastig um seine Hüfte und lief dann zur Kabine. Dabei warf er einen Blick auf die Uhr an der Wand mit dem Durchgang. Eine knappe halbe Stunde bis zum Mittagessen. Während er sich zur Umkleidekabine wandte, sah er sich noch einmal in dem Baderaum um. Erst jetzt fiel ihm auf, dass

Fenster fehlten. Du lässt nach, alter Junge, brummte er in sich hinein. Er hatte sein Augenmerk zu sehr auf andere Dinge gelenkt. Aber es gab auch keine Notwendigkeit, alles zu erfassen. Er war einfach nur als Patient hier, und nichts weiter.

9

Pielkötter stöhnte leise. Diese Gruppensitzung war ja wohl das Allerletzte gewesen. Glaubte die Therapeutin wirklich, er würde seine ureigensten Probleme vor sechs wildfremden Leuten ausbreiten? Nun, da hatte sie sich gewaltig geirrt. Die anderen Teilnehmer schienen mit der Aufgabe, ihr Innerstes vor zwölf Augen nach außen zu kehren, offensichtlich weniger Probleme zu haben als er. Herr Jakob Krausmann fühlte sich von seiner Frau untergebuttert. Erduldete jedes Wochenende die nörglige Schwiegermutter, die kein gutes Haar an ihm ließ, und bekam von seiner Angetrauten ein mageres Taschengeld, obwohl er das Familieneinkommen verdiente. Warum maulte der Mann hier rum, anstatt zu Hause ordentlich auf den Tisch zu hauen?

Weitaus schlimmer jedoch war diese zickige Josefine Wallershausen, die meinte, jeder, der ihr im Laufe ihres Lebens begegnet war, sei an ihrem Elend Schuld, allen voran ihre fünf Ex-Ehemänner, von denen sie kein einziger verstanden habe. Kunststück, das Einzige was bei Josefine Wallershausen half, war die Flucht. Und in dieser Gesellschaft sollte er ausbreiten, wie sehr er fürchtete, seinen geliebten Beruf zu verlieren und nicht mehr nützlich zu sein? Nein, und nochmals nein, das kam nicht in Frage.

Automatisch beschleunigte er seinen Schritt. Bevor er zur Wassergymnastik ging, wollte er noch in der Massageabteilung vorbei. Dort hatte er sein Handtuch vergessen, ehe er zu dieser schrecklichen Gruppensitzung gegangen war. Pielkötter warf einen kurzen Blick zu der nicht besetzten Anmeldung. Hier hatte wohl bereits die Mittagspause begonnen. Er lief weiter zu den Umkleideräumen. Alles wirkte verlassen. In welcher Kabine hatte er sich noch einmal umgezogen? Pielkötter riss den ersten Vorhang auf, ohne fündig zu werden. Die zweite Kabine besaß eine Tür. Er drehte an dem Knauf und sah hinein. Zuerst vernahm er leises Stöhnen, dann registrierte er eine junge Frau mit langen braunen Haaren. Sie saß nackt auf einem Mann, der ebenso jung und nackt war wie sie. Pielkötter murmelte ein »Entschuldigung« und stieß die Tür zu.

Im ersten Moment war ihm die Angelegenheit schrecklich peinlich, aber dann fiel ihm ein, dass die Situation nicht allein seine Schuld war. Schließlich hatten die beiden sich an einem eher öffentlichen Ort geliebt und wahrscheinlich während ihrer Arbeitszeit. Obwohl er die Frau nur von hinten gesehen hatte, war er ganz sicher, eine der Masseurinnen in ihr erkannt zu haben. Und dem Schönling mit den kurzen rotblonden Haaren, dem markanten Kinn und dem Piercing ganz oben am Ohr war er auch schon einmal begegnet. Er wusste sogar wo. Im DeLeckerbeck. Dort hatte der sich in dem Gespräch mit seinem Freund, das Pielkötter mit angehört hatte, als Masseur der Klinik zu erkennen gegeben. Also gehörte er zum Personal, ebenso wie seine Gespielin. Wahrscheinlich war das diese anhängliche Nicole, von der er in dem Restaurant gesprochen hatte, und der sein Körper nicht so gut aus dem Weg gehen konnte, wie der Verstand das geplant hatte. Was für ein Drama sich daraus entwickeln mochte? Womöglich platzte die geplante Hochzeit, weil Nicole dazwischenfunkte, oder sie lief aus Liebeskummer zu weit ins Watt. Schluss jetzt, rief er sich zur Räson. Statt hier rumzufantasieren, sollte er sich lieber um sein Handtuch kümmern.

10

Gedankenverloren starrte Natascha aus dem Fenster in den Garten, das Gesicht hinter der Gardine versteckt. Eine Frau schnitt Zweige von einem Strauch. Sie kannte seinen Namen nicht, obwohl der sogar in ihrer Heimat wuchs. Automatisch füllten sich ihre Augen mit Tränen. Ob sie ihr Dorf jemals wiedersehen würde? Bisher hatte sie nicht gewusst, nicht einmal geahnt, dass sie die Vorstellung, einmal nach Russland zurückzukehren, erfreuen könnte. Aber das waren sowieso nur Gedankenspiele. Ohne Anastasijas Hilfe kam sie nicht von hier fort. Sie fühlte sich gefangen wie in einem Käfig, nur, dass der nicht so golden war wie der in Vincents großer Villa. Die wenigen Scheiben Knäckebrot hatte sie längst gegessen. Es gab nur noch Tütensuppe und die reichte auch nicht mehr lang.

Ein Geräusch überraschte sie. Ruckartig wandte sie sich vom Fenster ab und lauschte. Jetzt hörte es sich an, als hantiere jemand an der Wohnungstür herum. Ein Schlüssel wurde im Schloss gedreht. Adrenalin schoss durch ihre Adern. Natürlich konnte das Anastasija sein, ihre Rettung, aber daran glaubte sie nicht, eher an einen von Vincents Schergen. Sie musste sich verstecken, aber wo?

Mit klopfendem Herzen huschte sie ins Schlafzimmer und sah sich um. Abgesehen von dem Platz unter dem Bett gab es hier kein Versteck. Besser als nichts, dachte sie. So schnell wie möglich legte sie sich daneben auf den Boden und rutschte mit dem Oberkörper darunter. Sie hatte gerade ihre Beine nachgezogen, da betrat jemand den Raum direkt nebenan. Nataschas Herzschlag schien für einen Augenblick auszusetzen. Diese schweren Schritte, nein, die gehörten nicht zu Anastasija. Ihre Bekannte wog wohl kaum mehr als fünfzig Kilo. Die Person, die jetzt durch das Wohnzimmer lief, musste schwerer sein, viel schwerer. Natascha schluckte. Wenn das Antonio war, hatte sie für immer verloren.

Die Schritte näherten sich. Es wurde heller. Wahrscheinlich hatte der Besucher die Tür aufgestoßen und nun drang zusätzliches Licht aus dem Wohnraum herein, erhellte das ansonsten recht dunkle Schlafzimmer. Natascha begann zu zittern, als sie zwei mit einer dunklen Hose bekleidete Beine auf das Bett zulaufen sah. Fast hätte sie aufgeschrien, aber dann drehte die Person mit einem Mal ab und wandte sich in Richtung Fenster. Erst jetzt wagte Natascha, die Füße genauer anzusehen. Zu ihrer Erleichterung steckten sie in Hausschuhen, Pantoffeln ohne Absatz, aber zweifellos für Damen. Nach einer gefühlten Ewigkeit schlurfte die Person aus dem Schlafzimmer. Sie hantierte noch eine Weile in der Küche herum, dann verließ sie die Wohnung.

Erleichtert atmete Natascha auf. Nach einer Weile kroch sie unter dem Bett hervor und verließ den Raum. Alles sah so aus wie vor dem seltsamen Besuch. Neugierig lief sie in die Küche. Was hatte die fremde Person hier gewollt? Natascha drehte sich einmal um die eigene Achse und blieb dann stehen. Die kleine rote Gießkanne mit dem gestreiften Henkel stand anders als vorhin. Natascha lief zum Fenster und befühlte die Erde in dem Blumentopf, der neben der Kanne stand. Die Erde war nass, und sie unterdrückte mit Mühe einen Freudenschrei.

Doch bald holten die Sorgen Natascha wieder ein. Sie brauchte Geld, Geld für Lebensmittel und vor allem, um endlich aus Vincents Dunstkreis verschwinden zu können. Leider wusste Natascha immer noch nicht, wie sie zu ihrer Cousine gelangen könnte, auch wenn sie darüber fast pausenlos grübelte. Am liebsten wäre sie in ihre Heimat zurückgegangen, aber das war nicht nur wegen der fehlenden Scheinchen unmöglich. Vincent hatte ihr den Pass abgenommen, und ohne Pass kam sie nicht über die Grenze, selbst wenn sie es vermied, in ein Flugzeug zu steigen. Eigentlich blieb ihr kaum eine andere Wahl, als auf Anastasija zu warten. Anastasija würde ihr helfen, zumindest redete sie sich das immer wieder ein. Natascha legte sich auf das Sofa und starrte an die Decke.

11

Pielkötter hatte den dritten Tag in der Rehaklinik fast hinter sich gebracht und inzwischen alle Anwendungen sowie Therapeuten kennengelernt. Von einigen Maßnahmen erhoffte er sich einen gewissen Erfolg, von anderen weniger. Bei den Mahlzeiten saß er mit Wolfgang Schröder und Johannes Streckmann an einem Vierertisch. Dank Schröder, der vor lauter Reden kaum zum Atmen kam, geschweige denn zum Essen, geriet die Unterhaltung selten ins Stocken, auch wenn Pielkötter selbst kaum etwas dazu beitrug. Meist war er zu sehr in seine eigenen Gedanken versunken.

Leider zählte sein Tischnachbar nicht zu den Personen, mit denen er etwas anfangen konnte, und schon gar nicht zu den Sympathieträgern. Allein diese grässliche Perücke, die der Mann trug, machte ihn für Pielkötter zu einem Exoten. Jedenfalls war er sicher, dass die volle braune Haarpracht ohne eine einzige graue Strähne nicht echt sein konnte. Sofern man als Mann eine Glatze hatte, musste man einfach dazu stehen, Punkt, Aus, Ende. Bei Frauen dagegen wertete Pielkötter das durchaus anders. Und dann gab es ja auch noch Verbrecher, die nicht erkannt werden wollten. Nun ja, vielleicht plante Schröder, sich einen Kurschatten anzulachen, und glaubte, mit dieser Aufmachung mehr Erfolg zu haben. Dazu passte allerdings weder die Tatsache, dass er den Kontakt zu Pielkötter suchte, noch die Art der gemeinsamen Unternehmungen, die er ihm immer wieder vorschlug. Ein Tanzvergnügen für einsame Kurgäste, die etwas Abwechslung suchten, war nicht dabei.

Aus einem Pielkötter unerklärlichen Grund, schien Schröder es sich zur Aufgabe gemacht zu haben, ihm die Insel samt aller Naturschönheiten und kulturellen Sehenswürdigkeiten zu zeigen. Nach den letzten Anwendungen an diesem Freitag war Pielkötter keine plausible Ausrede mehr eingefallen und er hatte einem gemeinsamen Spaziergang vor dem Abendessen zugestimmt. Tief in seine Gedanken versunken, hatte Wolfgang Schröder ihn mit seinem strammen Schritt sogar etwas abgehängt. Kurz bevor sie die Stadt erreicht hatten, holte er die wenigen Meter jedoch wieder auf.

»Schauen Sie sich das Kaiser-Wilhelm-Denkmal an!«, forderte Schröder ihn auf und deutete auf einen Obelisken aus etlichen Steinen verschiedener Größe und mit dem Reichsadler oben drauf. »Also, mit Jahreszahlen hab ich es nicht so, das müssen Sie schon entschuldigen, aber ich denke, das dürfte um die Jahrhundertwende entstanden sein. Die Steine haben ganz unterschiedliche Städte gestiftet. Die stehen symbolisch für das gesamte Deutschland und erinnern an die Reichseinigung von ...« Schröder räusperte sich »Wie ich schon sagte, sind Jahreszahlen nicht mein Ding, aber vielleicht haben Sie ja in der Schule in Geschichte besser aufgepasst als ich.«

»Nun, ich grenze einmal auf einen Zeitraum von achtzehnhundertsechzig bis achtzig ein«, antwortete Pielkötter, wobei er unwillkürlich an Karl-Heinz-Tiefenbach denken musste, wenn der Duisburger Rechtsmediziner den ungefähren Todeszeitpunkt angab. Pielkötter hätte viel darum gegeben, jetzt mit ihm herumzuspazieren, statt mit der Nervensäge. Dabei wusste er selbst nicht einmal genau, was ihn an Schröder so störte – abgesehen von der grässlichen Perücke. Vielleicht, dass er ihn und sein Auftreten nicht richtig einschätzen konnte. Das passierte ihm äußerst selten und er schob den Gedanken eilig beiseite.

Inzwischen befanden sie sich mitten in der Fußgängerzone. Links vor ihnen lag ein architektonisch reizvoller, reichlich verzierter Backsteinbau, der etwas Würdevolles ausstrahlte. »Das ehemalige kaiserliche Postamt«, bemerkte Schröder diesmal nur kurz und eilte weiter. Erst an dem hübschen Kurplatz blieb er stehen. Pielkötter fiel sofort ein imposantes weißes Gebäude mit Rundbögen und Säulen in der Mitte auf. Die Turmuhr unter dem grünen Dach zeigte halb sieben.

»Da drüben steht das Conversationshaus«, erklärte sein Tischnachbar sichtlich stolz, als hätte er es höchstpersönlich gebaut oder entworfen. »Ehemals Kurhaus. Wenn ich das richtig gespeichert habe, wurde das im Jahr 1800 errichtet, als man Norderney offiziell zum Seebad erklärt hat.« Er lachte, was sich eher nach dem Wiehern eines Pferdes anhörte. »Wenigstens eine Zahl, die ich mir gut merken kann. Kommen Sie! Das Gebäude ist auch innen einen Besuch wert.«

Pielkötter hätte sich lieber auf eine der Bänke an dem Brunnen in ihrer Nähe gesetzt und den Möwen zugeschaut, die von dem Wasser tranken, legte aber kein Veto ein. Schröder durchquerte im Eiltempo die Grünanlage, um anschließend die Stufen der mit Palmen bestückten Veranda des Conversationshauses hochzusteigen. Widerwillig folgte er ihm. Seine Hoffnung, es habe vielleicht schon geschlossen, bestätigte sich nicht. Er betrat den nett gestalteten Vorraum mit zwei großen Strandkörben in einem Farbton, den er nicht benennen konnte, irgendwie zwischen grau und hellbraun. Zum Glück war das für keine Ermittlung wichtig.

»Kommen Sie!«, wiederholte Schröder, was Pielkötter gewaltig auf die Nerven ging.

Dabei hatte sein Tischnachbar durchaus Recht. Auch das Innere war sehenswert. Ob das spitze Glasdach in der Mitte mit dem hellen Sonnenschutz wohl einen ehemals offenen Innenhof vor Regen geschützt hatte? Seinen selbsternannten Fremdenführer mochte er nicht danach fragen. Vielleicht verbarg sich dahinter die Angst, dass zu viel Interesse eine weitere Rundtour nach sich ziehen könnte. Pielkötter überlegte, ob seine Abneigung gegen einen engeren Kontakt eher an seiner oder an Schröders Persönlichkeit lag, aber dann klopfte ihm sein Tischnachbar auf die Schulter, zum Glück auf die gesunde, und es erübrigte sich, weiter darüber nachzudenken.

»Was halten Sie von einer Partie Dame?«, fragte Schröder mit einem penetranten Grinsen. »Die anderen Spieltische sind leider schon besetzt. Oder wollen wir vor dem Abendessen noch etwas im Café Kurpalais trinken?«

Erst jetzt registrierte Pielkötter die Tische aus dunklem Holz, in die Spielfelder eingelassen waren. »Ich glaube, dazu bleibt uns zu wenig Zeit«, erwiderte er.

»Gut. Dann laufen wir am besten über den Kurgarten zur Klinik zurück.«

Der Weg führte durch eine Art Wäldchen. Schließlich kamen sie an einen kleinen See. Pielkötter hätte gerne den Enten zugeschaut, aber Schröder zog es weiter.

»Merken Sie was hier fehlt?«, fragte er und verzog das Gesicht. »Ein Kurpark soll das sein? Also, Norderney ist wirklich eine super Insel mit tollen Attraktionen, aber von der Gestaltung eines Kurparks verstehen die nun wirklich nichts. Okay, vielleicht haben die im Gegensatz zu anderen Kurorten genug zu bieten, aber mir fehlen nun einmal die Blumen. Kennen Sie diese herrlichen Rondells mit einer Unmenge an Blüten, diese Farbenpracht von andern Kurorten?«

»Ich mag Natur, die man einfach sich selbst überlässt«, entgegnete Pielkötter. »Und davon gibt es hier reichlich.«

»Die Kombination aus niedrigwachsendem Männertreu und den hohen Callas finde ich geradezu fantastisch«, ging Schröder nicht darauf ein. »Von mir aus auch Dahlien zwischen Gräsern oder Rosen mit Lavendel.« Wolfgang Schröders Miene wirkte so genüsslich, als würde er gerade sein Lieblingsgericht verspeisen.

Pielkötter verdrehte die Augen. Er konnte diese Begeisterung einfach nicht nachvollziehen. Wie war es möglich, dass ein Mann, der zudem kein Gärtner war, sich derart für Grünzeug interessierte? Nun ja, von einem Zeitgenossen, der eine Perücke trug, war wohl nichts anderes zu erwarten. Zum wiederholten Mal bereute er es, Schröders Angebot angenommen zu haben. Die nächste Einladung zu einer gemeinsamen Runde, würde er garantiert ablehnen. Morgen am Samstag hatte er sowieso etwas Besseres vor. Marianne wollte ihn besuchen, die Frau, mit der er noch verheiratet war – und es auch gern bleiben würde. Während Wolfgang Schröder munter weiterplapperte, schaute er versonnen in die Ferne.

»Also, was sagen Sie dazu?«, brachte ihn sein Gesprächspartner wieder in die Gegenwart zurück. »Besuchen Sie mich mal zu Hause? Ich hoffe, meine Kur in wenigen Tagen zu beenden, und Sie sind ja noch eine Weile hier.«

»Aber«, wandte Pielkötter ein, schaffte es jedoch nicht, seine Bedenken genauer zu begründen, Schröder unterbrach ihn sofort.

»Das wäre wirklich kein großer Aufwand für Sie. Am Sonntag zum Kaffee zum Beispiel. Ich setze mich gerne ins Auto und hole Sie von der Fähre ab. Von uns aus ist das ein Katzensprung.«

»Und warum verbringen Sie dann das Wochenende nicht zu Hause? Als Selbstzahler ist das doch sicher kein Problem.«

Von einer Sekunde zur anderen verdunkelte sich Schröders Miene. Zudem schien es ihm sogar für einen Moment die Sprache verschlagen zu haben. »Nun ja«, druckste er herum, »mit meiner Familie ist das Verhältnis im Moment nicht so besonders. Es gibt ... äh, wie soll ich sagen ... einige Differenzen. Wenn ich da morgen auflaufe, sieht das so aus, als wäre die Kur nicht wichtig für meine Gesundheit. Ich will meine Frau und meine Tochter schließlich nicht misstrauisch machen. Sie sollen glauben, ich wäre wirklich wegen meiner Arthrose in Kur.« Er räusperte sich. »Zudem gehen die davon aus, dass ich mich in einer Klinik in Süddeutschland aufhalte.«

Jetzt fängt es aber an, interessant zu werden, dachte Pielkötter, aber zu seinem Leidwesen verstummte Schröder. »Aber warum wissen die nichts von Ihrer Kur auf Norderney?«, fragte er, um Schröder zum Weiterreden zu animieren. »Und wieso nimmt Ihre Familie Ihnen das so einfach ab? Wenn die Sie besuchen möchten oder in einer falschen Klinik anrufen, fliegen Sie doch auf.«

Schröder schüttelte den Kopf. »Mich besuchen?« Seine Stimme klang nun verächtlich. »Meine Frau und meine Tochter sind doch froh, wenn die mich nicht sehen. Gut, einmal hat Brigitte mich auf dem Handy angerufen, doch dabei sieht sie ja nicht, in welchem Ort ich mich befinde. Und meine Tochter hat auch etwas Besseres zu tun, als mit mir Kontakt aufzunehmen. Die gibt sich so was von *anti*. Studiert Betriebswirtschaftslehre, will aber niemals unsere Firma übernehmen. Und dann hat sie natürlich ihren Verlobten im Kopf.« Gedankenverloren starrte Schröder über den See und schwieg.

»Ich verstehe immer noch nicht ganz, aus welchem Grund Ihre Familie nicht wissen soll, dass Sie auf Norderney sind«, hakte Pielkötter noch einmal nach, weil er seine Neugier kaum zügeln konnte.

»Ach, vergessen Sie es einfach.« Er versuchte zu lachen, was mehr als seltsam klang. »Mit etwas Glück beende ich meine Kur sowieso in wenigen Tagen. Dann habe ich alles zusammen, was ich brauche.«

Merkwürdige Bezeichnung für die Anwendungen, dachte Pielkötter, oder meinte er etwas ganz anderes?

»Aber jetzt genug davon. Lassen Sie uns einfach unsere kleine Rundtour durch den Kurpark genießen, auch wenn mir hier eine überbordende Blumenpracht fehlt.«

Pielkötter musste sich wohl oder übel damit zufriedengeben. Am liebsten hätte er nachgebohrt, aber er war nicht im Dienst. Wenn der Mann sein Geheimnis loswerden wollte, würde er es ihm erzählen, allerdings hatte er keinerlei Berechtigung, es aus ihm herauszukitzeln. »Aber gegen Ihre Arthrose sind die Anwendungen, die Sie erhalten, doch gut, oder?«, stellte er eine letzte Frage.

»Klar! Auf jeden Fall schadet die Therapie nicht. Und die Bäder nehme ich sogar gerne mit, besonders diese Blubberwanne mit der Betreuung durch Schwester Monika.« Schröder seufzte laut. »Eigentlich bin ich fit wie ein junger Hüpfer, wenn ich meinem Hausarzt glauben darf. Ich hoffe nur, dass der das nicht meiner Familie steckt.« Er führte die Hände zum

Kopf und nestelte an seiner Perücke herum. Mit seltsamer Miene hielt er für einen Moment in der Bewegung inne, als wunderte er sich selbst über das künstliche Haar. »Sobald ich wieder zu Hause bin, fahre ich in die nächste Gärtnerei und decke mich mit neuen Pflanzen ein«, erklärte er plötzlich.

»Woher kommt Ihre Begeisterung für das Gärtnern? Sagten Sie nicht gestern beim Abendessen, Sie seien Architekt?«

»Beim Abendessen? Sie meinem bei diesem gemischten Rohkostsalat mit Gemüsesülze. Wie passt das denn zusammen? Außerdem hasse ich Sülze, egal womit. Was die Küche betrifft bin ich jedenfalls froh, wenn ich wieder zu Hause bin. Man kann meiner Frau ja viel nachsagen, aber sie kocht ganz ausgezeichnet. Also, wenn sie mal kocht.« Mit einer hektischen Bewegung berührte er zunächst sein Haar, fuhr sich dann jedoch über die Stirn. »Ach ja, Architekt bin ich nicht, nicht einmal Bauleiter. Den Posten hat mein Bruder inne. Ich bin für die Finanzen unserer Firma zuständig.«

»Da haben Sie sicher viel Stress«, erwiderte Pielkötter schnell, ehe sein Gesprächspartner das Thema Blumen wieder aufgreifen konnte.

»Ja, Vermögen zu besitzen, wird manchmal zu einer ganz schönen Last. Deshalb brauche ich die Gartenarbeit dringend als Ausgleich. Also, wenn ich Blumen pflanze ... Wie schon gesagt, sobald ich aus der Kur zurück bin, finden sie mich in der Gärtnerei.« Plötzlich schaute er Pielkötter in die Augen, schien den genervten Blick jedoch nicht zu bemerken. »Bei Ihrem Besuch können Sie dann das Resultat meiner Arbeit bestaunen.«

Dazu wird es nicht kommen, dachte Pielkötter.

Er sollte Recht behalten, wenn auch ganz anders, als er jetzt erwartete.

12

Christian Schröder saß seiner Schwägerin Brigitte in einem bequemen grau-weiß gestreiften Clubsessel gegenüber. Als sie aufstand, um neuen Wein aus dem Kühlschrank zu holen, schaute er ihr hinterher. Diese schmalen, wiegenden Hüften, die er so mochte, die überlangen Beine, überhaupt die Art, wie sie sich bewegte. Himmel, man sah ihr nicht an, dass sie die Fünfzig bereits überschritten hatte. Das taubenblaue knielange Seidenkleid umspielte ihren begehrenswerten Körper mit der schmalen Taille und dem vollen Busen. Während sie endgültig aus dem Wohnraum verschwand, streifte er ihr in Gedanken das Kleid von den Schultern und ließ es auf den Teppich sinken. Er liebkoste ihren Nacken, schlang seine Arme um ihren Körper und dann ...

Christian Schröder hätte seine Fantasien zu gerne in die Tat umgesetzt, auch wenn er seinen eigenen Bruder dabei auf schändliche Weise hintergangen hätte. Der einzige Hinderungsgrund bestand in Brigittes standhafter Weigerung, seinem Drängen nachzugeben. Eine ganze Weile hatte er sich eingebildet, sie hege Skrupel, ihren Mann zu betrügen, aber seit etwa drei Jahren glaubte er etwas ganz anders. Sie hatte sich im Krankenhaus in Norden für einige Wochen stationär wegen ihres Asthmas behandeln lassen, und der Chefarzt, Professor Schwarzenberg, hatte sie gar nicht so angeschaut wie eine Patientin. Und Brigitte erst, wie sie ihn angelächelt hatte. Vor allem dieser sehnsuchtsvolle Blick. So hatte sie ihn niemals angesehen, nicht einmal seinen Bruder. Ganz zu Anfang der Ehe vielleicht, allerdings war Christian sich dessen nicht einmal sicher. Aber dass zwischen dem Arzt und seiner Schwägerin etwas gelaufen war, das stand für ihn fest. Und zuweilen bezweifelte er sogar, dass die beiden das Verhältnis wieder beendet hatten. Inzwischen hatte Professor Schwarzenberg seine Wirkungsstätte zwar von Norden nach Norderney verlegt, was jedoch keinesfalls das Aus des Techtelmechtels bedeuten musste.

In gewisser Weise konnte Christian Brigitte sogar verstehen. Der smarte Schwarzenberg wirkte bestimmt ungeheuer attraktiv auf Frauen. Wahrscheinlich flog nicht nur sie auf dieses volle schwarze Haar, die großen dunkeln Augen mit den dichten Wimpern und den durchtrainierten Körper. Vielleicht verschaffte es seiner Schwägerin sogar einen zusätzlichen Kick, von heilenden Arzthänden berührt zu werden. Nein, diese Vorstellung wollte er lieber nicht weiter verfolgen. Besser er konzentrierte sich darauf, dass Schwarzenberg der Firma, die Brigitte geerbt hatte und bei der er als Bauleiter angestellt war, genau zum richtigen Zeitpunkt einen lukrativen Auftrag verschaffen würde.

Das Klappern hoher Absätze kündigte Brigittes Rückkehr an. Kurz darauf betrat sie den großzügigen Wohnraum mit riesiger Fensterfront zur Terrasse. In der Rechten hielt sie eine angebrochene Flasche Pinot Grigio, es war bereits die zweite an diesem Abend, in der linken eine Schüssel mit Salzgebäck.

»Der letzte Drink für heute«, erklärte sie. »Schließlich habe ich am Wochenende noch etwas vor.«

Christian Schröder hätte zu gerne gewusst, was, aber er verbat es sich, sie nach ihren Plänen zu fragen. Dabei fiel ihm ein, dass er selbst auch noch einen kleinen Koffer packen musste. Die geschäftliche Unterredung sollte am Montag schon recht früh stattfinden, deshalb reiste er am besten schon am Sonntag an. Während sie ihm Wein nachschenkte, kam sie ihm so nah, dass er ihr Parfüm riechen konnte, eine blumige Note, allerdings nicht zu süß. Christian zog die Luft tief durch die Nase ein und berührte flüchtig den Arm seiner Schwägerin. Nachdem sie ihn bedient hatte, nahm sie wieder ihm gegenüber Platz. Brigitte füllte ihr eigenes Glas und prostete ihm zu.

»Trinken wir darauf, dass wir mit dem Anbau der Klinik bald loslegen können«, säuselte sie.

»Ja, das wäre gut, wenn uns schon der Auftrag für den Neubau der städtischen Bibliothek durch die Lappen gehen wird. Dank Wolfgang.« Christian Schröder schnaufte wütend. »So viel Naivität müsste verboten sein. Wenn er mitziehen würde, aber nein, der Herr ist sich zu fein ...« Immer wenn er an seinen Bruder dachte, stieg Wut in Christian hoch. Mit verkniffener Miene erhob er sein Glas und trank es halb leer. Anschließend stellte er es etwas zu heftig auf den Tisch zurück.

»Er weigert sich einfach zu akzeptieren, dass man mit purer Ehrlichkeit in unserem Gewerbe nicht weiterkommt. Weißt du noch, wie erbost er war, als er gemerkt hat, dass wir die Sporthalle nur bauen konnten, weil wir ... uns großzügig gezeigt haben. Seitdem passt er auf wie ein städtischer Wirtschaftsprüfer.«

»Es ist schon traurig, dass man über den eigenen Bruder so etwas sagen muss, aber ohne Wolfgang wären wir wirklich besser dran.« Für ihn stand fest, dass sich das nicht nur auf die Firma bezog.

Brigitte nickte, als stimme sie ihm zu, dann fragte sie unvermittelt: »Sag mal, warum nennst du ihn eigentlich immer

Wolfgang? Alle anderen benutzen seinen ersten Vornamen Armin.«

»Ehrlich gesagt, um ihn zu ärgern.« Christians Gesichtszüge hellten sich auf, fast lag ein spöttisches Grinsen auf seinen Lippen. »Das hat sich schon in unserer Kindheit so ergeben. Er mochte seinen zweiten Vornamen nicht.«

»Den Auftrag für die Erweiterung der Klinik bekommen wir zum Glück auch ohne Mauscheln«, kam Brigitte unvermittelt auf die Firma zurück.

»Hoffentlich. Noch hat Schwarzenberg nicht das Okay für die Finanzierung.« Christian Schröder beobachtete seine Schwägerin genau. Sie ließ sich jedoch nicht anmerken, wie viel der Arzt ihr bedeutete. »Wann kommt Wolfgang eigentlich aus diesem bayerischen Kaff zurück?«, lenkte er von dem heiklen Thema ab. »Wie hieß das noch gleich?«

»Bad Kissingen«, antwortete sie. »Und das ist nicht gerade ein Kaff.«

»Ich weiß.« Er lachte. »Mit Bädern kenne ich mich aus. Ich habe sogar meinen Zivildienst in einer Kurklinik gemacht.«

»Das höre ich heute zum ersten Mal.«

»Du kennst eben so vieles von mir nicht. Hättest mal sehen sollen, wie ich als junger Mann den Patienten in die Wanne geholfen habe. Und den Patientinnen. Die meisten waren ja schon älter, aber es waren auch ganz schön schnuckelige Exemplare dabei.« Die Stimme, mit der er das sagte, wirkte anzüglich, aber Brigitte schien den Unterton zu überhören.

»Übrigens hat Armin bei unserem letzten Telefonat angedeutet, er würde in wenigen Tagen die Heimreise antreten.«

»Von mir aus darf er ruhig noch etwas länger bleiben. Unsere letzte Begegnung ist nicht gerade gut verlaufen.«

»Ja, er hat mir erzählt, dass ihr euch derbe gestritten habt.«

Christian Schröder trank einen großen Schluck. Nachdenklich starrte er auf das Glas in seiner Hand, ehe er es zurückstellte. »Er ist unerbittlich. Dabei könnten wir den Auftrag von der Stadt wirklich gut gebrauchen. Man müsste nur ein bisschen nachhelfen. Aber mein Bruder war schon immer superkorrekt. Wenn wir Jungs früher etwas anstellen wollten, hat der sich immer verpieselt. Nur einmal hat er beim Beutezug mitgemacht. Wir haben in einem Kaufhaus Matchbox-Autos geklaut. Alles ging gut, und was macht der wahnsinnige Wolfgang nach einer Nacht voller Gewissensbisse? Bringt das Auto ins Geschäft zurück. Aber das Härteste kommt erst noch.« Er machte eine kunstvolle Pause. »Mein Bruder stellt es nicht einfach heimlich still und leise zurück, sondern erklärt den Verkäufern, er wolle den Geschäftsführer sprechen, um sich bei ihm zu entschuldigen. Er hätte etwas gestohlen.«

»Ich kann es mir lebhaft vorstellen«, stöhnte Brigitte. »Wenn man denkt, dass ich mich gerade wegen dieser ehrlichen Art damals in ihn verliebt habe, aber dann ist er mir ziemlich schnell damit auf die Nerven gegangen.«

»Hast du niemals daran gedacht, dich scheiden zu lassen? Schließlich ist eure Tochter inzwischen erwachsen und wird voraussichtlich selbst bald heiraten und Kinder in die Welt setzen.«

»Du kennst doch deinen Bruder. Armin würde durchdrehen, wenn ich ihn verlasse. Und nachdem er uns bei der Sporthalle auf die Schliche gekommen ist, hat er uns in der Hand. Er würde uns anzeigen. In diesem Fall hat er nicht einmal mitgemacht wie damals beim Klauen der Matchbox-Autos.«

Scheiße, dachte Christian Schröder, sie hat Recht.

13

Pielkötter schielte zur Tür der Eingangshalle, dann schaute er wie alle zwei Minuten in der letzten halben Stunde auf seine Armbanduhr. Ungeduldig fuhr er sich mit der rechten Hand durchs Haar. Den linken Arm hochzuheben, bereitete ihm immer noch Schmerzen.

Wo Marianne nur blieb? Nach seiner Berechnung hätte sie längst hier eintreffen müssen. Pielkötter erhob sich von der wuchtigen Sitzgruppe im Eingangsbereich und wanderte in der Halle mit den hübschen Fotos auf und ab. Wahrscheinlich stammten die Motive alle von der Insel. Ein Trupp älterer Herren redete wild durcheinander. Jemand aus der Gruppe lachte laut auf. Allgemeines Gelächter folgte. Ihn interessierte das nicht.

Pielkötters Gedanken weilten bei Marianne, die vor zwei Tagen ihren Besuch angekündigt hatte. Er hatte für sie ein Zimmer in seiner Kurklinik buchen können. Am liebsten hätte er sie bei sich einquartiert, aber diesen Wunsch teilten wahrscheinlich weder Marianne noch die Verwaltung. Egal, Hauptsache, sie besuchte ihn.

Einer der älteren Herren lachte plötzlich sehr schrill. Eine Art Wiehern folgte. Pielkötter entfernte sich von der lustigen Truppe, lief in Richtung Tür und starrte durch die Glasscheibe hinaus. Von seiner Frau konnte er immer noch nichts entdecken. Steckte sie etwa im Stau und hatte deshalb die Fähre verpasst? Warum rief sie nicht an? Als erneut das Wiehern in seine Ohren drang, öffnete er die Tür und lief hinaus. Er setzte gerade zu einem tiefen Seufzen an, da erblickte er

Mariannes roten Golf. Leider hatte er ihr nicht ausreden können, mit dem Wagen auf die Insel zu kommen, obwohl das bei den sehr eingeschränkten Fahrmöglichkeiten eigentlich unsinnig war.

Im Schritttempo schlich Marianne die Auffahrt zum Haupteingang hoch. Zwar war das Parken in diesem Bereich untersagt, aber Hauptsache, sie war erst einmal hier. Kurz bevor sie an ihm vorbeifuhr, hob er die Hand und deutete in Richtung Besucherparkplatz. Sie nickte, als hätte sie das Zeichen verstanden, und rollte langsam weiter. Pielkötter folgte ihr. Wenige Sekunden nachdem sie ausgestiegen war, erreichte er den Wagen. Zur Begrüßung umarmte er Marianne, und sie ließ es geschehen.

»Du hast noch mehr abgenommen«, bemerkte sie.

Er nickte. Marianne öffnete den Kofferrum und holte eine kleine Reisetasche heraus. Aus einem ersten Impuls heraus wollte er ihr das Gepäck abnehmen, aber sie hielt ihn zurück, noch ehe er danach greifen konnte. »Denk an deine Schulter!«

Er wollte die gesunde Seite ins Spiel bringen, ließ es jedoch und beschränkte sich darauf, neben ihr her zum Eingang zurückzulaufen.

»Mit dem Auto hattest du übrigens vollkommen Recht. Den Golf mit auf die Insel zu nehmen, war wirklich keine gute Idee. Ein Taxi zur Klinik wäre viel billiger gewesen und die Busse stehen ja auch schon bereit, sobald die Fähre anlegt.« Am liebsten hätte er sie daran erinnert, dass das genau seine Argumente gewesen waren, die sie ausgeschlagen hatte, unterließ es jedoch. »Nun ja, ich wollte dich hier halt herumkutschieren. Schließlich bist du krank.«

Dankbar lächelte er sie an. Ihre Fürsorge tat ihm gut. Früher hätte er dagegen protestiert.

Die gläserne Schiebetür glitt auf. Mit einer Kopfbewegung, die wohl eine gewisse Anerkennung ausdrücken sollte, sah Marianne sich in dem Foyer der Norderneyer Kur- und Rehabilitationsklinik am Deich um. »Die beiden Strandkörbe sind ja niedlich. Und schau dir diese tolle Dekoration da oben an!«

Seltsam, bisher hatte er den unter der Decke gespannten Netzen, in denen sich allerlei künstliche Muscheln und Meerestiere befanden, keinerlei Bedeutung geschenkt.

Am Empfang kramte Marianne ihre Buchungsbestätigung hervor und übergab sie der brünetten Dame mit den auffallend großen verschiedenfarbigen Karos auf der Bluse.

»Herzlich willkommen in unserem Haus«, sagte sie zur Begrüßung, während sie auf den Bildschirm ihres Computers schaute. »Aha, da haben wir Sie!« Die Dame ruckelte mehrmals an ihren schwarz-weiß gescheckten Brillenbügeln herum, dann wandte sie sich wieder ihnen zu. »Das Zimmer Ihrer Frau liegt leider in einem anderen Trakt. In Ihrer Nähe war nichts mehr frei, Herr Pielkötter.«

»Das macht nichts«, antwortete Marianne.

Seine Mundwinkel bewegten sich kaum merklich nach unten. Was sollte diese Bemerkung? Oder wollte seine Frau einfach nur höflich sein?

Sie liefen durch etliche Flure und stiegen anschließend eine Treppe in die erste Etage hoch. Das Zimmer war etwas kleiner als sein eigenes, dafür waren die Möbel offensichtlich noch moderner. Marianne verschwand in dem mit dezenten Kacheln gefliesten Bad und er setzte sich auf den Stuhl neben einem kleinen Tisch. Während er Wasser rauschen hörte, ging er noch einmal seine Pläne für den Nachmittag und den Abend durch. Aber vielleicht hatte Marianne ja selbst einen Wunsch.

Als sie aus dem Bad kam, stand er auf und legte seine linke Hand auf ihre Schulter. »Schön, dass du mich besuchst. Dabei bin ich doch erst ein paar Tage in der Reha.«

»Natürlich könnte ich jetzt erklären, dass ich Norderney schon immer kennenlernen wollte, seit unser Sohn mir vorgeschwärmt hat, wie toll man auf der Insel entspannen kann, und, nun ja, deine Kur eine gute Gelegenheit ist, endlich den Wunsch in die Tat umzusetzen.« Sie holte tief Luft und sah ihm direkt in die Augen. »Aber das würde nicht ganz stimmen. Ich muss mich einfach davon überzeugen, dass du es hier gut angetroffen hast.« Mit einem Mal lächelte sie verschmitzt. »Und natürlich, dass der Hauptkommissar Pielkötter in Duisburg zurückgeblieben ist und hier nicht plötzlich anfängt zu ermitteln.«

Hier gab es nichts zu ermitteln. Auf der Insel schien alles total friedlich zu sein. Aber lieber schnell von diesem heiklen Thema ablenken. »Hast du Hunger?«

»Nicht besonders. Ich würde gern zuerst am Strand spazieren gehen und danach etwas essen.«

»Gute Idee, ich weiß auch schon, wohin. Wir laufen am Meer entlang zum Restaurant *Weisse Düne.* Ein heißer Tipp von einem meiner Tischnachbarn.«

»Hast du hier außer diesem Herrn eigentlich schon nette Leute kennengelernt?«, wollte sie plötzlich wissen, während sie ein paar Schritte zum Fenster lief und hinausschaute.

Pielkötter riskierte einen kurzen Blick auf ihr Profil. Der bestätigte seine Vermutung, dass sie mit der Frage keinerlei Hintergedanken verfolgte. Ein Glücksgefühl durchströmte ihn. Offensichtlich war sein Seitensprung nicht mehr so präsent, dass sie Angst vor einem Kurschatten hegte. Trotzdem ermahnte ihn etwas in seinem Kopf, nicht zu optimistisch zu sein. Der eigentliche Test, welchen Schaden die Beziehung genommen hatte, stand noch bevor. Wie würde sie reagieren, wenn er das erste Mal unbekleidet neben ihr im Bett liegen würde? Wenn er die Situation ganz ehrlich einschätzte, sehnte er diese Begegnung auf der einen Seite herbei, auf der anderen bereitete ihm der unkalkulierbare Ausgang ein gewisses Unbehagen. Nur eines wusste er ganz genau: Den Zeitpunkt wollte er nicht weiter nach hinten verschieben. Er wollte noch an diesem Wochenende mit ihr schlafen, egal, was seine Schulter dazu sagte.

»Willibald, hast du meine Frage nicht verstanden?«, fuhr Marianne mitten in diesen Gedanken. »Ich wollte wissen, ob du in der Kur schon nette Leute kennengelernt hast?«

»Doch, doch, natürlich«, antwortete er hastig, als fühle er sich ertappt. »Wir sitzen zu dritt an einem Vierertisch. Mit dem linken Nachbarn, einem Herrn Schröder, bin ich gestern in der Stadt und im Kurpark spazieren gegangen. Von dem stammt auch der Tipp mit der Weissen Düne. Der hat schon zig Mal auf Norderney Urlaub gemacht und verbringt wohl auch öfter das Wochenende auf der Insel«

»Und der ist dir sympathisch?«

Pielkötter runzelte die Stirn. »Kann ich gar nicht sagen, ich kenne ihn ja kaum. Erzählt vielleicht etwas viel. Vor allem tut er ziemlich geheimnisvoll.«

»Vorsicht!«, erwiderte Marianne amüsiert. »Dass mir der Herr Kommissar hinter dem Geheimnisvollen nicht schon wieder ein Verbrechen wittert.«

»Besser wir starten jetzt«, ging er nicht darauf ein. »Der Weg am Strand entlang bis zu dem Restaurant ist nämlich relativ weit.« Er räusperte sich. »Dafür liegt das Lokal in spektakulärer Lage. Außerdem soll es dort ein fantastisches Essen geben, so viel ich von Schröder weiß. Zurück können wir dann den Bus nehmen, wenn es uns zu viel wird. Eine Haltestelle befindet sich ganz in der Nähe.«

Marianne sah ihn mit skeptischer Miene an. »Sollst du dich denn überhaupt nicht schonen?«

»Meine Beine sind völlig in Ordnung, mach dir keine Sorgen.«

»Hast du inzwischen eigentlich mal mit dem Chefarzt gesprochen?«

»Nein, den habe ich bisher noch nicht zu Gesicht bekommen. Bei der riesigen Klinik kann der sich ja auch nicht jedem Patienten vorstellen. Aber jetzt lass uns aufbrechen.«

14

Antonio fühlte sich unbehaglich. Immer wieder fuhr er sich abwechselnd durch das kurze, leicht fettige schwarze Haar und die Narbe an seinem Kinn. Mit ausdrucksloser Miene wartete er auf den fälligen Anschiss. Sein Chef, der Inhaber von Im- und Export Merchant, hatte ihn zu dem privaten Büro in seiner Villa im Duisburger Süden zitiert, um ihm eine Standpauke zu halten, so viel stand fest. Fairerweise musste Antonio zugeben, dass er sich in der Sache Natascha, die seinem Boss im Moment am meisten am Herzen lag, nicht gerade rühmlich hervorgetan hatte.

»Muss ich mich denn nur noch mit Dumpfbacken herumschlagen?«, schimpfte Vincent Merchant und haute mit der Faust auf den teuren Mahagonischreibtisch, der sicher eine Unmenge Geld gekostet hatte. Eigentlich musste seine Hand schmerzen, aber er verzog keine Miene. »Wofür bezahle ich euch eigentlich? Warum lässt Mielke diesen Koschmal an die präparierten Kisten mit dem Stoff heran? Und dann fällt dem fatalerweise auch noch auf, dass mit dem Gewicht was nicht stimmen kann und die Dosen zu leicht sind für Kokosmilch. Aber die falsche Aufgabe für den falschen Mann ist ja nicht alles.« Er schnaufte. »Nachdem das eine Menge Drecksarbeit nach sich gezogen hat, lässt du obendrein Natascha entkommen.«

»Chef ...«, wagte Antonio einzuwenden, aber weiter kam er nicht.

»Eine Frau läuft dir davon.« Merchants Stimme triefte vor Ironie und er schlug seine Rechte vor die Stirn. »Schon mal davon gehört, dass Männer erheblich schneller rennen können als diese staksigen Tussen?«

»Ich weiß auch nicht ... die war einfach so schnell. Ich kann mir das wirklich nicht erklären.«

Während Merchant Antonio mit den Augen fixierte, trommelten seine Finger unruhig auf dem Tisch herum. »Gut oder auch nicht«, fuhr er mit genervter Stimme fort. »Darüber haben wir schon gesprochen. Aber was mir absolut nicht gefällt...« Er machte eine kunstvolle Pause und drückte seine Zigarette in dem schwarzen Marmoraschenbecher aus, als wolle er sie zerquetschen. »Also, dass du deinen Fehler bisher nicht wieder gutgemacht hast.«

Plötzlich sprang Merchant von seinem protzigen Schreibtischstuhl hoch und erhob die Faust. »Wo ist diese elende Nutte, die ich aus der Gosse geholt habe? Die kann doch nicht einfach verschwunden sein. Wahrscheinlich hatte die kaum einen Cent bei sich. Such sie! Such sie!«, schrie er wie von Sinnen. »Vor allem, finde sie endlich!«

Er zog die oberste Schublade seines Schreibtisches auf und zog ein Foto von Natascha heraus. »Hier, zeig das überall herum. In jeder Spelunke, in jedem Bordell. Mach gefälligst etwas Druck. Das kannst du doch noch oder hast du das genauso verlernt wie das Laufen? Freunde, Kontaktpersonen, du willst alles wissen. Notfalls prügelst du es aus den Schlampen heraus. Wir müssen Natascha unbedingt finden. Kapier das endlich!«

»Willst du sie lebend?«, kam Antonio endlich zu Wort.

»Vorerst«, erwiderte Vincent Merchant mit hochgezogenen Augenbrauen. »Erst musst du sie aufspüren. Was später mit ihr passieren soll? Darüber denke ich nach, wenn du sie hergebracht hast.«

15

Sobald Pielkötter und seine Marianne den Strand erreicht hatten, zogen sie ihre Schuhe aus, krempelten die Hosenbeine hoch und liefen barfuß durch den feinkörnigen Sand bis zum Meer hinunter, das sich bei Ebbe ziemlich weit zurückgezogen hatte. Nun aber eroberte es sich ihn mit jeder Welle ein wenig mehr Land zurück.

Stumm schlenderten sie eine Weile nebeneinander her. Pielkötter hätte am liebsten ihre Hand ergriffen und sein Gesicht in ihrem halblangen braunen Haar versenkt. Dabei mochte er normalerweise keine Zärtlichkeiten in der Öffentlichkeit. Verstohlen sah er sich nach allen Seiten um. Trotz des schönen Wetters war dieser Strandabschnitt kaum besucht. Etliche Hundert Meter weiter vorne lagen einige Sonnenanbeter im Sand. Ein Mann stand fast bis zur Hüfte im Wasser und traute sich wohl nicht weiter rein, ein junges Paar lief in einiger Entfernung hinter ihnen her. Der Wunsch, seine Frau zu berühren, wurde fast übermächtig. Er wollte sie gerade an sich ziehen, da drehte sie sich von ihm fort und blickte aufs Meer.

»Schau mal, Willibald, der Mann hat es gemacht! Er ist in die Hocke gegangen und nun ganz nass. Da, jetzt krault er los. Offensichtlich ist das Wasser noch nicht zu kalt. Vielleicht sollte ich mich auch reintrauen. Einen Badeanzug habe ich jedenfalls mit. Was meinst du?«

Pielkötter stöhnte innerlich. Der Zauber war unweigerlich verflogen. »Wenn du es unbedingt versuchen willst«, entgegnete er laut. »Leider musst du es ohne mich wagen. Aber bitte an einem Strand mit Badeaufsicht. Hast du die Hinweisschilder gesehen? Das Baden ist nur in ganz bestimmten Strandabschnitten bei Flut gestattet. Wer sich nicht daran hält, kann in Lebensgefahr geraten.«

»Ja, Herr Kommissar!« Sie lachte.

Von Weitem kam eine stattliche Ansammlung von Strandkörben in Sicht und hölzerne Pavillons auf einer Plattform. »Ich glaube, wir haben es bald geschafft«, erklärte Pielkötter. »Das müsste der Beginn des Oststrandes sein. Dort liegt das Lokal mitten in den Dünen. Hoffentlich haben die draußen noch einen Platz für uns frei. Bei diesem schönen Wetter wäre es ja eine Schande, drinnen zu sitzen, auch wenn es innen mit der Holzdecke und einem Kamin sehr urig sein soll.«

Im Weitergehen bemerkten sie am Strand drei nostalgische Umkleidekabinen mit Rädern. »Ob die echt sind?«, fragte Marianne.

»Eher Replikate«, antwortete er. »Bei uns in der Klinik hängen vergrößerte Fotografien der alten Badekarren und eine Erklärung daneben. Früher wurden die von Badewächtern und -wächterinnen ins Meer geschoben. Der Gast ist dann auf der andern Seite nackt ins Meer gestiegen. Für Damen gab es noch einmal einen extra Sichtschutz. Dabei haben Männer und Frauen sowieso an unterschiedlichen Strandabschnitten gebadet. Später gab es auch Familienstrände. Da hat man die Wagen weiter vom Wasser aufgestellt und nur noch zum Wechseln der Sachen benutzt. Aber jetzt lass uns weitergehen. Noch ein Stück den Dünendurchgang hoch, dann müssten wir das Restaurant eigentlich schon sehen können.«

Sie hatten Glück. Das Lokal war zwar gut besucht, aber einige Holztische auf der Terrasse waren noch frei, dazu einer der rot-weiß gestreiften Strandkörbe. Marianne steuerte auf den leeren Strandkorb zu, blieb dann jedoch stehen. »Der ist bestimmt sehr gemütlich, aber zum Essen wohl eher ungeeignet.«

»Vielleicht können wir danach dorthin umziehen«, schlug Pielkötter vor. Sie setzten sich an einen langen Holztisch, die gemütlichen Sitzgruppen aus einer Art Korbgeflecht mit riesigen buntgemusterten Kissen waren leider alle besetzt. Auf der Bank ohne Lehne, auf der sie Platz genommen hatten, lagen helle Felle statt Polster.

»Erinnerst du dich noch an unseren dreißigsten Hochzeitstag, den wir am Meer verbringen wollten«, bemerkte Marianne, nachdem sie eine Weile geschwiegen hatten. Dabei klang ihre Stimme eher sehnsüchtig als vorwurfsvoll. Sie sah ihm ins Gesicht. »In dem Ferienhaus meiner Schwester. Und dann kam dieser Tote am Alsumer Berg dazwischen.« Sie seufzte tief. »Dein Beruf ...« Mit einer Geste, die ihm nur zu vertraut vorkam, strich sie eine vorwitzige Locke nach hinten. » Aber nun hat er uns hierhergeführt.«

Er wollte nach ihrer Hand fassen, aber in diesem Moment erschien die Bedienung mit der Speise- und Getränkekarte.

SAU KALT, las Pielkötter, *ein leichtes, spritziges Bier mit Stolz und Leidenschaft gebraut von unserem schwäbischen Brauerfreund Hans Dieter Hilsenbeck.* »Eine echte Alternative zu dem naturtrüben Brunnenbier«, stellte er fest.

»Ich nehme den australischen Rosé, obwohl ich um diese Zeit ja eigentlich keinen Wein trinke«, sagte Marianne. »Wenn ich davon müde werde, nehmen wir den Bus.«

»Ich frag die Kellnerin gleich nach dem Fahrplan.«

»Warten wir erst einmal ab. Vielleicht sind wir nach dem Essen froh, uns noch etwas die Beine vertreten zu können.«

Er bezweifelte, dass dafür der komplette Rückweg nötig sein würde. Ihm lag nicht das Geringste daran, sich völlig zu verausgaben, ehe sie die Klinik erreichten.

Pielkötter bestellte Pannfisch wie ihn der Chef mag, Filets von Wildlachs, Knurrhahn und Dorsch. Dazu gab es Bratkartoffeln mit Senfkornsauce. Marianne nahm den Salat *Weisse Düne* mit Ziegenfrischkäse und Meeresragout. Noch während der Mahlzeit bereute Pielkötter, ihr einen weiteren Drink im Strandkorb in Aussicht gestellt zu haben. So verlockend der Platz auch wirkte, lieber wäre er irgendwo allein mit ihr gewesen. Gleich wenn sie von der Toilette zurückkam, wollte er es ihr sagen.

Inzwischen standen etliche Urlauber in der Nähe der begehrten Sitzplätze und warteten darauf, dass Gäste das Lokal verließen. Plötzlich erkannte er unter ihnen diesen jungen rotblonden Mann aus der Klinik. Dennis, hatte sein Freund ihn im DeLeckerbeck genannt. Neben ihm stand seine Kollegin, der er letztens aus der Berufskleidung und Unterwäsche geholfen hatte. Obwohl sein Freund ihm dringend davon abgeraten hatte. Seiner verkniffenen Miene nach zu urteilen, war Dennis im Moment allerdings kaum geneigt, der Dame näher zu kommen als nötig. Die beiden liefen einige Schritte auf ihn zu und blieben dann unmittelbar neben ihm stehen. Pielkötter vertiefte sich in die Speisekarte. Dabei würden sie sich an sein Gesicht bestimmt nicht erinnern, wahrscheinlich hatte sie ihn beim Liebesspiel überhaupt nicht bemerkt.

»Nicole, bitte sei doch vernünftig«, hörte er den jungen Mann mit dem Piercing. »Das hat doch keinen Zweck mit uns. Ich werde nicht mehr lange in der Klinik arbeiten, und wenn ich erst einmal auf dem Festland bin, haben wir kaum noch eine Chance, uns regelmäßig zu sehen.« Er seufzte. »Vor allem möchte ich jetzt nicht hier in der Öffentlichkeit darüber reden.«

»Aber ich kann doch mit dir kommen«, wandte sie tonlos ein. »Ich gehe, wohin du willst. Gute Therapeuten werden überall gebraucht. Zudem habe ich noch eine Ausbildung als Krankenschwester.«

»Versteh mich doch endlich.« Inzwischen schwang in seiner Stimme eine gehörige Portion Ärger mit. »Es klappt nicht mit uns. Darüber gibt es nichts mehr zu diskutieren.«

Pielkötter hielt die Luft an. Die junge Dame vielleicht auch. Zumindest entgegnete sie nichts. Nur ihre Anspannung glaubte Pielkötter spüren zu können, vielleicht auch die des jungen Mannes.

»Ich hab verstanden«, erwiderte sie, rang aber erkennbar um Fassung.

Pielkötter drehte den Kopf zu ihr und sah sie davonrennen. Der junge Mann schaute ihr eine Weile regungslos nach, in seinem Blick lag mehr Bedauern als Entschlossenheit. dann trottete er in die andere Richtung.

»Kleine Planänderung«, hörte Pielkötter plötzlich Mariannes Stimme von hinten. »Ich habe mir gerade ein großes Bild von Mick Jagger in knalligen, dick aufgetragenen Farben vor dem Waschraum angeschaut, da habe ich eine interessante Unterhaltung mitbekommen. Von hier aus sind es nur achthundert Meter bis zu einer Aussichtsdüne. Und die liegt sogar auf dem Rückweg. Den Bus haben wir ohnehin gerade verpasst.« Pielkötter schluckte. Das hatte ihm gerade noch gefehlt. »Übrigens soll der Weg auch für Fahrräder geeignet sein. Dort kommen wir ja viel schneller vorwärts als im Sand. Ein kleiner Verdauungsspaziergang schadet jetzt nicht.«

»Schon gut«, stimmte er zu. Ihrer Begeisterung hatte er kaum etwas entgegenzusetzen.

Es dauerte nicht lange, dann hatten sie den barrierefreien Weg erreicht, der halb um die hohe Düne nach oben führte. Am höchsten Punkt befand sich ein Rondell aus Holz mit Sitzgelegenheiten. Ehe sie sich kurz niederließen, bewunderten sie die Aussicht über die fantastische Dünenlandschaft. Die hatte er sich nicht so grün bewachsen vorgestellt. Nur an wenigen Stellen kam der helle Sand zum Vorschein und einige leuchtend rote Dächer ragten heraus. Weiter hinten im Westen erkannte er die Stadt, besonders die Bausünden vergangener Jahre. Sein Blick wanderte über das gut sichtbare Festland mit unzähligen Windrädern in Küstennähe, traf schließlich den Leuchtturm, den er Marianne morgen zeigen wollte, sofern das Wetter es erlaubte.

»Ich denke, wir sollten jetzt besser aufbrechen«, erklärte er, nachdem sie eine Weile gerastet hatten. »Sonst verpassen wir auch noch den nächsten Bus.«

An der Haltestelle unterhalb des Lokals wartete eine ganze Traube von Leuten mit verschiedensten Utensilien für das Strandvergnügen. Einige hatten sogar einen Kinderwagen dabei, obwohl man die nur mit Mühe durch den Sand schieben konnte. Gleich würde der letzte Bus von hier aus in die Stadt losfahren. Und darin würde er ganz nah bei ihr sitzen.

16

Schröder schüttelte den Kopf, als er an den gestrigen Spaziergang mit seinem Tischnachbarn dachte. Pielkötter war ja vielleicht ein harter Brocken. Total dröge und verschlossen. Während er selbst viel geplaudert hatte, hatte der kaum etwas Persönliches preisgegeben. Erst kurz vor der Rückkehr in die Klinik hatte ihm Pielkötter seinen Beruf verraten. Dazu hatte Schröder allerdings mehrmals nachbohren müssen. Während des Abendessens hatte der Kommissar dann wieder den Zugeknöpften gespielt. Bei der Polizei war der also. Interessant. Vielleicht konnte er ihm ja behilflich sein. Eigentlich war Pielkötter ihm sogar ein wenig Beistand schuldig. Er hatte ihn trotz des Risikos, von der falschen Person gesehen zu werden, auf der Insel herumgeführt.

Schröder rieb sich mit der Hand über die feuchte Stirn. Auf einmal empfand er es furchtbar heiß in seinem Zimmer. Er öffnete das Fenster, aber es drang kaum frische Luft herein. Am besten gönnte er sich noch einen kleinen Rundgang, bis die Temperatur auf ein erträgliches Maß gesunken sein würde.

Er schloss die Tür zweimal ab, dann lief er in Richtung Treppen. Kaum hatte er den Fuß auf die oberste Stufe gesetzt, da blieb er abrupt wieder stehen. Im nächsten Moment machte er ein paar Schritte zurück. Das Blut rauschte schneller durch seine Adern. Wenige Meter entfernt eilte gerade dieser Kerl nach unten. Auf keinen Fall durfte er ihn auf der Insel, geschweige denn in der Klinik entdecken. Neugierig beugte Schröder sich über die Brüstung. Der Kerl hatte inzwischen das Erdgeschoss erreicht und wandte sich nach rechts.

Seltsam, dachte Schröder, während er die Stufen hinunterschlich. Was machte der um diese Uhrzeit noch hier im Haus? Der wohnte doch nicht in der Klinik, und die offizielle Arbeitszeit war auch längst vorbei. Wollte er etwa jemanden treffen?

Schröder fasste automatisch an seine Perücke und versuchte, sie noch etwas weiter nach unten zu ziehen. Zudem fischte er ein Herrentaschentuch aus der Hosentasche. Falls der Mann sich umdrehte, würde er es sich vors Gesicht halten und so tun, als putze er sich die Nase. Schröder erreichte die unterste Treppenstufe und spähte nach rechts. Er erkannte gerade noch, wie der Kerl am Ende eines Gangs um die Ecke bog. Während Schröder ihm folgte, rauschte erneut ein Schuss Adrenalin durch seine Adern. Die Gummisohlen seiner leichten Sandalen verursachten kaum ein Geräusch, dennoch schien jeder Tritt in seinen Ohren zu hallen.

An der nächsten Ecke blieb er stehen und schaute vorsichtig um die Mauer. Weiter hinten befand sich eine zweite Treppe. Sie führte in den Keller. Der Kerl war schon fast im Untergeschoss verschwunden, als er seinen Kopf plötzlich drehte und in seine Richtung schaute. Schröder zuckte sofort zurück. Seine Knie begannen zu zittern. Hatte der Kerl ihn etwa gesehen, womöglich sogar erkannt? Nein, das konnte nicht sein. Nicht in dem Bruchteil einer Sekunde. Als Schröder erneut wagte, um die Ecke zu lugen, war der Mann bereits verschwunden.

Schröder hastete den Gang entlang und schaute die Steintreppe hinunter. Er konnte niemanden erkennen, vernahm jedoch ein Geräusch. Angespannt stieg er nach unten. Das Herz schlug ihm bis zum Hals. Am liebsten wäre er umgekehrt, aber das gestattete er sich nicht. Er wischte sich mit dem Herrentaschentuch den Schweiß von der Stirn. Anschließend hielt er es so vor die Nase, dass nur noch seine Augen zu sehen waren. Mit jeder Stufe nach unten schien sein Blutdruck zu steigen. Plötzlich hatte er wieder Sicht auf den Kerl. Er stand vor einer Stahltür und tippte einen Zahlencode in eine Tastatur daneben ein. Nach einem kurzen Piepton zog er die schwere Tür auf und verschwand dahinter.

Jetzt oder nie. Diese Chance durfte er sich nicht entgehen lassen. Schröder beeilte sich. Er erreichte die Stahltür, noch bevor sie sich wieder geschlossen hatte. Er konnte es sich selbst nicht erklären, aber er musste dem Kerl einfach hinterher, wissen, was er hier trieb. Mit angehaltenem Atem und pochendem Herzen schob er die Tür so weit auf, dass er durch den Spalt schlüpfen konnte. Er betrat einen winzigen Vorraum mit gedämpftem Licht. Die Luft roch arg abgestanden. Links standen zwei hüfthohe Kisten. An der Wand hingen mehrere dunkelgrüne Kittel. Schröder hörte den Kerl in dem hinteren Keller hantieren.

Mit einem Mal näherten sich Schritte. Schröder rannen Bäche von Schweiß den Rücken hinunter. Schnell, schnell, schnell, pochte es hinter seiner Stirn. Als der Kerl aus dem hinteren Teil zurückkam, den kleinen Durchgangsraum betrat und die Tür zuzog, hatte Schröder sich hinter die Kisten geduckt und schaute vorsichtig durch einen kleinen Zwischenraum. Was hielt der Kerl da in der Hand? Schröder konnte es nicht erkennen. Mit wenigen Schritten erreichte der Kerl den Ausgang. Dort tippte er einen Code an einer inneren Schalttafel ein. Die Tür öffnete sich nach außen. Er löschte das Licht und verließ der Raum.

Nachdem er verschwunden war, stürmte Schröder auf den sich verkleinernden Spalt zu. Seine Hände drückten gegen den Stahl. Woher kam plötzlich dieser Widerstand? Er setzte sein ganzes Körpergewicht ein. Erfolglos. Das Schloss rastete ein. Er war gefangen. Wie von Sinnen hämmerten seine Fäuste gegen die Tür. Er musste raus aus diesem kleinen Kabuff, das er nun wie eine Art Grab empfand. Die absolute Finsternis konnte er kaum ertragen. Zudem kam ihm die Luft nun noch stickiger vor als vorhin. Seine Finger tasteten an der Wand entlang, bis er den Lichtschalter gefunden hatte. Er drückte dagegen, aber nichts passierte. Wie konnte das sein? Wurde der Stromfluss etwa erst durch den Code aktiviert?

Schröder rieb sich den Schweiß von der Stirn, dabei war es eiskalt in dem Raum. Während er überlegte, wie lange der Sauerstoff in dem Kabuff ausreichen würde, stieß er einen Laut aus, der unmenschlich klang. Es wird reichen, redete er sich ein.

Er musste in den zweiten Raum gelangen. Vielleicht würde er dort besser atmen können. Wahrscheinlich befand sich darin ein Lager. Spätestens Montag würden einige Mitarbeiter der Klinik hier erscheinen. Schröder tastete an der Wand entlang, bis er endlich die hintere Tür erreicht hatte. Seine Hand fuhr über kalten Stahl und stieß gegen einen Knauf. Bevor er noch daran zog, war ihm schon klar, es würde sinnlos sein. Er tat es trotzdem. In seinem Kopf rotierten die Gedanken, einer war geradezu ungeheuerlich. Hatte der Schweinehund ihn in diesen Keller gelockt und ihn absichtlich hier eingesperrt?

17

Marianne hatte Pielkötter noch zu einem kleinen Bummel durch die Stadt überredet. Endlich standen sie in der Eingangshalle der Rehaklinik und ihm fehlten auf einmal die richtigen Worte, um Marianne zu erklären, dass der gemeinsame Abend auf keinen Fall schon enden durfte. Wie lud man die eigene Frau nach so langer Zeit der Trennung ein, das Lager mit ihm zu teilen? *Gehen wir zu dir oder zu mir?*, erschien ihm nun wirklich zu abgegriffen. Eine Gruppe von Männern betrat die Klinik. Sie unterhielten sich laut, einer lachte, was sich eher anhörte, als sei der Anlasser eines Motors defekt.

»Ich bringe dich noch zu deinem Zimmer«, sprudelte es plötzlich aus ihm heraus.

Marianne nickte. Dabei sah sie ihn mit einem Blick von der Seite an, den er nicht zu deuten vermochte. Wenn er nur wüsste, was in ihr vorging. Erhoffte sie sich von dem weiteren Verlauf des Abends dasselbe wie er? Schweigend stiegen sie die Treppe hoch und liefen langsam den langen Gang entlang, der zu ihrem Zimmer führte. Während sie die Schlüsselkarte aus ihrer Handtasche zog, öffnete sie den Mund. Er musste handeln, ehe sie ihm eine gute Nacht wünschen konnte. Pielkötter wusste in diesem Moment nur zu gut, dass seine Entschlossenheit, ihr heute noch ganz nah zu sein, unweigerlich zunichtegemacht würde, sollte sie ein negatives Signal aussenden.

»Darf ich noch mit rein?«, fragte er schnell, obwohl das in seinen Ohren äußerst seltsam klang. Schließlich war sie immer noch seine Frau. Er kannte sie besser als jeden anderen Menschen und sie ihn.

»Ja, ja, natürlich«, antwortete sie, wobei sie für seinen Geschmack eine Sekunde zu lang gezögert hatte. Mit gemischten Gefühlen folgte er ihr. »Mach es dir nur bequem.«

Während sie die Vorhänge zuzog, setzte er sich auf den Stuhl. Marianne sah sich im Raum um und platzierte sich dann auf dem Bett. Eine andere Sitzgelegenheit gab es nicht. Dann begann sie zu reden. Sie erzählte wie ein Wasserfall von belanglosen Dingen, als hätte sie Angst, er könne ein unangenehmes Thema anschneiden, sobald sie innehielt. Pielkötter hörte kaum zu. In seinem Kopf rotierten die Gedanken. Er wollte sich ihr nähern, wusste aber nicht wie.

Schließlich gab er sich einen Ruck, ging zu Marianne hinüber. Aufgewühlt setzte er sich neben sie und zog sie mit dem intakten Arm zu sich heran. Sie ließ es schweigend geschehen. Er versuchte, in ihrem Blick zu forschen, kam aber zu keinem Ergebnis. Warum fühlte er sich wie ein Jüngling, so, als hätte er sie noch niemals berührt? Himmel, sie hatten einen gemeinsamen Sohn. Verstohlen wanderte seine linke Hand an ihrem Rücken entlang, bahnte sich einen Weg nach vorne, öffnete die Knöpfe ihrer Bluse. Er streichelte ihre Brust. Erleichtert registrierte er, dass sie darauf reagierte und ihm half, sich auszuziehen.

Als sie nackt nebeneinander auf die Matratze sanken, schmerzte seine Schulter. Er hatte nicht daran gedacht, die richtige Seite zu wählen. Während er die Betthälfte wechselte, trafen sich ihre Blicke. Mariannes Miene wirkte seltsam traurig. »Willibald, es geht nicht«, erklärte sie resigniert. »Es geht einfach nicht, dabei …« Sie bedeckte ihren nackten Körper mit einem Laken. »Ich kann nicht einfach dort weitermachen, wo wir aufgehört haben, als sei nichts geschehen. Es tut mir leid.«

»Macht doch nichts«, raunte er mit einer Stimme, die ihm selbst fremd vorkam. »Niemand hetzt uns. Wir haben alle Zeit der Welt, uns wieder aneinander zu gewöhnen.« Sanft strich er eine Haarsträhne aus ihrer Stirn. »Soll ich lieber aufstehen oder darf ich noch etwas in deinem Bett liegen?«

»Bleib ruhig noch eine Weile«, erwiderte sie.

Er versuchte, seine Gedanken zu ordnen, schaffte es aber nicht. Während er stumm neben ihr lag, erinnerte er sich daran, wie gerne sie immer mit ihm geschlafen hatte. Selbst dann, wenn sie kleinere Wehwehchen geplagt hatten. *Ich setze auf den sexuellen Heilungseffekt*, hatte sie einmal bekundet. Für seelischen Kummer galt das wohl nicht. Leider.

Ohne es zu wollen, war Pielkötter kurz eingenickt. Er wurde jedoch schnell wieder wach, als ihn etwas berührte. Für einen Augenblick bereitete es ihm Mühe, den Reiz einzuordnen, aber dann registrierte er die Wärme eines Körpers neben sich, vor allem eine Hand, die durch sein Brusthaar fuhr. Die Hand bewegte sich langsam nach unten. Pielkötter atmete tief ein und aus, wagte es nicht, sich zu bewegen. Finger umkreisten seinen Bauchnabel, fuhren über seine Haut weiter nach unten. Endlich erreichten sie die Stelle, an der er sie jetzt am meisten ersehnte. Regungslos genoss er zunächst die Liebkosung, dann drehte er sich zu Marianne um.

18

Draußen war es dunkel, das Licht der Straßenlaterne schien herein. Natascha döste auf dem Sofa. Sie dachte an das Waisenhaus, an den überfüllten Schlafsaal, die fummelnden Finger von Olga, einer der Aufseherinnen. Und dann diese Hoffnung, in Deutschland endlich ein neues, besseres Leben beginnen zu können. Vor allem ein Leben ohne Erniedrigungen. Ihr Traum in dem fremden Land war sehr rasch geplatzt. Wie konnte die Welt nur so ungerecht sein? Elend produzierte Elend, anstatt die Leidenden zu entschädigen. Elend produzierte Drogen und Prostitution. Dabei hatte sie sich eine Weile wirklich eingebildet, dem Kreislauf entronnen zu sein. Durch Vincent war sie aufgestiegen. Von der einfachen Nutte zur Edelnutte. Ihrem Mund entfuhr ein missglücktes Lachen. Doch um welchen Preis?

Gerne hätte sie das Rad der Zeit zurückgedreht, wäre wieder in dem Bordell in Hochfeld ihrer geregelten Arbeit nachgegangen, hätte sich von gierigen Augen angaffen, sich von schmierigen Händen begrapschen lassen. Hätte geschmeichelt, gelogen, sich manchmal vor Scham und Ekel erbrochen. Trotzdem kam ihr alles besser vor als das, was sie jetzt durchmachte. Die Angst, die elende Warterei, zum Nichtstun verdammt. Ein Hungergefühl hatte sie inzwischen nicht mehr. Zweimal am Tag kochte sie eine Kanne Tee. Sie zelebrierte es.

Natascha wandte den Kopf und starrte an die Decke. Vielleicht änderte sie besser ihren Plan, anstatt auf Anastasijas Rückkehr zu warten. Okay, sie hatte kein Geld, aber sie konnte immerhin anschaffen gehen. Genau das hatte sie doch in all den Jahren gelernt. Sie versuchte erneut zu lachen, was allerdings eher nach einem Aufschrei klang. In Duisburg würde das sicher zu gefährlich sein, aber vielleicht könnte sie sich bis zu einer der Nachbarstädte durchschlagen. Sobald sie erst einmal das Geld für eine Bahnfahrt zusammen hatte … Natascha hatte den Gedanken noch nicht zu Ende gedacht, da erregte ein leises Geräusch ihre Aufmerksamkeit. Es kam eindeutig von der Tür. Die Nachbarin? So spät noch? Nun, vielleicht hatte sie etwas vergessen

Mit einem Satz sprang Natascha vom Sofa. Sie richtete die benutzten Kissen auf, riss die Decke an sich. Der Holzboden in der Diele knackte. Wie sollte sie der Nachbarin ihre Anwesenheit erklären? Während Adrenalin Nataschas Körper überschwemmte, wanderten ihre Augen durch den Raum. Die Lehnen des Sofas waren hoch genug, um sich dahinter verstecken zu können. Natascha hockte sich zwischen Couch und Fernsehtisch. Sofern die Nachbarin nicht gerade bis zum Fenster ging, würde sie sie nicht entdecken. Und selbst wenn, versuchte sich Natascha einzureden. Sie konnte immer noch an der Frau vorbei nach draußen stürmen. Inzwischen hatte sie sich entschieden. Sie wollte ohnehin von hier fort.

Plötzlich knackte es. Kurz darauf spürte sie einen leichten Luftzug auf ihren nackten Unterarmen. Natascha presste die Decke an sich wie ein Schutzschild. Dabei zitterten ihre Hände. Jetzt hörte sie Schritte. Die Schritte waren anders, vorsichtiger und doch irgendwie fest. Schweißperlen rannen von ihrer Stirn. Ihr linkes Auge brannte, aber Natascha wagte nicht, die Hand zu bewegen. Plötzlich beugte sich eine große Gestalt über die Sofalehne. Ihr Herzschlag schien für einen Moment auszusetzen. Eine Faust streckte sich vor, traf ihren Kopf. Antonio, durchfuhr es sie, bevor sie das Bewusstsein verlor.

19

Pielkötter schlug die Augen auf. Für einen kurzen Moment hatte er Mühe, sich in seinem Zimmer zu orientieren, dann schmunzelte er beim Gedanken an den gestrigen Abend, besonders an die Nacht. Er glaubte Mariannes Hände auf seinem Körper zu spüren, hörte im Geist das Flüstern ihrer heiseren Stimme an seinem Ohr. Erst gegen Morgen hatte er ihr Bett verlassen und war vorsichtig in sein Zimmer geschlichen, wie ein Schüler auf Klassenfahrt, der nicht bei einem unerlaubten Abstecher in die Zimmerflucht der Mädchen ertappt werden durfte. Zu gerne wäre er noch neben seiner Frau liegen geblieben, aber die Matratze war einfach zu klein, und die Gefahr, jemanden auf dem Flur in die Arme zu laufen, erhöhte sich mit jeder Stunde.

Pielkötter schaute zu dem Wecker auf seinem Nachttisch. Kurz nach sieben. Wenn er jetzt duschte, würde es auch schon bald Zeit sein, Marianne zu wecken.

Wenig später stand er vor ihrer Tür und klopfte leise gegen das Holz. Seine Frau öffnete so rasch, als hätte sie gerade davor gestanden.

»Wie fühlst du dich?«, fragte er mit einem verstohlenen Seitenblick.

Sie lächelte. »Gut! Und nach einem Begrüßungskuss sicher noch besser.«

»Das lässt sich machen«, erwiderte er glücklich lächelnd, während seine Augen von ihrem zurückgekämmten Haar zu ihren Füßen wanderten. »Warum bist du eigentlich bereits wach und angezogen?«

»Nachdem du gegangen bist, konnte ich nicht mehr einschlafen. Mir ist einfach so vieles durch den Kopf gegangen. Aber jetzt brauche ich dringend einen Kaffee. Den gibt es am Wochenende doch wohl schon so früh?«

Pielkötter nickte. Allerdings ging dann doch nicht alles so schnell. Kurz vor dem Speisesaal kehrte Marianne noch einmal um, weil sie eine Tablette vergessen hatte, die sie unbedingt vor dem Frühstück einnehmen musste. Pielkötter betrat allein den nicht gerade gut gefüllten Saal. Die meisten Patienten schätzten es offensichtlich, am Sonntag einmal länger schlafen zu können. Allerdings saß Wolfgang Schröder bereits an seinem Platz und kaute gerade an einer Art Müslistange herum. Seine Gesichtsfarbe wirkte um einige Nuancen bleicher als sonst. Pielkötter ging auf seinen Tischnachbarn zu.

»Fühlen Sie sich nicht gut?«, fragte er besorgt.

Schröder holte tief Luft. »Sie können sich kaum vorstellen, welche Tortur ich hinter mir habe.«

Normalerweise hätte Pielkötter das wieder als die wohlbekannte Geheimniskrämerei abgetan, aber Schröder sah wirklich sehr mitgenommen aus. »Ich wurde aus Versehen in einen kleinen dunklen Kellerraum eingeschlossen. Dort habe ich die ganze Nacht verbringen müssen. Heute Morgen hat mich zum Glück eine Schwester befreit, die etwas aus dem Lagerraum holen wollte. Ich hatte schon befürchtet, bis

Montag warten zu müssen. Oder hätten Sie mich vorher als vermisst gemeldet?«

»Eher nicht«, entgegnete Pielkötter. »Am Wochenende hat ja jeder bis zehn Zeit zum Frühstücken. Und da ich Besuch von meiner Frau habe ... Ach, da kommt sie gerade.« Pielkötter winkte Marianne zu sich heran. Als sie ihren Tisch erreichte, stellte Pielkötter sie noch einmal offiziell vor. Die beiden tauschten die üblichen Floskeln aus, dann nahm Pielkötter Marianne mit zum Buffet.

»Finde ich äußerst beachtlich, dass Sie Ihren Mann so schnell besuchen«, bemerkte Schröder, als sie mit gefüllten Tellern und Kaffeebechern zurückkehrten. »Und das bei der weiten Anfahrt aus dem Ruhrgebiet.«

»Natürlich bin ich wegen Willibald gekommen, aber auch um Norderney zu entdecken«, gestand Marianne lachend. Sie strich Butter auf ein Vollkornbrötchen und belegte es mit Käse. »Leider geht es heute Abend schon wieder nach Hause zurück. Ich habe versucht, am Montag auch noch freizunehmen, aber eine Kollegin ist leider erkrankt. Deshalb muss ich wohl oder übel die letzte Fähre nehmen.« Sie warf einen kurzen sehnsüchtigen zu Pielkötter, dann wandte sie sich wieder an Schröder. »Und was haben Sie heute Schönes vor?«

»Leider nicht gerade viel. Ich ziehe mich nach dem Frühstück sofort wieder auf mein Zimmer zurück. Was ich kürzlich erst erlebt habe ... aber lassen wir das Thema lieber. Jedenfalls hoffe ich, dass mein Aufenthalt in dieser Klinik bald beendet ist.«

Marianne hatte seinen Ehering entdeckt. »Sie freuen sich bestimmt, Ihre Familie wiederzusehen.« Es hörte sich eher nach einer Feststellung als nach einer Frage an, aber Schröder verzog verächtlich sein Gesicht.

»Tja, meine Familie ...«, stieß er hervor, wischte sich mit seiner Serviette den Mund ab und erhob sich. Pielkötter hätte es kaum gewundert, wenn er zum Abschied hinterhergeschickt hätte: Die ist Teil meines Problems. »Ich wünsche Ihnen noch einen schönen Tag, auch wenn der Wetterbericht ausgerechnet für heute Regen angesagt hat. Zumindest für morgens. Nachmittags soll es ja schon wieder besser werden. Das ist ja so typisch für die Insel. Der Regen hat sich in Windeseile wieder verzogen, auf dem Festland dagegen hängt das schlechte Wetter oft länger fest. Manchmal direkt hinterm Deich. Zumindest kommt mir das öfter so vor.«

»Man sieht sich«, beteuerte Pielkötter, nachdem sein Tischnachbar den Monolog über das Wetter auf der Insel und an der Küste endlich beendet hatte.

»Alles Gute für Sie«, schickte Marianne hinterher.

Wolfgang Schröder nickte ihnen freundlich zu und verschwand in Richtung Ausgang.

20

»Schade«, bemerkte Marianne. »Ohne Schirm hätten wir von den schicken Gassen noch viel mehr gesehen. Und dieser Kurplatz sieht bei Sonnenschein sicher auch ganz fantastisch aus.«

»Aber dann wäre das Wetter viel zu schade für das Thalasso-Bad«, entgegnete Pielkötter.

»Da hast du auch wieder Recht.« Während sie das Badehaus betraten, knuffte sie ihn spielerisch in die Seite. »Schau mal, da steht es ja: *Thalasso hat ein Zuhause. Das bade:haus norderney wurde mit dem Europäischen Qualitätssiegel Thalasso & SPA – Leading SPA Selections sowie als Best Public Bath in Europe 2015 ausgezeichnet.* Ohne einen Besuch in diesem Highlight der Insel darf ich die Heimreise nicht antreten.«

»Wahrscheinlich hat das Bad deshalb bei uns in der Zeitung gestanden.« Pielkötter reihte sich in die überschaubare Schlange vor der linken Kasse ein.

Marianne stellte sich neben ihn. »Was nehmen wir denn? Ich denke, die Wasserebene reicht. Sonst wird alles zu viel für vier Stunden.«

»Wie?«, fragte er irritiert.

»Eine Feuerebene gibt es auch noch. Mit etlichen Saunen. Aber fürs Schwitzen bist du ja eh nicht so zu haben.«

»Ne, ne, die Wasserebene reicht.« Eigentlich kam er sowieso nur wegen Marianne mit. Zwar mochte er Bäder und dieses hielt er ganz bestimmt für einen Besuch wert, aber er weilte leider nicht als Urlauber auf Norderney, sondern als Patient in einer Rehaklinik mit Anwendungen bis zum Abwinken. Nun, vielleicht war er jetzt etwas ungerecht, schließlich bereitete ihm die Bewegungen an der Seite seiner Frau im wohltemperierten Wasser sicher mehr Spaß als die schmerzhaften Übungen im Becken der Klinik.

»Mit dem Chip an Ihrem Bändchen können Sie Ihren Schrank verschließen«, riss die Angestellte an der Kasse ihn aus seinen Gedanken. »Sofern Sie etwas trinken oder essen möchten, wird der Betrag auf dem Chip gespeichert. Und der

Übergang zum Familienbad mit dem Wellenbecken und weiteren Einrichtungen ist für Sie kostenfrei.«

»Bis gleich«, verabschiedete sich Marianne, als sie die Sperre passierte und der Umkleidekabine für Damen zustrebte.

Pielkötter beeilte sich mit dem Entkleiden und Duschen und betrat als Erster den Raum mit dem Entspannungsbecken. Bevor er sich umsehen konnte, vernahm er aber schon die Stimme seiner Frau hinter sich. »Dieses Ambiente gefällt dir nüchternem Typ sicher gut. Hell gestrichene Wände, Natursteine in Grau für den Boden und in dezentem Grün für das Schwimmbecken. Dazu diese interessanten Bilder in Braunrot.«

»Am besten gefällt mir, dass man in diesem riesigen Entspannungsbecken überall stehen kann.«

»Entschuldige, Willibald, ich habe nicht daran gedacht, dass du mit deiner kaputten Schulter wahrscheinlich noch nicht schwimmen kannst.«

Er lächelte nachsichtig. »Alles gut. Wenn ich mich bei diesen angenehmen zweiunddreißig Grad Celsius im Wasser bewege, fördert das bestimmt enorm den Heilungsprozess. Und mit einer solchen Begleitung ...« Sobald er das ausgesprochen hatte, wunderte er sich über sich selbst. Er war doch noch nie ein Freud von Komplimenten gewesen, erst recht nicht jemand, der sein Innerstes nach außen kehrte, und sei es vor der eigenen Frau. Er kannte sich selbst nicht mehr.

»Willibald, willst du nicht endlich ins Wasser kommen?«, fragte seine Frau. »Hier ist es einfach herrlich, und die Temperatur genau richtig.«

Nachdem Pielkötter selbst ins Wasser getaucht war, konnte er ihre Begeisterung verstehen. Marianne schwamm, und er beneidete sie darum. Als sie sich wieder einmal näherte, umarmte Pielkötter sie kurz.

»Manchmal wundere ich mich, wie sehr du dich verändert hast«, erklärte sie lächelnd. »Nur ...«

»Nur, was?«

»Ich kann mir nicht vorstellen, dass du aufhören wirst, verbissen eine Spur zu verfolgen, sobald du sie aufgenommen hast.«

»Was hältst du davon, nach draußen zu gehen?«, fragte er, um dieses Thema nicht weiter zu vertiefen.

In der Anlage unter freiem Himmel entdeckte Pielkötter ein Becken, das einen Liegebereich mit Massagedüsen hatte. Marianne zog es vor, im Familienbad schwimmen zu gehen. Während es um ihn herum blubberte, kehrten seine Gedanken zum Frühstück mit seinem Tischnachbarn zurück. Warum konnte er diesen Schröder nicht richtig einschätzen? Trug eine Perücke, obwohl er sonst nicht darauf aus zu sein schien, Eindruck bei den kurenden Damen zu schinden. Wie hatte es passieren können, dass er im Keller eingeschlossen worden war. Was hatte er dort zu suchen? Und warum durfte seine Familie nicht wissen, dass er sich auf Norderney befand? Entspann dich, rief Pielkötter sich zur Räson und tauchte mit den Schultern noch etwas weiter ins Wasser ein. Für eine Weile genoss er die wohltuende Wärme.

Er wollte sich gerade erheben, um wieder in das Bewegungsbad zu wechseln, da kam Marianne zurück und schwärmte von dem Wellenbad, erzählte von einer riesigen Röhrenrutsche. »Die habe ich allerdings nicht ausprobiert, dafür bin ich leider etwas zu alt.«

»Na ja«, sagte er, »so alt nun auch wieder nicht, wenn ich da an die letzte Nacht denke ...«

21

Natascha lag in einem Bett. Ihre Augenlider fühlten sich an wie Blei und ließen sich nur mühsam öffnen. Sie blinzelte ins Licht. Zuerst sah sie nur eine weiße Wand. Dann erkannte sie die Uhr mit den poppigen Farben, die über der Tür in ihrem Zimmer gehangen hatte. Hieß das, sie hatte ihre Flucht, diesen schrecklichen Anblick von Antonios wutverzerrtem Gesicht und seinen Faustschlag nur geträumt? Aber warum drohte ihr Kopf dann immer noch zu explodieren? Natascha versuchte sich aufzurichten, schaffte es jedoch nicht. Ihr wurde übel und sie sank auf das Kissen zurück. Was war nur los mit ihr? Vielleicht war sie krank, hatte Fieber, hatte fantasiert, sich die schrecklichsten Sachen zusammengesponnen.

Trotz der Übelkeit drehte sie sich ein wenig zur Seite. Nun konnte sie aus dem Fenster sehen. Es gehörte eindeutig zu ihrem Zimmer in Vincents Haus. Sie erkannte es an den hellblauen Vorhängen mit den dezenten schmalen Streifen in Gelb, nur die Gitterstäbe vor der Scheibe waren neu. Sie war gefangen! Die Erkenntnis traf sie wie ein heftiger Stoß in die Magengrube. Natascha wollte aufspringen, aber sie war zu erschöpft. Ihre Glieder schienen ihr nicht zu gehorchen. Kam das noch von dem Schlag, den Antonio ihr verpasst hatte?

Inzwischen war sie ganz sicher, dass die schreckliche Szene weder zu einem Albtraum gehörte noch zu einer Fieberfantasie. Vielleicht hatte man sie unter Drogen gesetzt. In dem Milieu, aus dem sie kam, gehörte das durchaus zur gängigen Praxis. Aber warum hatte Antonio sie nicht einfach getötet? Eine kleine Überdosis und sie hätte niemanden mehr belasten können. Sie stöhnte. Das Denken fiel ihr schwer, verstärkte den bohrenden Schmerz in ihrem Kopf. Ein letzter Blick zu den Gitterstäben vor dem Fenster, dann schloss sie die Augen. Tränen quollen unter ihren Lidern hervor, rannen ihre Wangen hinab, benetzten ihren Hals, das Dekolleté. Um sie abzuwischen, fuhr ihre Hand über den Körper nach oben. Dabei stellte sie fest, dass sie nackt war, vollkommen nackt. Natascha blieb jedoch keine Zeit, darüber nachzudenken.

Mit einem Mal wurde die Tür aufgerissen. Ängstlich wandte sie den Kopf, um den Eintretenden besser erkennen zu können. »Vincent?«, hauchte sie ungläubig, auch wenn das völlig unsinnig war. Schließlich befand sie sich in seinem Haus. Und dass es sich bei dem breitschultrigen Mann mit dem fast kahl geschorenen Kopf und der kleinen Narbe auf der Stirn um ihren einstigen Gönner handelte, stand außer Frage.

»Warum so erstaunt?« Seine Stimme klang sarkastisch, die kleinen braunen Augen wirkten fast ein wenig belustigt. »Hast du wirklich geglaubt, wir würden dich nicht finden? Dabei war es so einfach, deine Kontaktpersonen der Reihe nach abzuklappern. Was meinst du, wie schnell die Nutten gesungen haben, wie vertraut du mal mit Anastasija warst und wohin die sich abgeseilt hat.« Sein Mund verzog sich zu einem spöttischen Grinsen. »Nicht einmal das Türschloss hat Antonio Probleme bereitet. Nur hat die Sache für meinen Geschmack zu lange gedauert. Aber zum Glück ist in der Zwischenzeit nichts passiert. Du hast nicht geplaudert. Und ...« Er machte eine kunstvolle Pause, durchbohrte sie mit seinem Blick. »Das wirst du auch in Zukunft nicht tun.«

Natascha bereitete es Mühe zu sprechen. Ihre Zunge fühlte sich an wie gelähmt und bei dem Dröhnen in ihrem Kopf fiel es ihr schwer, sich zu konzentrieren. »Weshalb hast du mich nicht einfach töten lassen?«, brachte sie schließlich hervor.

»Nenn es Gewohnheit«, antwortete er, nachdem er sie eine Weile stumm angestarrt hatte. »So viel ändert sich ja nicht. Außer ... jetzt weißt du, dass du eine Gefangene bist. Vorher hast du es nur geahnt.« Er lachte gekünstelt. »Ach ja, vielleicht mag ich auch einfach deinen Körper.«

»Ich muss zur Toilette«, sagte Natascha.

»Der Eimer steht hinter deinem Bett«, erwiderte er. »Aber vorher solltest du noch etwas trinken.«

Während er zu dem runden Tisch vor dem Fenster lief, verfolgte sie ihn mit ihrem Blick. Er füllte Wasser in ein Glas und tropfte eine bräunliche Flüssigkeit aus einem kleinen Fläschchen hinein.

22

Schröder lief erregt in seinem Zimmer herum. Plötzlich blieb er stehen und sah missgelaunt aus dem Fenster. Der Balkon darüber hinderte den Regen, gegen die Scheibe zu trommeln. Am Himmel deutete sich schon eine Besserung an. Seufzend schielte er zu dem Smartphone auf seinem Nachttisch, dann nahm er es an sich und wählte den Festnetzanschluss seines Zuhauses. Schröder ließ es mehrmals klingeln, aber niemand hob ab. Seine Frau vergnügte sich woanders, genau wie er es erwartet hatte. Schließlich meldete sich der Anrufbeantworter, und er sprach auf Band: »Mir geht es gut in Bad Kissingen. In meiner Kur gibt es nichts Besonderes. Du brauchst also nicht zurückzurufen. Ach ja, grüß unsere Tochter schön von mir.«

Während er das Handy zurücklegte, fiel ihm die Begegnung mit Pielkötter und seiner Frau am Frühstückstisch ein. Sie hielten ihn wohl für seltsam, zumindest dieser Willibald. Ob die beiden wohl in der Nacht zuvor miteinander geschlafen hatten? Die Antwort lautete eindeutig *ja*, so entspannt, wie die gewirkt hatten. Und dann die Blicke, als ob sie sich eben erst kennengelernt hätten. Normalerweise sehnt sich ein Ehepartner eben nach Nähe, wenn er den anderen länger nicht gesehen hat, dachte er. Nur Brigitte leider nicht. Verächtlich verzog er das Gesicht. Er brauchte kein Hellseher zu sein, um zu wissen, dass sie bei seiner Rückkehr sehr kalt reagieren würde.

Allerdings war er im Begriff, in seiner Familie einiges zu ändern. Ganz offensiv und selbst wenn er dafür einiges auf sich nehmen musste, wie stundenlang in einem kalten Keller auszuharren. Inzwischen stand für ihn jedoch fest, dass er nur zufällig dort eingeschlossen worden war und keinerlei Absicht dahinter gestanden hatte. Schließlich benutzte man das Lager zu häufig, als dass er dort länger unbemerkt geblieben wäre. Seine Gedanken wanderten wieder zu Brigitte. Sie hatte das Gespräch nicht angenommen, weil sie etwas Besseres zu tun hatte, als sich mit ihm auszutauschen, und das machte ihn plötzlich ungeheuer wütend.

Schröder beschloss, das Mittagessen ausfallen zu lassen. Während er erneut aus dem Fenster blickte, überdachte er noch einmal seinen Plan. Der unfreiwillige Aufenthalt in dem Keller hatte ihn ein gutes Stück vorangebracht, wenn auch in ganz anderer Weise, als er sich das vorgestellt hatte. Während die Schwester, die ihn aus der misslichen Lage befreit hatte, ihn zu seinem Zimmer begleitet hatte, war er mit ihr ins Gespräch gekommen. Dabei hatte er erfahren, in welcher Gegend der Kerl wohnte, der seine Familie endgültig zu zerstören drohte. Bisher hatte er vergeblich versucht, die Adresse herauszubekommen. Er musste jetzt schnell handeln.

Mit entschlossener Miene rückte er seine Perücke zurecht, dann wandte er sich zum Schrank und zog eine Kamera unter einem Stapel Hemden hervor. Zuerst hatte er für die Fotos sein Smartphone benutzen wollen, möglicherweise benötigte er jedoch einen größeren Zoombereich. Er schlüpfte in seine Jacke und setzte die Brille mit dem Fensterglas auf. Anschließend öffnete er die Zimmertür und spähte vorsichtig hinaus. Bis auf eine ältere Dame mit Rollator, die den Gang entlangschlich, konnte er niemanden entdecken.

Schröder verschloss die Tür zu seinem Zimmer. Seine Gesichtszüge wirkten verkniffen. In der Maskerade kam er sich seltsam vor und er hasste sich für dieses ständige Schwanken zwischen Aufbruch und Angst. Bevor er das Klinikgebäude verließ, sah er sich lauernd um. Sein Weg führte ihn durch die Stadt in Richtung Weststrand. Sofern die Angabe der Schwester stimmte, wohnte der Kerl am Damenpfad in einem Komplex aus Eigentumswohnungen mit Meerblick. Die ausgedehnte Fußgängerzone, die er durchquerte, schien sich langsam zu bevölkern. Er achtete jedoch nicht auf die Menschen um ihn herum, war zu sehr in seine Gedanken versunken.

»Passen Sie gefälligst auf!«, vernahm er plötzlich eine zornige Stimme. »Sie hätten um ein Haar meinen Hund umgerannt.«

Schröder schaute leicht zur Seite und starrte auf eine Frau mittleren Alters mit einem Pekinesen an der Leine, der sich zitternd an sein Frauchen drängte. »Entschuldigung«, presste er kurz hervor, dann eilte er weiter.

Nach einer gefühlten Ewigkeit erreichte er den Damenpfad. Während Schröder kurz stehen blieb, um einen Bus passieren zu lassen, der wahrscheinlich Gäste vom Fähranleger zu den Hotels transportierte, zog er ein gebrauchtes Herrentaschentuch aus seiner Hosentasche und wischte sich damit über die Stirn. Jetzt war es nicht mehr weit. Deshalb musste er sehr vorsichtig sein. Er sah sich nach allen Seiten um, überquerte die Straße. Als er den Gehweg erreichte, senkte er leicht den Kopf. Plötzlich kam die Sonne hervor. Schröder setzte seine Brille ab und fingerte eine stark getönte aus seinem Jackett. Eigentlich sollte er sich jetzt sicher fühlen, aber davon war er weit entfernt. Ganze Bäche von Schweiß rannen seinen Rücken hinunter, obwohl die Sonne bereits wieder hinter einer Wolke verschwunden war.

Gelassenheit zur Schau stellend, schlenderte Schröder zur ersten Haustür, die in Frage kam, und studierte die Namen auf den Klingeln. Als er nicht fündig wurde, wandte er sich zum nächsten Eingang. Mit jedem neuen Versuch verstärkte sich das Pochen in seinen Schläfen. Wie sollte er sich nur verhalten, wenn der Kerl plötzlich das Haus verließ und direkt vor ihm stand? Womöglich in Begleitung? Würde ihm die Maskerade dann wirklich nützen? Schröder atmete tief durch. In diesem Fall müsste er die beiden wohl zur Rede stellen, auch wenn er glaubte, vor Aufregung dazu kaum fähig zu sein.

Er verlangsamte seinen Schritt und blieb schließlich vor einer modernen Haustür mit viel Glas stehen. Schröder beschlich das unerklärliche Gefühl, am Ziel zu sein. Tatsächlich fand er den gesuchten Namen. Die Buchstaben begannen vor seinen Augen zu tanzen, seine Knie zitterten. Er blieb noch einen Moment stehen, dann wandte er sich ab. Am besten beobachtete er das Gebäude aus sicherer Entfernung. Seine Finger schlossen sich um die Kamera in seiner Hand und drückten sie, als wollten sie das Gehäuse zerquetschen. Aus einem ersten Impuls heraus wollte er die Straßenseite wechseln, aber dann beschloss er, sich die Rückseite der Häuserzeile anzusehen.

Schröder lief bis zu dem nächsten Weg, der zum Deich hinaufführte, wobei er sich fragte, was eine Wohnung so nah am Meer wohl kosten würde. Nachdem der Gebäudekomplex hinter ihm lag, drehte er sich vorsichtig um. Das Haus, in dem der Kerl lebte, erkannte er an dem Anstrich, der um etliche Nuancen von den beiden Nachbarhäusern abwich. Falls die Klingeln richtig angeordnet waren, wohnte er in der ersten Etage. Demnach kam einer der beiden hübschen Balkone mit kleinen Büscheln aus Dünengras in den Blumenkästen in Frage. Auf dem einen lag jemand in einem Liegestuhl, wahrscheinlich eine Frau, die Tür nach drinnen stand halb offen. Weitere Details konnte er leider nicht erkennen.

Als er plötzlich ein Geräusch hinter sich hörte, klopfte sein Herz wie wild. Eine Gruppe harmloser Spaziergänger schlenderte heran. Es dauerte eine Weile, dann hatte sich sein Puls wieder normalisiert. Schröder suchte eine Position, von der er sowohl den Weg als auch die beiden Balkone überblicken konnte, und wartete. Seine Beine schmerzten schon leicht vom Stehen, da bewegte sich die offene Tür. Heraus trat ein Mann. Schröder erkannte den Kerl sofort. Die feuchten Innenflächen seiner Hände glitten an der Kamera entlang. Mit zitternden Fingern drückte er auf den Startknopf. Soweit er das aus der Entfernung beurteilen konnte, trug der Kerl ein schickes Hemd. Keinesfalls wirkte er, als wolle er ebenfalls ein Sonnenbad nehmen. Er beugte sich zu der anderen Person hinunter und verharrte einige Sekunden in gebückter Stellung, dann tauchte sein Kopf wieder über der Brüstung auf. Plötzlich standen beide nebeneinander und umarmten sich. Schröder schluckte. Fast hätte er vergessen, den Auslöser der Kamera zu betätigen, aber dann schoss er ein Foto nach dem anderen. Mit einem Mal kam ihm alles so einfach vor.

Kaum eine halbe Stunde später packte Schröder seinen Koffer. Purer Aktionismus, er musste einfach etwas tun. Am liebsten wäre er sofort abgereist, aber dann dachte er an seine Frau und packte seinen Kulturbeutel wieder aus. Brigitte sollte bei seiner Rückkehr auf jeden Fall zu Hause sein. Und natürlich wollte er seine beiden Tischnachbarn noch einmal sehen, vor allem aber Schwester Monika. Schwester Monika aus der Badeabteilung, die er in Gedanken immer Moni nannte und von der er sich bei dem morgigen Termin gerne mit einem großzügigen Trinkgeld verabschieden wollte. Wie oft hatte er sie mit seiner eigenen Frau verglichen. Warum schenkte ihm Brigitte nicht auch solche Zuwendung? Wann war sie ihnen im Laufe ihrer Ehe abhandengekommen? Oder hatte es sie nie gegeben, und er hatte blind vor Liebe einfach immer darüber hinweggesehen? Bedeutender aber war die Frage, ob sie zurückkehren würde.

Jedenfalls würde er nicht weiter den Hanswurst abgeben, für den ihn Brigitte zu halten schien. Oder schätzte er das falsch ein? Steckte dahinter, dass er sich selbst so fühlte, weil er nicht studiert hatte wie sein Bruder oder gar sein hochnäsiger Schwiegervater. Trotzdem brauchte er seine Leistung nicht zu verstecken. Er hatte die Baufirma seines verstorbenen Schwiegervaters vergrößert, den durchschnittlichen Jahresgewinn um eine zweistellige Prozentzahl gesteigert, anfangs jedenfalls. Wenn sie da wieder hinkommen wollten, müssten sie sich an den Mauscheleien beteiligen. Aber nicht mit ihm!

23

Als Pielkötter und Marianne das Badehaus gegen Mittag verließen, strahlte die Sonne wieder vom Himmel. Der angenehm warme Wind hatte fast alle Wolken fortgeblasen.

»Ich würde so gerne noch mit dir die komplette Strandpromenade entlangbummeln«, bemerkte Marianne mit einem wehmütigen Unterton, »mit nackten Füßen am Meer spazieren gehen, den Leuchtturm erklimmen oder einfach nur auf der Terrasse des Conversationshauses einen Kaffee trinken. Aber alles schaffen wir nicht. Leider bleiben uns nur noch wenige Stunden. Um achtzehn Uhr geht die letzte Fähre.«

»Das Programm überlasse ich ganz dir« erklärte Pielkötter. »Ich bin ja noch eine Weile hier und kann alles in Ruhe besichtigen.«

Marianne schien zu überlegen. »Also, erst einmal möchte ich noch etwas sehen. Hm, am besten den Leuchtturm. Oder ist das zu weit von hier?«

»Wir müssen auf jeden Fall den Bus nehmen. Allerdings meine ich, der Leuchtturm öffnet erst um vierzehn Uhr.«

»Gut, dann schlage ich vor, wir trinken vorher einen Kaffee mit Blick aufs Meer.«

Pielkötter führte sie durch einige Gässchen bis zur Promenade in Höhe des West-Badestrandes. Soweit man das von dem oberen, ausschließlich den Fußgängern vorbehaltenen Weg sehen konnte, waren die Strandkörbe gut besetzt. Inzwischen präsentierte sich der Himmel fast wolkenlos und die Temperatur hatte ständig zugelegt, seit sie das Badehaus verlassen hatten. Pielkötter zog seine Jacke aus. Dabei schaute er über den Strand auf das Meer und atmete mehrmals tief durch.

»Ist hier am Strand nicht die legendäre Milchbar? Jan Hendrik hat mir davon erzählt. Da müsse man bei einem Norderney-Aufenthalt mal hingegangen sein.«

»Nun, dann sollten wir das nicht versäumen«, stimmte Pielkötter zu. »Da vorne müsste sie schon sein.«

Außen gab es dort zwar viele Sitzgelegenheiten, aber leider waren sie ausnahmslos besetzt. Pielkötters Augen suchte die Promenade nach weiteren Lokalen ab und blieben schließlich an einem länglichen roten Backsteinbau hängen, der aussah wir eine gelungen restaurierte alte Fabrik. Das Gebäude im Loftstil hatte eine hübsche Terrasse mit mehreren Sitzgruppen, Strandkörben und Sonnenschirmen. Pielkötter zeigte dorthin. »Wie wäre es mit dem Restaurant dort drüben? So langsam bekomme ich doch Kaffeedurst und mindestens ein Stück Kuchen könnte ich jetzt auch vertragen.«

»Das sieht wirklich schick aus und vor allem nicht überfüllt.«

Kurz nachdem sie an einem kompakten Holztisch mit Blick über eine Wiese bis zur erhöhten Strandpromenade Platz genommen hatten, sah Pielkötter auf die Uhr. Anschließend zog er den kleinen »Reisebegleiter – meine Insel – Norderney« aus seiner Jackentasche und blätterte darin herum. »Willst du wirklich noch den Leuchtturm erklimmen?«, fragte er mit hochgezogener Stirn. »Ich glaube, das wird zeitlich etwas eng. Wir können uns dort nur eine knappe Stunde aufhalten. Schließlich musst du noch dein Gepäck aus der Klinik holen.«

»Und wenn wir hier nur ein Stück Kuchen essen. Das geht doch schnell. Später vielleicht ein Fischbrötchen auf die Hand. Und heute Abend bekommst du sowieso noch eine Mahlzeit in der Klinik.«

»Okay, versuchen wir es.« Er stöhnte innerlich. Warum musste sie jetzt in den letzten Stunden der gemeinsamen Zeit eine solche Hektik verbreiten? Oder war das ihre Art, mit dem nahen Abschied umzugehen?

»Was grübelst du?«, fragte sie mitten in diese Überlegung hinein. Im Laufe ihrer Ehe hatte sie ein feines Gespür dafür entwickelt, wann seine Gedanken für sie besonders interessant sein konnten.

»Ist schon seltsam, dass du dir diesen Stress antun willst, anstatt hier länger zu sitzen und ein ausgiebiges Mahl zu genießen.«

»Ich weiß auch nicht so recht«, sagte sie und schaute an ihm vorbei zu einem hölzernen Pflanztopf mit Grasbüscheln. »Irgendetwas treibt mich regelrecht an. Wenn ich hier einfach neben dir sitze, wird mir noch bewusster, dass ich in wenigen Stunden die Fähre nehme.«

Aha! Er hatte also gar nicht ganz falsch gelegen.

Eine nette junge Bedienung rauschte heran und beendete das Gespräch. Sie bestellten Kaffee, eine Flasche Wasser und selbstgebackenen Apfelkuchen.

»Herrlich, diese Terrasse«, bemerkte Marianne, »auch wenn man das Meer von hier aus nicht sieht. Man kann es in gewisser Weise riechen und man weiß, es rauscht direkt hinter dem Deich.« Sie atmete noch einmal tief durch, dann erhob sie sich und verschwand in dem Gebäude.

»Willibald, du kannst dir kaum vorstellen, was für ein tolles Ambiente das innen ist«, erklärte Marianne, als sie zurückkehrte. »Anscheinend gehört das Restaurant zu einem Hotel und hat schon einen Michelin Stern bekommen. Fast die ganze Wand zur Küche besteht aus Glas, so dass man die Köche beim Zubereiten der Speisen beobachten kann.«

»Willst du es dir mit dem Leuchtturm nicht doch noch einmal überlegen? Schließlich hast du ihn ja schon aus nicht allzu weiter Entfernung in den Dünen gesehen. Wenn du willst, verspreche dir auch, dass wir noch einmal nach Norderney kommen werden. In einem gemeinsamen Urlaub, mit viel Zeit.« Eigentlich hatte er *und einem gemeinsamem Zimmer* hinterherschicken wollen, dies jedoch im letzten Moment unterdrückt.

»Überredet!« Sie lachte. »Von mir aus nehmen wir den Kuchen als Dessert und bestellen noch ein Hauptgericht.«

Trotz ihrer Proteste ließ Pielkötter es sich nicht nehmen, sie zum Hafen zu begleiten. Die Muskeln in seinem Magen zogen sich merkwürdig zusammen. Er gestand sich ein, dass er gerne mit Marianne zurückgefahren wäre. Nicht wegen der Insel, sondern wegen Marianne. Noch lieber wäre es ihm natürlich gewesen, sie wäre bei ihm auf der Insel geblieben. Ein Abschiedskuss, erst zaghaft, dann mit einer Intensität, die nach mehr verlangte. Pielkötter zwang sich, den Kuss zu beenden.

»Wir sehen uns«, brachte er mit einer Stimme hervor, die ihm selbst fremd vorkam. Sie klang, als verabschiede er sich nach einem One-Night-Stand ohne Wiedersehen.

Als sie die NorderneyCard zurückgab, berührte ihn das auf seltsame Weise, aber auch Marianne wirkte irritiert. Bevor sie in den Wagen stieg, hob sie zum Gruß die Hand. Er wollte sich schon abwenden, da ließ sie die Scheibe herunter und steckte den Kopf heraus. »Dass mir keine Klagen kommen, Herr Kommissar! Denk daran, dass du als Patient in der Klinik bist.«

Pielkötter versuchte zu lächeln, was ihm aber nicht gut gelang. Wie auch bei seinem Sohn wollte er den Abschied so schnell wie möglich beenden und er war froh, als Marianne aus seinem Blickfeld verschwand. Er starrte noch eine Weile auf die leuchtend weiße Fähre, dann wandte er sich ab.

Tief in seine Gedanken versunken, lief er zurück an etlichen ankommenden Urlaubern vorbei. Plötzlich erregte ein fünfzig- bis sechzigjähriger Mann seine Aufmerksamkeit. Er stand neben einem Taxi, dessen Fahrer gerade den Kofferraum schloss. Der Gast sah Schröder verblüffend ähnlich. Die lange Nase, das etwas hervorstehende Kinn, die recht weit auseinanderstehenden rehbraunen Augen. Allerdings trug er keine Brille und sein Haar war fast grau. Wolfgang Schröder ohne Perücke, schoss es Pielkötter durch den Kopf. Aber dieser

Mann hier kam doch gerade erst auf der Insel an, wie konnte das sein Tischnachbar sein, fragte er sich, während der Fahrgast ins Taxi stieg.

24

Pielkötters Mitarbeiter Barnowski von der Duisburger Kriminalpolizei stand unter der Dusche. Aus dem kleinen Kofferradio auf der Fensterbank dröhnte »Radar Love«. Es drang durch das Prasseln des Wassers gerade noch zu ihm durch. Er lächelte vor sich hin. Soeben hatte er beschlossen, noch einmal zu Gaby ins Bett zu kriechen. Ein bisschen kuscheln vor dem Morgenkaffee konnte nicht schaden. Es sollte sich schließlich lohnen, dass er heute ein paar der vielen Überstunden abfeierte, und Gaby ihren Friseursalon wie immer montags später öffnete, um ihre berufstätigen Kunden dafür bis zwanzig Uhr zu bedienen.

»Radar Love« klang aus und der Sprecher sagte etwas, das Barnowski nicht verstehen konnte. Er schäumte seinen Körper mit dem neuen Duschgel ein, das Gaby am Wochenende gekauft hatte, weil ihr die Duftkombination aus Mango und Vanille so gut gefallen hatte. Er hatte den Schaum noch nicht ganz abgespült, da klingelte das Diensthandy in seiner Jeans, die auf einem taubenblauen Plastikhocker neben dem Waschbecken lag. Unwillig verzog Barnowski das Gesicht. Mist, das konnte nichts Gutes bedeuten. Er stellte das Wasser ab, stieg aus der Dusche und hastete mit zwei Schritten zu dem Hocker. Während er das Handy mit nassen Händen aus seiner Hose fischte, bildeten sich zwei kleine Wasserlachen um seine Füße. Aus seinem Mund drang ein langgezogener Seufzer, dann nahm er das Gespräch an.

»Hauptwachmeister Kauder von der Wasserschutzpolizei Wache Duisburg.«

»Was gibt's?«, fragte Barnowski ohne große Einleitung.

»Im Vinckekanal wurde eine Leiche geborgen. Und die Sache sieht nicht gerade nach einem Unfall oder Selbstmord aus.«

»Wieso kann man das jetzt schon sagen?« Barnowskis Stimme drückte eine Portion Skepsis aus.

»Na ja, mit nem hübschen Loch im Kopf, kommt man selten auf die Idee, sich anschließend zu ertränken oder ungeschickt ins Wasser zu plumpsen.«

»Also, eindeutig Mord! Okay, ich komme sofort zum ... wohin genau?«

»Vinckeufer. Direkt am Straßenknick.«

25

Verschlafen schielte Pielkötter zu dem Wecker auf seinem Nachttisch, dann richtete er sich ruckartig im Bett auf. Er nahm ihn in die Hand und starrte ungläubig auf die Uhrzeit. Mist, warum hatte das verflixte Teil noch keinen Ton von sich gegeben? Er schwenkte den Wecker hin und her, als könne er den Alarm dadurch aktivieren. Schließlich stellte er ihn recht unsanft auf den Nachtisch zurück. Pielkötter blieb keine Zeit, sich um den Grund für den fehlenden Weckruf zu kümmern. Wenn er sich nicht beeilte, würde er das Frühstück verpassen. Er überlegte kurz, dann entschied er sich, erst später zu duschen. Hastig kleidete er sich an, zog die Zahnbürste schnell durch den Mund, spülte ihn einmal kurz aus und eilte aus dem Badezimmer. Plötzlich hielt er mitten in der Bewegung inne und kehrte ins Bad zurück. Er fuhr sich mit dem Kamm durchs Haar und betastete seine Bartstoppeln bei einem kritischen Blick in den Spiegel. Danach stürmte er mit einem Schnaufen hinaus.

Im Speisesaal saßen Wolfgang Schröder und Johannes Streckmann schon am Tisch und schienen in eine rege Konversation vertieft zu sein. Kurz bevor er sie erreichte, sahen sie beide zu ihm hoch.

»Sie sind heute aber spät dran«, kommentierte Schröder Pielkötters Erscheinen mit einem breiten Grinsen, was ihn in seiner Gunst noch weiter nach unten sinken ließ. Dabei belegte er seit dem gemeinsamen Spaziergang im Kurpark auf der Skala nerviger Zeitgenossen ohnehin schon einen Platz ziemlich weit oben. »Wohl gestern Abend nicht die Kurve gekriegt und den Kurschatten mit aufs Zimmer genommen«, setzte Schröder noch eins drauf.

Pielkötter hätte sich diese dummen Sprüche am liebsten verbeten, hielt es jedoch für klüger, die Provokation einfach zu überhören. Schließlich würde der Mann sowieso bald abreisen, wenn man sein Gerede von gestern ernst nehmen durfte. Vielleicht würde er ihn beim Mittagstisch bereits nicht mehr ertragen müssen.

»Guten Morgen, die Herren«, erwiderte er mit einem Lächeln, von dem er sich Ruhe vor weiteren Anspielungen versprach. »Sehr löblich, dass Sie sich immer an die Regeln der Klinik halten. Wirklich sehr löblich.« Zum Schluss war Pielkötters Stimme leicht ins Ironische abgedriftet.

Nach seiner Miene zu urteilen, prallte die Erwiderung an Schröder ab. Streckmann dagegen musste kurz schmunzeln. Anscheinend hielt er Schröders Geschwafel manchmal auch für deplatziert oder er gönnte Pielkötter, was auch immer hinter dem Lächeln steckte.

»Wie ich bereits gestern beim Abendessen angedeutet habe, müssen Sie mich nicht mehr lange erdulden«, bemerkte Schröder, als hätte er die Gedanken seiner Tischnachbarn erraten. Allerdings schien er es ihnen nicht sonderlich übel zu nehmen. Er lächelte einfach in sich hinein, bis er kundtat: »Heute nach der letzten Anwendung geht es nach Hause.« Pielkötter hoffte, dass man ihm die Erleichterung nicht anmerkte. Er suchte noch nach den richtigen Worten, da fuhr Schröder bereits fort. »Meine Anwesenheit ist hier nicht länger erforderlich.«

»Sie freuen sich bestimmt schon auf das eigene Bett«, erwiderte Streckmann, als wäre er auch schon gern so weit.

»Klar! Vor allem freue ich mich riesig auf das Gesicht meiner Frau. Am liebsten würde ich das filmen. Das wird bühnenreif, sage ich Ihnen.«

Geschwafel, dachte Pielkötter, nichts als Geschwafel, der will uns nur neugierig machen. Am meisten aber ärgerte ihn, dass der Mann damit Erfolg hatte, zumindest, was ihn selbst betraf. Er hätte zu gerne gewusst, was sich hinter den Andeutungen verbarg. Um nachzufragen blieb ihm aber sowieso keine Zeit, er musste sich endlich am Buffet bedienen. In wenigen Minuten würde alles abgeräumt.

Eilig erhob er sich und verschwand zu der hinteren Wand, wo man Brot, Käse, Wurstaufschnitt und verschiedene Müslisorten aufgestellt hatte. Ohne den Blick lange über das Angebot schweifen zu lassen, wählte er zwei Vollkornbrotscheiben und mittelalten Gouda, dazu ein Schälchen Obstsalat. Kaffee und Tee wurden am Tisch serviert, zumindest an Wochentagen.

Während Pielkötter den gefüllten Teller und eine Müslischale mit Weintrauben und Orangen zu seinem Platz balancierte, hoffte er, dass Schröder das Frühstück noch nicht beendet hatte. Er wollte sich von ihm verabschieden, und zwar jetzt. Schließlich hatte er nicht vor, dem Mann hinterherzulaufen, um ihm Lebewohl zu sagen. Ein Wort zum Abschied hatte Wolfgang Schröder nun doch verdient, auch wenn er seine Anwesenheit nicht gerade geschätzt hatte. Als Pielkötter sich beeilte, zum Tisch zurückzukehren, tat er es auch aus einer gewissen Neugierde, aber so genau wollte er seine Motive gar nicht ergründen.

»Heute Mittag sind Sie also bereits fort«, bemerkte er, nachdem er Platz genommen hatte.

»Ja, meine Sachen sind schon so gut wie gepackt. Ich habe heute Morgen nur noch einen letzten Termin, danach schmeiße ich den Rest in den Koffer und bin dann mal weg, wie man so schön sagt.«

»Ich wünsche Ihnen alles Gute, falls wir uns nicht mehr sehen sollten«, erwiderte Pielkötter und hoffte inständig, der Mann fing jetzt nicht wieder mit einem Besuch bei ihm zu Hause an.

»Von mir auch«, schloss sich Streckmann diesem Wunsch an und reichte seine Rechte über den Tisch.

Pielkötter hatte sich noch nicht zu einem Handschlag durchgerungen, da rauschte die Bedienung heran und servierte ohne zu fragen Kaffee. Anscheinend hatte sie sich seine Vorlieben schon gemerkt. Pielkötter trank einen Schluck und runzelte nachdenklich die Stirn. Er hatte das Gefühl, zum Abschied noch irgendetwas Nettes sagen zu müssen, das über eine abgedroschene Floskel hinausging, aber ihm fiel partout nichts Passendes ein.

»Herr Streckmann, halten Sie hier schön die Stellung«, plapperte Schröder derweil munter weiter »Und natürlich viel Erfolg in den nächsten Wochen bei Ihrer Reha.« Er stockte und wandte sich dann zu Pielkötter um. »Ach ja, wir sehen uns später noch. Ich weiß, dass Sie heute Morgen auch einen Termin in der Badeabteilung haben. Wir geben uns die Klinke quasi in die Hand. Fliegender Wechsel im Sprudelbad.« Er lachte. »Ich hoffe wirklich, dass die Moni mir das letzte Bad zubereitet. Die Frau wird mir sicher fehlen. Am besten nehme ich die gleich mit.« Sein Lachen wurde lauter und einige Patienten drehten sich zu ihnen um.

»Was ich eigentlich sagen wollte. Nach dem Bad wird ja die Wanne gereinigt und frisches Wasser eingelassen. Während einer von uns schon raus ist, und der andere noch wartet, muss ich Ihnen etwas Wichtiges erzählen.« Er machte eine kunstvolle Pause, dann zwinkerte er ihm vertraulich zu. »Sie wirken ja immer so neugierig. Nun, Neugier ist ja auch wichtig für Ihren Beruf.« Pielkötter horchte auf. Hatte er ihm wirklich von seinem Beruf erzählt? »Und wenn die fünf oder zehn Minuten nicht ausreichen, kommen Sie mich einfach zu Hause besuchen. Dann erfahren Sie mehr. Auch über die Reaktion meiner Familie natürlich.«

Pielkötter verdreht unwillkürlich die Augen. Diese Effekthascherei war ihm genauso zuwider wie Schröders übrige Marotten. Was glaubte der Mann, wen er vor sich hatte, ein Kind, das nicht durchschaute, wenn die Erwachsenen ihren Spaß daran hatten, die Wissbegier zu steigern?

»Fast hätte ich es vergessen«, fuhr Schröder fort. »Meine Adresse muss ich Ihnen noch geben. Aber das hat ja Zeit bis nachher.«

Ich will die überhaupt nicht, hätte Pielkötter am liebsten entgegnet, aber er wollte zum Abschied nicht unhöflich erscheinen. Zudem war Schröder inzwischen aufgesprungen. Streckmann erhob sich eine Minute später und auch für ihn wurde es langsam Zeit, das Frühstück zu beenden. Während er seine zweite Scheibe Brot aß, schaute er sich im Speisesaal um, der sich bereits gewaltig geleert hatte. Sofern er nicht mit dem Personal allein sein wollte, musste er sich wahrlich beeilen. Zudem wartete sein Physiotherapeut und er wollte vorher unbedingt noch einmal duschen. Pielkötter spülte den letzten Bissen mit Kaffee hinunter, dann stand er abrupt auf und hetzte zu seinem Zimmer.

26

Barnowski brauchte eine knappe halbe Stunde bis zum Fundort der Leiche. Er schüttelte einige Hände, hörte sich alle Informationen an, die seine Kollegen bisher über den Fall liefern konnten, und stieg dann über das Absperrband. Dahinter kniete der Rechtsmediziner Karl-Heinz Tiefenbach neben dem Opfer.

»Müssen wir uns eigentlich immer in der Gegenwart einer Leiche treffen?«, fragte er lachend. »Fällt Ihnen nicht mal etwas Besseres ein?«

»Doch, wenn wir den Mörder hinter Gitter gebracht haben, belohnen wir uns mit einer Dienstfahrt nach Norderney, um unseren Kollegen Pielkötter zu besuchen«, konterte Barnowski.

»Da wird er aber begeistert sein.« Tiefenbachs Lachen wurde heftiger.

Barnowski warf einen Blick auf den aufgedunsenen Körper und versuchte, tief durchzuatmen. Tote waren nicht unbedingt sein Ding, erst recht keine, die schon so lange im Wasser gelegen hatten, dass die Ausbildung der Waschhaut weit fortgeschritten war. In diesem speziellen Fall hatte sich die Oberhaut an den Händen und Füßen bereits teilweise abgelöst. Selbst Haare fehlten büschelweise. Angeekelt wandte sich Barnowski ab und versuchte, sich ganz auf den Rechtsmediziner zu konzentrieren. »Und welche Erkenntnisse haben Sie bereits anzubieten?«

»Ich schätze, der Mann ist seit rund einer Woche tot. Auf ein oder zwei Tage genau, kann ich das wirklich nicht sagen. Und die Schussverletzung weist ja schon darauf hin, dass er wohl nicht ertrunken ist.« Tiefenbach machte eine kunstvolle Pause, eine von der Art, die Pielkötter wahrscheinlich ungeheuer auf die Nerven gegangen wäre. »Zudem scheint der Mann kein Wasser in der Lunge zu haben.«

»Womit ist er denn erschossen worden?«

»Ich tippe auf Kleinkaliber. Näheres lässt sich erst nach der Obduktion und der ballistischen Untersuchung sagen.« Tiefenbach erhob sich. »Ach ja, ehe ich es vergesse, Sie haben bestimmt schon den Strick an dem rechten Fuß des Opfers gesehen. Offensichtlich hat der Mörder die Leiche beschwert, um sie unter Wasser zu halten. Aber irgendetwas, wahrscheinlich ein Tier, hat das Seil durchgetrennt. Pech für den Mörder, Glück für uns.«

Das werde ich brauchen, dachte Barnowski. Mein erster Fall, den ich ohne Pielkötter lösen darf.

27

Wolfgang Schröder pfiff leise vor sich hin. Die Töne ergaben zwar keine richtige Melodie, aber das störte ihn nicht sonderlich. Nicht einmal Pielkötters komische Bemerkung, er würde immer die Klinik-Regeln einhalten, hatte seiner guten Laune einen Abbruch getan. Schließlich gab es einen guten Grund, sich zu freuen. Er hatte sein Ziel tatsächlich erreicht, hielt endlich Beweise in den Händen. Er lächelte breit. Dass ihm an diesem letzten Tag ein weiterer Triumph vergönnt sein würde, empfand er als krönenden Abschluss seines Klinikaufenthalts: Der Kerl war ihm auf dem Gang zur ausgelagerten Bäderabteilung begegnet. Zunächst hatte er sich erschrocken, aber dann hatte ihn das Entsetzen in den Augen seines Gegenübers für vieles entschädigt. Er hatte quasi gesehen, wie sich die Gedanken hinter der schweißnassen Stirn überschlugen.

»Hallo, Sie sind heute aber früh dran«, fuhr Schwester Monika in seine Gedanken. Sie war plötzlich hinter ihm im Gang aufgetaucht und empfing ihn mit einem strahlenden Lächeln. »Ich habe ja noch nicht einmal das Wasser eingelassen.«

»Na ja, zum Abschluss der Kur mausere ich mich eben als Musterpatient.«

»Wie, ist heute schon Ihr letzter Tag bei uns?«

»Ja!« Schröder seufzte tief. »Eigentlich schade. Ihre Fürsorge werde ich sehr vermissen.«

Mit ernster Miene lief er einige Schritte auf Schwester Monika zu und drückte ihr einen Fünfziger in die Hand. »Vielen Dank für alles!«

»Oh!«, entfuhr es ihr. Sie wirkte erstaunt. »Aber das ist doch viel zu viel.«

»Nein, nein, diese kleine Anerkennung haben Sie sich redlich verdient. Sie sind schließlich die Beste hier in der Klinik.«

»Dann wollen wir mal, Sie Schmeichler. Und natürlich … danke.«

Schröder folgte ihr in den kleinen fensterlosen Raum mit einem Schreibtisch und etlichen Schränken und ging sofort zur Umkleidekabine durch. Er zog sich die Kleidung aus und hängte sie an die beiden Haken an der Wand. Nur die Unterwäsche faltete er zusammen und legte sie halbwegs ordentlich auf die Bank. Einer seiner Socken hatte ein Loch im Bereich des großen Zehs, aber das sah zum Glück niemand. »Ich bin gleich so weit«, hörte er Monikas Stimme. Er sah an seinem nackten, für sein Alter noch recht passablen Körper hinunter. Nun ja, rund um den Bauch hatte er vielleicht drei, vier Kilo zu viel, aber sonst konnte er sich durchaus sehen lassen. Er kniff sich in die Hüfte und zog den Bauch ein. Entschlossen drückte er die Schwingtür zum Baderaum auf, wo Schwester Monika sich gerade über die Wanne beugte und das Wasser abdrehte. Hübscher Hintern, fuhr es Schröder durch den Kopf, die Frau besaß nicht nur seelisch-geistige Qualitäten.

»Ah, da sind Sie ja schon!«, bemerkte sie, während sie sich zu ihm umwandte. »Ich habe gerade noch einmal gemessen. Das Wasser hat genau die richtige Temperatur.«

Schröder befürchtete, dass ihm wie einem ertappten Schuljungen die Röte in die Wangen gefahren war. Normalerweise gehörte er nicht zu den Kandidaten, die fremden Frauen auf bestimmte Körperteile starrten. Schwester Monika sah ihn jedoch an, als hätte sie nichts bemerkt.

Plötzlich drang aus dem Nebenraum ein Geräusch, das Schröder nicht näher definieren konnte. Dazu war es einfach zu leise. Ihn beschlich das Gefühl, es würde sich jemand bemühen, seine Anwesenheit zu verbergen. Komm runter von dem Trip, rief er sich zur Räson. Er sah zu Schwester Moni hinüber. Zumindest schien sie dieses Knirschen oder Knacken ebenfalls gehört zu haben. Mit fragendem Gesichtsausdruck starrte sie in die Richtung, aus der das Geräusch gekommen war. Als sie seinen Blick erwiderte, änderte sich ihre Mimik und sie lächelte wieder.

»Während Sie ins Bad steigen, gehe ich mal kurz nach nebenan und drehe den Sprudel auf«, erklärte sie und ließ ihn allein zurück.

Schröder hob erst das linke, dann das rechte Bein in die Wanne, machte aber zunächst keinerlei Anstalten, sich ins Wasser zu setzen. Für seinen Geschmack war es noch etwas heiß. Er musste sich erst langsam an die Temperatur gewöhnen, bevor er in die Hocke ging. Dann erst tauchte sein Körper bis zur Brust ins Wasser ein. Als hätte Schwester Moni ihn durch ein Guckloch beobachtet und nur auf diesen Augenblick gewartet, fing plötzlich das Blubbern an. Wenig später erschien ihr brauner Lockenkopf in der Tür. Sie versuchte, zu lächeln wie gewöhnlich, aber ein gehetzter Ausdruck lag in ihren blaugrünen Augen. »Alles in Ordnung?«, fragte sie, genau das, was ihm selbst auf der Zunge gelegen hatte. »Entspannen Sie sich!«

»Alles super«, antwortete er, obwohl das ein wenig gelogen war. Es würde ihm schwerfallen, sich zu entspannen, wo selbst ihre Stimme anders klang als vorhin. Er hätte viel darum gegeben, den Grund zu kennen. Welches Problem beschäftigte sie plötzlich? Moni hatte wahrlich verdient, dass es ihr gutging.

»Ich bin gleich zurück«, fuhr sie fort. »Dann kümmere ich mich wieder um Sie.«

Nachdem Moni den Raum verlassen hatte, und er ihre Schritte im Nebenraum hörte, sank er etwas tiefer ins Wasser. Während die kleinen Gasbläschen um seinen Körper herumblubberten, atmete er gleichmäßig ein und aus. Diese Übung half aber nicht, Schwester Monikas Reaktion aus dem Kopf zu bekommen. Hatte sie etwa eine schlechte Nachricht erhalten?

Hoffentlich nichts gar zu Schlimmes. Er wollte ihr zum Abschied noch einmal herzlich die Hände schütteln und dabei ihr strahlendes Lächeln sehen. Schröder hob seinen Arm und fuhr sich damit über die Stirn. Etliche Schweißperlen hatten sich gebildet. Himmel, war das mit einem Mal heiß hier drin. Sollte etwa die Lüftung ausgefallen sein? Oder lag das an den Gasblasen, die nun ungewöhnlich rasch an die Oberfläche stiegen. Das war sein sechstes oder vielleicht sogar siebtes Sprudelbad, aber diese Geschwindigkeit hatte er bisher noch nicht erlebt. Das konnte doch nicht normal sein. Am besten meldete er das.

»Hallo!«, rief er mit heiserer Stimme. »Hallo, Schwester Monika!« Ja, sie sollte zu ihm kommen, nicht nur wegen der Blasen, die jetzt noch heftiger zu ihm aufschossen. Er fühlte sich einfach schlecht, so matt. Als er aufstehen wollte, glitt er sofort wieder ins Wasser zurück. Die Schwerkraft zog ihn nach unten und ihm fehlte mit einem Mal die Energie, dagegen anzukämpfen. Er war einfach so müde. Zudem fiel ihm das Atmen zunehmend schwer »Hallo!«, hörte er seine eigene schwache Stimme. »Hallo, ist da jemand?« Inzwischen war es ihm egal, ob Moni ihn von diesem Wannenbad erlöste, Hauptsache irgendjemand half ihm hier raus. Aber es kam niemand.

Der Notrufknopf, schoss plötzlich ein Geistesblitz durch seinen Kopf, er musste an der Klingelschnur ziehen. Schwester Monika hatte ihm doch beim ersten Mal erklärt ... Während der Schweiß nun in Strömen von seiner Stirn rann, schaute er sich um. Die Schnur mit dem Fisch hing nicht an der gewohnten Stelle. Er japste nach Luft, schielte an der gekachelten Wand entlang nach oben. Dabei fiel es ihm unendlich schwer, den Kopf anzuheben. Als er schließlich die Klingelschnur entdeckte, liefen Tränen der Enttäuschung über seine Wangen. Sie hing ganz hoch um einen Handtuchhalter gewickelt, unerreichbar für ihn. War das etwa Absicht? Steckte *er* womöglich dahinter? Mit weit aufgerissenen Augen und panischem Blick starrte er zur Tür.

»Hilfe, Hilfe!«, brüllte er laut. Das heißt, er wollte laut schreien, aber seinem Mund entfuhr nur ein heiseres Krächzen. Seine Stimme gehorchte ihm nicht. Noch einmal und mit letzter Kraft versuchte er, aus der Wanne zu steigen, aber ihm wurde schwarz vor Augen. Das Blubbern der Gasblasen nahm er jetzt nur noch wie aus der Ferne wahr. Das Geräusch wurde leiser und leiser, dabei sank sein Kopf immer näher zur Wasseroberfläche. Während sein Körper tiefer nach unten rutschte, hefteten sich die Bläschen an sein Kinn, vermischten sich mit dem Wasser in seinem Mund und in der Nase, drangen bis in die Lunge vor.

28

Uff! Pielkötter seufzte. Gerade eben noch alles geschafft. Frisch geduscht wartete er auf Thorsten, seinen jungen Therapeuten mit dem flachsblonden Bürstenschnitt. Irgendwie fand er es auch nach etlichen Tagen in der Kurklinik immer noch seltsam, dass das Personal beim Vornamen genannt wurde, abgesehen von den Ärzten natürlich und seiner Psychologin, Katharina Fallersleben. Sie mit ihrem Vornamen anzusprechen, hätte die Sitzungen allerdings auch nicht gerade verbessert. Schließlich hatte er mit einer Person dieses Vornamens nicht die besten Erfahrungen gemacht. Da war ihm der sympathische, immer gut aufgelegte Thorsten wahrlich lieber. Der nahm ihn ganz schön ran. Die Übungen taten zum Teil höllisch weh, aber sie brachten zumindest was. Bei den Gruppentherapie-Sitzungen war er da nicht so sicher. Am liebsten hätte er Mark Milton eingeflogen, den Psychologen aus Duisburg, den er im Rahmen seiner Ermittlungen von allen möglichen Seiten kennengelernt hatte. Zu dem hatte er wenigstens Vertrauen.

Als die Tür quietschte, schreckte Pielkötter aus seinen Gedanken auf. Thorsten verabschiedete eine Frau mit zwei Krücken und bat ihn herein.

»Nun, wie sieht es mit den Übungen aus, die ich Ihnen beim letzten Mal gezeigt habe? Haben Sie die auch schön regelmäßig gemacht?«

Zum zweiten Mal an diesem Tag kam sich Pielkötter wie ein Schuljunge vor. Gehörte das etwa zum Klinikalltag? Dann stimmte hier was nicht und es wurde Zeit, dass er andere Seiten aufzog.

»Was genau verstehen Sie unter regelmäßig?«, fragte er eine Spur unfreundlich zurück.

Dabei mochte er Thorsten und schätzte, dass er sich große Mühe mit seiner kranken Schulter gab. Der Therapeut ging nicht darauf ein und begann Sehnen, Muskeln, vielleicht auch die Knochen oder Faszien abzutasten. Geschickt glitten seine Finger über den Schulterbereich, den linken Arm hinunter bis zum Ellenbogen und wieder hinauf. Plötzlich kam er an eine schmerzende Stelle und Pielkötter hätte aufschreien können.

Er biss die Zähne jedoch zusammen, verzog nur ein wenig das Gesicht.

»Aha!«, bemerkte Thorsten.

Die Äußerung war zwar nicht besonders aussagekräftig, aber Pielkötter verkniff es sich, genauer nachzufragen. Er war einfach zu sehr mit den Schmerzen beschäftigt. Auch die anschließenden Übungen taten gehörig weh und er sehnte das Ende der Sitzung herbei. Zwanzig Minuten später hatte er es endlich geschafft. Thorsten gab ihm neue Hausaufgaben mit auf den Weg, dann war er entlassen. Ein Blick auf die Uhr signalisierte Pielkötter, dass ihm noch genau dreizehn Minuten bis zum Sauerstoff-Bad blieben.

Er schaffte es gerade noch, seine Badeschuhe aus dem Zimmer zu holen, dann wurde es auch schon Zeit, sich in der Bäderabteilung einzufinden. Vielleicht hatte Wolfgang Schröder den Termin vor ihm und nicht danach, er hatte es nicht gesagt, und Pielkötter wollte ihm auf jeden Fall die Gelegenheit geben, endlich sein Geheimnis preiszugeben.

Auf dem Weg fragte er sich, ob es in Kurkliniken üblich sei, immer hetzen zu müssen. Eigentlich schien das nur für die Patienten zu gelten, aber als er sein Ziel fast erreicht hatte, kamen ihm ein Arzt und eine Krankenschwester im Laufschritt entgegen. Ihren Mienen nach zu urteilen standen sie ziemlich unter Stress. Pielkötter lief weiter den Gang entlang, bis er das letzte Mal abbiegen musste, um die ausgelagerte Badeabteilung zu erreichen. Obwohl die neuen Räumlichkeiten großzügiger waren und moderne, freundliche Kacheln, sogar Fenster besaßen, machte es Pielkötter nichts aus, seine Sprudelbäder in dem alten Trakt zu erhalten. Für Schröder galt das auch. Offensichtlich schwärmte er für Schwester Monika, die hier das Sagen hatte. Und da er die Anwendungen aus eigener Tasche bezahlte, konnte Schröder sich bestimmt aussuchen, in wessen Gegenwart er in die Wanne steigen wollte.

Als Pielkötter sich den einander gegenüberliegenden Räumen D1 und D2 näherte, fiel ihm zum ersten Mal ganz bewusst auf, wie einsam es in diesem abgelegenen Trakt war. Kein Wunder, bei den wenigen Patienten, die hier behandelt wurden. D1 war nicht mehr in Betrieb, das hatte ihm Schwester Monika gesteckt, und in D2 saß immer nur eine Person in der linken Sprudelwanne. Während er näherkam, hörte er Stimmen. Sie klangen aufgeregt. Pielkötter setzte sich auf die Bank am Ende des Gangs und lauschte angestrengt. Hatte Schröder am letzten Tag irgendeinen Krach angefangen? War er etwa sauer, weil ihm statt Schwester Monika ein männlicher Kollege behilflich war? Eine der Stimmen gehörte jedenfalls zu einem Mann und ganz gewiss nicht seinem Tischnachbarn. Schröder hatte fast so einen Bass wie der Rechtsmediziner Karl-Heinz Tiefenbach, mit dem er in Duisburg so gern zusammenarbeitete. Irgendetwas ging da drinnen vor und er hätte zu gerne gewusst, was. Inzwischen klangen die Worte nach einem heftigen Streit, auch wenn er sie nicht im Einzelnen verstehen konnte. Die männliche Person, die nicht Schröder war, musste mächtig wütend sein.

Plötzlich rannten zwei Ärzte oder Pfleger in weißen Kitteln den Gang lang. Einer trug etwas mit sich, das wie ein Defibrillator aussah. Ohne von ihm Notiz zu nehmen, stürmten sie in den Raum mit den Stimmen. Pielkötter versuchte, durch die sich öffnende Tür einen Blick ins Innere zu erhaschen. Er konnte jedoch so schnell kaum etwas erkennen, nur einige Kacheln aus dem Vorraum. Die Wannen konnte man von dieser Position aus sowieso nicht sehen. Blitzschnell verschwanden die Männer mit den weißen Kitteln aus seinem Sichtfeld.

»Das hat doch alles keinen Zweck«, drang es kurz an sein Ohr, dann schloss sich die Tür und schluckte fast alle Geräusche.

Ein mulmiges Gefühl verdrängte Pielkötters Neugier. Hoffentlich war nichts Schlimmes passiert, weder Schröder noch einem der anderen Patienten. Je länger er wartete, desto unruhiger wurde er. Alle paar Minuten schaute er auf seine Armbanduhr. Sein Termin war längst überfällig, aber das bereitete ihm die wenigsten Sorgen. Der Streit hatte sich wohl gelegt. In dem Gang war es nun verdächtig ruhig, zu ruhig, wie er fand. Er wertete das als schlechtes Omen. Mindestens vier Menschen befinden sich in dem Raum, überlegte er. Wieso sagte keiner mehr etwas? Oder sprachen sie jetzt alle so leise, dass er sie nicht mehr verstehen konnte? Sie bereden etwas, das nicht nach außen dringen soll, schoss es ihm plötzlich durch den Kopf. Er hatte den Gedanken noch nicht zu Ende gedacht, da flog die Tür auf. Schwester Monika erschien im Gang, ohne ihn jedoch wahrzunehmen. Ihr Gesicht wirkte vor Schmerz verzerrt, die Augen waren gerötet. Tränen hatten ihre Wimperntusche aufgelöst und rannen als schmutziges Rinnsal an ihren Wangen hinunter.

»Ich kann doch nichts dafür«, murmelte sie mit erstickter Stimme vor sich hin. »Ich kann doch wirklich nichts dafür. Die Verwaltung …«

Den Rest konnte Pielkötter leider nicht mehr verstehen, dafür war sie schon zu weit den Gang entlanggeeilt. Einem ersten Impuls nachgebend, wollte er ihr folgen, aber dann trat einer der beiden Männer von vorhin auf ihn zu.

»Was machen Sie hier?«, fragte er nicht gerade freundlich.

»Ich habe einen Termin. Um genau zu sein, hätte ich schon vor zehn Minuten mit dem Bad beginnen sollen.«

»Ihr Termin fällt heute aus.«

»Aber wieso?«

Da der Mann nicht darauf einging, wiederholte Pielkötter seine Frage. Während der Angesprochene nun nach den richtigen Worten zu suchen schien, bildete sich eine steile Falte auf seiner Stirn. Für Pielkötter erhärtete sich der Verdacht, dass etwas Schreckliches passiert sein musste. Sein Hals zog sich zusammen. Er wünschte sich, dass es dabei nicht um Schröder ging, auch wenn er natürlich nicht wollte, dass ein anderer zu Schaden gekommen war. Aber wenn man jemanden persönlich kannte, konnte man sich der Betroffenheit noch weniger entziehen.

»Wir haben einen technischen Defekt«, unterbrach der Mann seine Gedanken.

»Oh! Und um das auszusprechen, braucht man so lange?«, fragte Pielkötter mit einer Nuance Ironie in der Stimme. In diesem Moment fühlte er sich ganz als Kommissar, und es tat ihm sehr gut, in seinem Gegenüber praktisch eine Art Zeugen zu sehen.

»Ich kann nur wiederholen, dass Ihr Termin ausfällt. Für alles andere wenden Sie sich bitte an die Leitung Ihrer Station. Dort wird man Ihnen sagen, wann das Bad wieder freigegeben wird und die Anwendung nachgeholt werden kann.«

Mit dieser Erklärung ließ der Mann ihn einfach stehen und verschwand in Richtung Treppenhaus

Freigegeben, so hatte er sich ausgedrückt. Das Wort weckte in Pielkötter unangenehme Erinnerungen. Tatorte wurden nach den Untersuchungen, Leichen nach der Obduktion freigegeben. Jetzt bleib doch mal sachlich, rief er sich zur Räson. Davon spricht man doch auch, wenn etwas repariert worden ist, was zuvor nicht den Sicherheitsanforderungen entsprochen hat. Trotz dieser Überlegung blieb er skeptisch. Der Mann hatte mit seiner Antwort einfach zu lange gezögert. Vielleicht war sein Kollege etwas gesprächiger. Am besten wartete er so lange, bis auch der wieder auf den Gang hinaustrat.

Bei der nächsten Person, die den Raum verließ, handelte es sich vielleicht um den Mann mit der tiefen Stimme, der so zornig geschrien hatte. Pielkötter hielt das sogar für sehr wahrscheinlich. Sein Kopf war immer noch leicht gerötet und die Miene wirkte sehr ärgerlich. Er bedachte Pielkötter mit einem hochnäsigen Blick.

»Gehen Sie bitte! Diese Abteilung bleibt für heute geschlossen.« Diese Aufforderung klang allerdings kaum nach einer Bitte. Der Mann schien es gewohnt zu sein, Befehle zu erteilen, denen man besser nicht widersprach, sofern man sich keinen Ärger einhandelt wollte. Zum Glück gehöre ich nicht zu seinen Untergebenen, dachte Pielkötter. Der Herr in dem weißen Kittel hatte in der Klinik eine leitende Position inne, so viel stand fest.

»Zuvor möchte ich aber gerne wissen, warum«, entgegnete Pielkötter, wobei er ihm direkt in die Augen blickte.

»Ich bin Professor Doktor Schwarzenberg, der Leiter dieser Klinik. Und wenn ich Ihnen sage, Sie sollen diesen Ort verlassen, dann kommen Sie dieser Aufforderung gefälligst nach.«

»Gut! Ihre *Angestellten* sind übrigens sehr freundlich«, konnte sich Pielkötter eine letzte Anspielung nun doch nicht verkneifen. Anschließend drehte er sich um und schlurfte betont langsam den Gang entlang. Pielkötter widerstrebte es, klein beizugeben, aber ihm bleib keine Alternative. Der Chefarzt war Hausherr der Klinik und er nur ein Patient. Daran, dass er hier nicht den Kommissar rauskehren durfte, würde er sich nur schwer gewöhnen. Trotzdem wollte er alles daransetzen, um herauszubekommen, was passiert war.

Die Sorge um Schröder drängte sich wieder in sein Bewusstsein. Mit verkniffener Miene schaute er auf die Uhr. Es war ja nicht ausgeschlossen, dass Schröder den Termin nach ihm hatte. Dann war er jetzt vielleicht noch auf seinem Zimmer. Dorthin hatte er Pielkötter einmal mitgenommen, um ihm ein Bild von seiner Frau und seiner Tochter zu zeigen – beide hatten vor einer kleinen weißen Segelyacht in einem Hafen posiert. Soweit Pielkötter sich erinnerte, lag der Raum im zweiten Stock genau neben der Teeküche. Pielkötter beschleunigte seinen Schritt. Er hätte viel darum gegeben, Schröder jetzt die Treppe herunterkommen zu sehen, aber das blieb nur ein frommer Wunsch.

Pielkötter hastete die Stufen hinauf zu dem Flur, in dem sich das Zimmer von Schröder befand, als gelte es, seinen Tischnachbarn schnellstens vor einem Unglück zu bewahren. Dabei wusste er, wie unlogisch das war. Entweder war Schröder der Patient gewesen oder ihm würde weder mit noch ohne seine Hilfe etwas passieren. Aber Pielkötter musste einfach etwas tun.

Als er vor der richtigen Zimmertür stand, ging sein Atem schneller. Mit leicht zitternder Hand klopfte er an. Niemand rührte sich. Pielkötter versuchte es erneut, ohne Erfolg. Schließlich gab er es auf. Ein Blick auf die Uhr sagte ihm, dass bald seine Sitzung bei Katharina Fallersleben beginnen würde, aber eigentlich fühlte er sich in dieser Situation außerstande, die bohrenden Fragen dieser Psychotante über sich ergehen zu lassen. Erst musste er wissen, wo Schröder steckte. Vielleicht wusste die Stationsschwester mehr.

Das Dienstzimmer lag am Anfang des Gangs. Die Tür stand offen, und Pielkötter spähte neugierig hinein. Leider war der Raum leer. Er überlegte gerade, ob er hier länger warten sollte, da vernahm er Schritte, die sich näherten. Pielkötter sah sich um und erkannte Schwester Daniela, die ihn am Ankunftstag aufgenommen hatte. Was machte die denn auf dieser Station?

»Heute Morgen ist vielleicht was los«, posaunte sie, noch ehe sie ihn erreichte. »Erst melden sich zwei Mitarbeiterinnen kurz hintereinander krank, und dann lässt ein Patient seinen Termin platzen. Erscheint einfach nicht zur Therapie.«

Pielkötter horchte auf. Handelte es sich dabei etwa um Schröder? Für einen kurzen Moment keimte Hoffnung in ihm auf. Vielleicht hatte es sich sein Tischnachbar anders überlegt und war unverzüglich abgereist. Wenn er sich das recht überlegte, traute er Schröder diese extreme Sprunghaftigkeit allerdings kaum zu, erst recht nicht diese Unverschämtheit, einen Termin sausen zu lassen, ohne sich abzumelden.

»Sie haben mir noch gar nicht gesagt, was Sie auf dem Herzen haben«, unterbrach Schwester Daniela seine Gedanken.

»Ich nehme an, bei dem säumigen Patienten, den Sie gerade erwähnten, handelt es sich nicht um Herrn Schröder. Genau den suche ich nämlich.«

»Nein, nein!«, entgegnete sie unverzüglich. »Den Namen dieser Schlafmütze würde ich natürlich niemals preisgeben, aber ich kann Ihnen versichern, um den von Ihnen Gesuchten handelt es sich nicht.«

»Und wieso Schlafmütze?«, fragte Pielkötter irritiert.

»Na, der gute Mann hat seinen Wecker überhört oder gar nicht erst gestellt, was weiß ich?« Sie stöhnte gespielt. »Normalerweise muss man daraus sicher kein Drama machen, aber wir sind hier schließlich in einer Rehaklinik mit zum Teil schwer kranken Menschen. Wenn ausgerechnet ein Patient in sehr schlechtem Gesundheitszustand seinen Termin sausen lässt, heißt es mindestens Alarmstufe gelb. Jedenfalls haben wir kein Interesse daran, einen unserer Patienten zu verlieren. So was spricht sich schnell rum und auf negative Werbung können wir wahrlich verzichten, zumal es hier auf der Insel noch eine weitere hervorragende Einrichtung gibt.«

»Und Alarmstufe rot?«, wollte Pielkötter wissen. Die Konkurrenz der Häuser war ihm ziemlich egal.

»Machen Sie sich deshalb keine Sorgen. Rot ist ganz selten und heißt ja auch nicht gleich, dass jede Hilfe zu spät kommt.«

»Aber heute Morgen?« Lauernd beobachtete Pielkötter ihre Miene.

»Was soll die Frage?« Während ihre Stimmlage sich veränderte, musterte sie ihn skeptisch. »Die Sache hat sich als harmlos herausgestellt, das habe ich Ihnen doch erzählt. Zudem hätte mir ein Notfall heute gerade noch gefehlt.«

»Aber warum wurde mein Termin in der Badeabteilung verschoben? In D2 geben sich Ärzte und Pfleger die Klinke in die Hand. Und Wolfgang Schröder, der wahrscheinlich genau vor mir dran war …«

Pielkötter hatte noch nicht zu Ende gesprochen, da klingelte das Telefon. Mit Schwung stieß Schwester Daniela die

Tür weiter auf, eilte zu ihrem Schreibtisch und nahm das Gespräch an. Pielkötter registrierte, dass sie plötzlich erbleichte.

»Ja, ja, also wie denn?«, stammelte Sie. »Gut ... natürlich halte ich mich an Ihre Anweisungen.«

Nachdem sie aufgelegt hatte, blieb sie noch eine Weile hinter ihrem Schreibtisch stehen und starrte auf den Hörer. Seine Anwesenheit schien sie vergessen zu haben. Sie wirkte völlig verändert. Dann wandte sie sich plötzlich wieder zu ihm um. »Nun ... Herr ... Pielkötter«, brachte sie stockend hervor. »Ich habe im Moment leider alle Hände voll zu tun und kann mich nicht um Ihr Anliegen kümmern.«

»Schröder, nicht wahr?«, fragte er mit belegter Stimme. »Das stimmt doch, es geht um Wolfgang Schröder?«

»Darüber kann ich Ihnen keine Auskunft geben«, presste sie mühsam hervor. »Bitte gehen Sie jetzt. Sie haben gleich sicher noch andere Anwendungen. Sobald feststeht, ob und wann Ihr Bad nachgeholt wird, wird man sich bei Ihnen melden.«

»Eine letzte Frage noch«, wandte Pielkötter ein.

»Nein!«, sagte sie laut und bestimmt. »Ich habe Ihnen erklärt, dass ich zu tun habe.«

Pielkötter bedauerte, dass sie ihre Fassung so schnell wiedergefunden hatte, aber noch viel mehr bedauerte er, dass seine Befürchtung, Schröder sei etwas zugestoßen, sich weiter zu bestätigen schien. Unschlüssig stand er noch einige Sekunden im Gang und beobachtete, wie Schwester Daniela die Tür des Dienstzimmers hinter sich schloss, dann entschied er, erneut die Badeabteilung aufzusuchen. Vielleicht konnte er bei seinem zweiten Versuch etwas mehr in Erfahrung bringen.

Pielkötter kam gerade einmal bis zu der Abbiegung des Korridors, hinter der sich D1 und D2 befanden, als ihm ein

Pfleger mit breiten Schultern den Weg versperrte. Zumindest nahm er an, dass der Mann normalerweise diese Funktion in der Klinik innehatte. Bisher hatte er ihn hier noch nie gesehen.

»Wohin wollen Sie?«, fragte der Muskelprotz mit lauerndem Blick, als versuche Pielkötter gerade, in militärisches Sperrgebiet einzudringen.

»Ich habe einen Termin in dieser Badeabteilung«, entgegnete Pielkötter so ahnungslos wie möglich.

»Die ist bis auf Weiteres geschlossen.«

»Aber wieso denn so plötzlich?«

»Darüber muss ich Ihnen keine Auskunft geben.«

»Nein, verpflichtet sind Sie dazu nicht, aber es wäre sehr freundlich von Ihnen.« Pielkötter bemühte sich, nicht ironisch zu klingen. Vielleicht hatte er auf diese Weise eine letzte Chance, etwas Wichtiges aus dem Mann herauszubekommen. Ein Blick in dessen Gesicht verriet ihm allerdings, dass er besser ohne einen weiteren Kommentar von hier verschwand.

»Also doch Therapiestunde bei Frau Fallersleben«, seufzte er leise.

29

Natascha schlug mühsam die Augen auf. Sie fühlte sich total benommen und sie hatte schrecklichen Durst. Wahrscheinlich kam das von den Tropfen, die Vincent ihr eingeflößt hatte. Aber besser benommen als tot, dachte sie. Sie musste sich irgendwie damit arrangieren, für immer gefangen zu sein. Ein zweites Mal würde Vincent sie nicht entkommen lassen, so viel wusste sie, auch wenn ihr Kopf sich anfühlte wie Blei. Nein, so zugedröhnt hätte sie niemals eine Chance zu fliehen. Sie richtete sich vorsichtig auf und stieg aus dem Bett. Vergeblich suchten ihre Augen auf dem Tisch ein Glas mit Wasser oder eine Flasche.

Für einen kurzen Moment überlegte sie, nach Vincent zu rufen, doch dann wankte sie auf nackten Füßen lautlos zur Tür und drückte vorsichtig die Klinke herunter. Sie hatte kaum damit gerechnet, doch die Tür sprang auf. Hatte er vergessen, sie abzuschließen oder vertraute er auf die Tropfen? Aus dem Erdgeschoss drangen leise Stimmen zu ihr hoch. Sie kamen aus Vincents Büro. Er war also beschäftigt und sie konnte sich möglichst unbemerkt etwas zu trinken holen. Sie fasste nach dem Geländer und schlich langsam die Stufen nach unten. Anschließend durchquerte sie die Diele. Die Bürotür war angelehnt, so dass man sie nicht sehen konnte. Während sie davor kurz anhielt, hörte sie zwei Männer sprechen.

»Wenn Mielke sich noch einen Fehler erlaubt, ist er fällig.« Vincents Stimme klang, als sei er ungeheuer wütend. »Das ist jetzt das zweite Mal innerhalb kurzer Zeit.«

»So dramatisch war die Sache heute nun auch nicht«, wandte jemand vorsichtig ein. Wahrscheinlich Antonio, aber sie war sich nicht sicher.

»Trotzdem wird er langsam zum Risiko. Überleg doch, welche Scheiße ich dem zu verdanken habe. Ohne seine Unachtsamkeit hätte dieser Koschmal den Stoff nicht entdeckt.« Vincent machte eine kunstvolle Pause und sie konnte sich genau vorstellen, wie er jetzt über seine Haare strich. »Er hätte mich nicht erpresst. Ich hätte ihn nicht für immer beseitigen müssen. Und ich müsste nicht darüber nachdenken, was ich mit unserem eingefangenen Vögelchen mache.«

Natascha unterdrückte mühsam einen Schrei, dann wurde ihr schwindelig. Sie schwankte, versuchte, sich an der Tür festzuhalten, aber sie gab nach. Ehe sie reagieren konnte, stand Vincent vor ihr. In der Hand hielt er einen schweren Aschenbecher, in seinem Gesicht stand nackte Wut.

30

»Frau Schulze, ich habe Sie ausdrücklich darum gebeten, mich auf keinen Fall zu stören«, blaffte Schwarzenberg seine Sekretärin an. »Das war doch unmissverständlich, oder?«

»Gewiss, Herr Professor, aber Doktor Salzbach will sich einfach nicht abweisen lassen. Er sagt, es sei fruchtbar dringend.« Sie hatte das kaum erklärt, da tauchte Jörg Salzbach hinter ihr im Türrahmen auf.

»Gut, lassen Sie ihn herein«, erwiderte Schwarzenberg unwirsch und sandte ihr einen vernichtenden Blick. »Ich hoffe, Sie haben für Ihr ungebührliches Verhalten eine Entschuldigung«, wandte er sich nun an seinen Besucher.

Der näherte sich mit schnellen Schritten seinem breiten Schreibtisch aus Teakholz. Mit einer Antwort wartete er jedoch ab, bis die Sekretärin den Raum verlassen hatte. »Ich verstehe Sie nicht!«, schnaubte Jörg Salzbach, wobei an seinem Hals eine dicke Ader hervortrat. Seine Rechte, die er ein wenig angehoben hatte, zitterte leicht. »Als ob es hier um mein Verhalten geht. Heute Morgen ist in unserer Klinik ein Patient gestorben und zwar keines natürlichen Todes. Die Ursache war kein Herzinfarkt. Das wissen Sie genauso gut wie ich. Aber was machen Sie? Bügeln mich nieder vor dem Personal, als wäre ich ein dummer Schuljunge.«

»Und was wollen Sie jetzt von mir?«, fiel Schwarzenberg ihm ins Wort. »Etwa, dass ich mich bei Ihnen entschuldige?« Zum Schluss driftete seine Stimme leicht ins Ironische ab.

»Nein, es geht weder um mich noch um Sie, sondern um den toten Patienten. Wir müssen die Polizei einschalten.«

Bei dem Wort Polizei zuckte der Chefarzt leicht zusammen und das Blut schoss ihm in die Wangen. »Das ist nicht Ihr Ernst? Sie wollen doch nicht wirklich den Ruf unserer Klinik und damit etliche Arbeitsplätze Ihrer Kollegen gefährden. Und das nur, weil ein Patient gestorben ist. Mensch, Salzbach, wir sind eine Klinik und kein Wellnesshotel. Bei uns suchen auch äußerst kranke Menschen nach Heilung. Einigen können wir nicht helfen und im schlimmsten Fall ...«

»Beschönigen Sie nichts«, fiel sein Mitarbeiter ihm ins Wort. »Im vorliegenden Fall geht es um einen relativ gesunden Patienten. Ich habe mir seine Krankenakte angesehen.«

»Ohne meine Einwilligung!«

»Seit wann muss ich die extra einholen? Das ist mir neu. Gelten hier plötzlich ganz andere Regeln?«

»Nein, natürlich nicht«, lenkte Schwarzenberg ein. Es brachte nichts, sich mit seinem Untergebenen anzulegen. Er musste seine Strategie ändern. »Hören Sie, ich habe Sie immer als kompetenten Mitarbeiter geschätzt und das soll auch weiterhin so bleiben. Sie fühlen sich doch wohl hier. Inzwischen ist sogar Ihre Familie nach Norderney gezogen. Wollen Sie wirklich alles zerstören?«

»Wieso zerstören?« Salzmanns Miene veränderte sich.

»Wenn der Fall an die Öffentlichkeit gerät, werden wir die jetzigen Zimmer nicht auslasten können. Und dabei habe ich gerade den Vertrag für den Anbau unterschrieben.« Das entsprach zwar nicht der Realität, aber Hauptsache es würde den Druck auf Salzmann erhöhen. Tatsächlich hatte ihm Christian Schröder, der zu einem Besuch auf die Insel gekommen war, bei ihrer Besprechung heute Morgen erklärt, dass die Erweiterung der Klinik erheblich mehr Geld kosten würde als ursprünglich geplant und sein Bruder jeden Preisnachlass verweigerte. Und Schwarzenbergs Kreditrahmen war leider erschöpft. In einer fast theatralischen Geste wischte er sich einige Schweißtropfen von der Stirn. »Wir werden über Personalabbau nachdenken müssen. Ich bitte Sie. Denken Sie daran, dass der Patient nicht wieder lebendig wird, egal was Sie unternehmen.«

»Die Gasanschlüsse wurden vertauscht«, erwiderte Salzmann mit einer Stimme, die deutlich an Volumen und Überzeugungskraft eingebüßt hatte. »Und wenn Schwester Monika nun die Wahrheit sagt, dann könnte es doch sein ...«

»Sie sagt, sie sei weggerufen worden und in der Zwischenzeit müsse jemand die Leitungen manipuliert haben. Ich bitte Sie! Wer sollte dem armen Mann denn etwas antun wollen? Wir sind uns doch darin einig, dass jemand einen tragischen Fehler begangen hat. Ich werde alles in meiner Macht Stehende veranlassen, dass er sich nicht wiederholt. Und wenn Schwester Monika, dafür verantwortlich war, ist sie dann nicht gestraft genug?«

»Ja, dennoch ...«

»Glauben Sie etwa in anderen Häusern käme nichts vor?«, unterbrach ihn Schwarzenberger. »Sie können meine Klinik selbstverständlich ruinieren. Dann fangen Sie woanders an, bis Sie irgendwann feststellen, dass dort auch Fehler passieren.« Der Chefarzt lief um seinen Schreibtisch herum und fasste seinen Mitarbeiter bei den Schultern. »Was dann, Salzmann, was dann?«, fragte er verzweifelt.

»Vielleicht haben Sie tatsächlich Recht. Der Tod des Patienten ist tragisch, aber nicht mehr zu ändern. Und wir ...« Verzweifelt schien er nach den richtigen Worten zu suchen. »Also, wir können die Sicherheit erhöhen, ohne jemand Externen einzuschalten.«

»Salzmann, ich bin froh, dass wir uns in diesem Punkt einig sind. Sofern Sie Verbesserungsvorschläge haben, werden die mir jederzeit willkommen sein.«

Als Schwarzenberg wieder allein war, starrte er auf den durchlöcherten Schädelknochen auf seinem Schreibtisch, aus dem etliche Kugelschreiber herauslugten. Was war in den letzten Stunden alles geschehen, seit er seine Geliebte verabschiedet hatte? Sein Leben hatte eine dramatische Wende genommen, und er musste aufpassen, dass er nicht in einer rasanten Fahrt in den Abgrund stürzte.

31

Pielkötter klopfte an die Tür des Gruppenraums, der auf seinem Plan stand, obwohl er heute Einzelsitzung hatte. Katharina Fallersleben öffnete ihm sofort. Sicher hatte sie ihn schon etliche Minuten früher erwartet. Er war spät dran.

Wie immer sah die Psychologin aus, als wäre sie gerade einem Modejournal entsprungen. Sie trug einen eng anliegenden Hosenanzug in Dunkelblau, darunter einen knallroten seidigen Pulli mit einer dicken schwarzen Kette. Die Glieder bestanden aus kugelförmigem Lavagestein, nahm Pielkötter an. Ihre Lippen waren dezent geschminkt und ihre langen dunklen Haare hatte sie heute mit zwei Spangen gebändigt.

Während sie ihm ihre manikürte Hand reichte, schaute sie ihn mit einer gewissen Missbilligung an. Pielkötter hätte es nicht gewundert, wenn sie ihn auf seine Verspätung angesprochen hätte, aber sie begrüßte ihn lediglich mit einem »Guten Tag«. Leider hatte Pielkötter bei ihr immer das Gefühl, sie hätte ihren Beruf verfehlt. Wer so viel Wert auf Äußerlichkeiten legte, konnte doch kaum wirkliches Interesse für die Probleme seiner Klienten aufbringen.

»Wo möchten Sie sitzen?« Ihre Stimme klang kühl.

Ich hätte nicht herkommen sollen, überlegte er, während er sich erneut in dem Raum umsah und innerlich über diese seltsamen beigen Knautschsäcke den Kopf schüttelte. Die Strukturtapete war in einem grün-gelben Ton gestrichen, an den Wänden hingen Bilder von Edward Hopper. Zumindest nahm er wegen der Ähnlichkeit der Bilder an, dass sie alle von demselben Maler stammten, und eines der Gemälde kannte er. Das hatte er einmal im Original in einer Ausstellung in Köln gesehen, zu der Marianne und Jan Hendrik ihn regelrecht mitgeschleift hatten. Er konnte sich sogar an den Namen erinnern: Nighthawks, Nachtschwärmer. Die Bilder hier schienen alle von Einsamkeit zu handeln, was er für den Zweck dieses Raumes nicht gerade passend fand. Nachdem er sich noch einmal umgeschaut hatte, wählte er den Knautschsack aus, der unmittelbar unter den Nachschwärmern stand. Vielleicht, weil er einen Bezug dazu hatte.

»Haben Sie noch einmal über die Frage aus der letzten Sitzung nachgedacht?«, legte Fallersleben sofort los, nachdem er Platz genommen hatte.

Pielkötter wusste darauf nichts zu erwidern. Er machte sich ernsthafte Sorgen um seinen Tischnachbarn und diese Psychotante quälte ihn mit Fragen, die ihn in dieser Situation absolut nicht interessierten. Im Moment hatte er jedenfalls keinen Schimmer, worüber sie am Ende der letzten Sitzung gesprochen hatten.

»Was wäre für Sie die schlimmste Situation am Ende dieser Reha-Maßnahme?«, hörte er ihre Stimme wie aus der Ferne. »Genau darauf sollten Sie für heute eine Antwort finden.«

Richtig, jetzt fiel es ihm wieder ein, auch dass er sich vorgenommen hatte, während des Sprudelbades darüber nachzudenken. Nur leider war etwas Unvorhersehbares dazwischengekommen.

»Herr Pielkötter, haben Sie mich verstanden?« Ihr Blick aus graugrünen Augen schienen ihn zu durchbohren, aber das beeindruckte ihn nicht im Geringsten. In wichtigen Vernehmungen hatte er noch ganz anderes drauf gehabt.

»Leistet Ihr Inneres zu viel Widerstand, um diese Frage zu beantworten? Haben Sie Ihre Hausaufgabe einfach verdrängt?«

»Nein und nochmals nein!«, reagierte er etwas heftiger als beabsichtigt.

»Gut, dann stelle ich Ihnen diese Frage jetzt noch einmal. Und es wäre sehr nett, wenn Sie mir antworten würden.«

»Hören Sie, ich kann mich nicht auf dieses dumme Frage-und-Antwort-Spiel einlassen. Mich plagen jetzt wirklich andere Sorgen.«

»Die da wären?« Ihre graugrünen Augen schossen etliche giftige Pfeile in seine Richtung ab.

Pielkötter seufzte. Wahrscheinlich war er jetzt wirklich zu weit gegangen. Die Frau erledigte nur ihren Job und konnte schließlich nichts dafür, wenn heute Morgen in dieser Klinik etwas Schreckliches geschehen war. Weil ihre Blicke ihn noch immer zu durchbohren schienen, fühlte er sich nun doch zu einer Erklärung verpflichtet.

»Ich glaube, meinem Tischnachbarn Wolfgang Schröder ist etwas zugestoßen«, sprudelte es nun aus ihm heraus. »Wir hatten hintereinander einen Badetermin ... wollten uns dort verabschieden. Er hat heute nämlich seinen letzten Tag in der Klinik. Aber ich habe ihn nicht mehr gesehen, nur aufgeregte Ärzte und Pflegepersonal. Anschließend ist die ganze Abteilung geschlossen worden.«

Zunächst erwiderte die Psychologin nichts, starrte ihn nur an. Allerdings veränderte sich ihr Blick. Nahm ihr Gesichtsausdruck wirklich weiche Züge an oder kam ihm das jetzt nur so vor?

»Was dort geschehen ist, wissen wir beide nicht«, erwiderte sie schließlich, »allerdings kann ich gut nachvollziehen, dass Sie sich sehr betroffen fühlen. Falls Sie die Sitzung für heute beenden möchten, steht Ihnen das selbstverständlich frei. Genauso wäre es aber möglich, heute über Ihre Sorgen um Herrn Schröder zu sprechen.«

»Später, gern«, sagte er. »Zuerst muss ich jedoch herausfinden, was geschehen ist.«

»Gut, Herr Pielkötter, dann sehen wir uns wieder in ...« Sie blätterte in einem Terminkalender, der auf dem Teppich neben ihrem Knautschsack lag. »Also, gleich morgen. Aber falls Ihnen heute noch etwas ganz akut auf dem Herzen liegen sollte, melden Sie sich einfach bei mir. Ich versichere Ihnen, dass ich Sie ganz bestimmt nicht abweisen werde.«

»Danke«, brachte er mit fremder Stimme hervor.

Während sie ihm zum Abschied die Hand reichte, schenkte sie ihm ein aufmunterndes Lächeln.

Kopfschüttelnd lief Pielkötter den Gang entlang. So viel Mitgefühl und Verständnis hatte er von ihr jedenfalls nicht erwartet. Vielleicht sollte er der Psychologin doch eine echte Chance geben, mit ihm ins Gespräch zu kommen.

Tief in seine Gedanken versunken, stieß er an der nächsten Ecke mit einem Mann in weißer Arbeitskleidung zusammen. Als er hochsah, erkannte er Dennis. Der junge Masseur war kreidebleich im Gesicht. Vielleicht hatte Kollegin Nicole ihm wieder eine Szene gemacht. Oder kannte er Schröder? Hatte der sich womöglich mit einem dicken Schein bei ihm bedankt und sich von ihm verabschiedet? Pielkötter konnte sich gut vorstellen, dass Schröder der erste Schützling war, der auf diese tragische Weise aus dem Berufsleben von Dennis verschwand.

Schluss jetzt, er konnte sich nicht um jeden sorgen. Der Fall Schröder reichte völlig aus. Ja, er zählte das plötzliche Verschwinden dieses seltsamen Zeitgenossen durchaus als *Fall*. Er hatte das Gefühl, dass etwas geschehen war, das die Polizei interessieren könnte. Oder bildete er sich wirklich nur ein, dass die Kripo informiert werden müsste? Weil er einfach von seinem Beruf nicht abschalten konnte? Aber warum dann die Geheimniskrämerei des Klinikpersonals? Und dann diese Sache, die Schröder anscheinend hier herausgefunden hatte. Hätte er damit jemandem in ernsthafte Bedrängnis bringen können?

Pielkötter wollte es unbedingt herausfinden. Er überlegte, wie er weiter vorgehen sollte, wenn ihm auch weiterhin niemand Auskunft gab. Sollte er sich selbst an die örtlichen Beamten wenden? Vielleicht ermittelten die bereits, und er konnte sich als Zeuge zur Verfügung stellen. Womöglich steckte hinter dem seltsamen Verhalten der Angestellten überhaupt nicht die Absicht, einen Fall zu vertuschen, sondern lediglich der fromme Wunsch, die Patienten zu schonen. Schließlich wurde nicht jeder so oft wie er als Kommissar bei der Mordkommission mit der Tatsache konfrontiert, dass das Leben manchmal ganz schnell und gewaltsam zu Ende gehen konnte. Pielkötter massierte mit der Hand sein Kinn. Er brauchte einen Plan und zwar schnell. In Duisburg hätte er jetzt genau gewusst, was er als Nächstes tun sollte, nur hier waren ihm in vielerlei Hinsicht die Hände gebunden.

Erst einmal musste er Gewissheit haben, dass Schröder tatsächlich nicht mehr unter den Lebenden weilte. Bisher war das lediglich ein Gefühl, auch wenn es einige rationale Gründe gab, die dafür sprachen. Die anfängliche Hektik in der Badeabteilung, die plötzliche Stille, der Streit. Vor allem kein Krankentransport zum OP oder zu einem Raum, der für Notfälle ganz anders ausgestattet war als eine Badeabteilung mit zwei Wannen. Nein, Schröder war tot, das hielt Pielkötter für so gut wie sicher. Nur irgendjemand musste ihm das bestätigen. Entweder die Angehörigen oder jemand vom Personal. Mit Schröders Frau Kontakt aufzunehmen, erschien ihm momentan die bessere Idee. Ein einziger Anruf bei ihr könnte seinen Verdacht in Luft auflösen oder bestätigen. Mist, warum hatte er einen Besuch bei Schröder immer abgelehnt. Jetzt kannte er nicht einmal die Adresse. Am besten schaltete er Barnowski ein. Dazu musste er jedoch erst einmal in sein Zimmer zurück. Sein Smartphone lag dort auf dem Nachttisch. Während er den Gang entlangeilte, warf er einen Blick auf seine Uhr. Für ein kurzes Gespräch würde die Zeit noch reichen, dann gab es das Mittagessen. Zwar verspürte er nicht den geringsten Hunger, aber er brannte darauf, mit Streckmann zu reden.

In seinem Zimmer angekommen riss Pielkötter das Smartphone an sich. Aus einem ersten Impuls heraus, wollte er Barnowski auf dem Diensthandy anrufen, entschied sich jedoch dagegen. Das hätte etwas von Alarmstufe dringend. Soweit wollte er nun doch nicht gehen, zumindest nicht in diesem frühen Stadium. Vielleicht stellte sich doch noch alles als harmlos heraus. Pielkötter zögerte kurz, dann tippte er die Rufnummer des Büroanschlusses ein. Das Freizeichen ertönte mehrmals, und als er schon auflegen wollte, die Stimme des Anrufbeantworters.

»Pielkötter hier«, meldete er sich. »Es wäre nett, wenn Sie mich zurückrufen würden, Barnowski. Vielleicht bin ich zwischendurch nicht immer erreichbar, aber ab siebzehn Uhr habe ich keine Anwendungen mehr.«

Nachdem er aufgelegt hatte, steckte er das Smartphone in die Hosentasche und seufzte. Inzwischen war es ihm ganz recht, dass er seinen Mitarbeiter nicht angetroffen hatte. Möglicherweise ergab sich noch etwas Neues bei der gemeinsamen Mahlzeit mit Streckmann.

Als Pielkötter den Speisesaal betrat, hockte Streckmann bereits an seinem Platz und stocherte lustlos in seinem Salat herum. Aus welchem Grund lud der sich den Vorspeisenteller immer bis obenhin voll, obwohl er das »Grünzeug«, wie er es immer nannte, nicht mochte? Seine Ernährungsberaterin saß schließlich nicht neben ihm. Heute jedoch war das vollkommen egal, Hauptsache sein Tischnachbar war anwesend. Pielkötter hastete auf ihn zu, als hätte er Angst, er könne im letzten Moment auf mysteriöse Weise vor seinen Augen verschwinden.

»Mahlzeit«, wünschte Streckmann in einem arglosen Tonfall, der Pielkötter vermuten ließ, dass er von dem Vorfall in der Badeabteilung nichts mitbekommen hatte.

»Ja, Mahlzeit«, erwiderte Pielkötter.

»Ich bin mal gespannt, wann die uns hier einen Neuzugang hinsetzen«, fuhr Streckmann fort. »Ich meine, wo Schröder doch jetzt abgereist ist.«

Pielkötter schluckte. »Nun, ich wäre da nicht so sicher, dass er die Klinik wirklich verlassen hat«, brachte er mühsam hervor.

»Wieso sollte er seinen Plan wieder geändert haben?« Streckmann blickte ihn verständnislos an. »Etwa wegen Schwester Monika?«

Er schmunzelte, was Pielkötter sehr unpassend fand. Allerdings wurde ihm noch einmal bewusst, wen er vom Personal zuerst befragen musste. Genau, Schwester Monika. Schließlich wusste sie ganz sicher Bescheid und sie kannte ihn, kannte sogar seinen Beruf. Möglicherweise erwies sich das als Trumpf, den er bei ihr ausspielen konnte.

»Also, was meinen Sie mit Ihrer Andeutung?«, unterbrach Streckmann seine Gedanken.

»Ich habe Schröder in der Badeabteilung nicht angetroffen«, antwortete Pielkötter, wobei er sich überlegte, wie viel er von seinen Vermutungen preisgeben durfte. »Dabei wollte er sich noch von mir verabschieden.«

»Ach so!«

Streckmanns Interesse schien nachzulassen, deshalb legte Pielkötter noch einmal nach. »Ich schätze, der Patient vor mir hatte einen Kreislaufzusammenbruch oder ...« Er stockte. »Zumindest kam ein Arzt angerannt.« Er wischte sich mit der linken Hand über die Stirn. »Sie wissen nicht zufällig, ob Schröder den Termin vor oder nach mir hatte?«

»Nein, das kann ich nicht sagen.« Streckmann wirkte betroffen. »Ich habe nur mitbekommen, dass Sie sich da die Klinke in die Hand geben wollten.«

»Ist Ihnen heute irgendetwas Seltsames aufgefallen?«

»An Schröder?«

»Nein, ganz allgemein hier in der Klinik. War etwas anders als sonst? Gab es etwas, worüber Sie sich gewundert haben?«

Streckmann schüttelte den Kopf. »Nur, dass Sie sich noch nicht einmal die Vorspeise geholt haben, aber das meinen Sie sicher nicht. Trotzdem denke ich, wir gehen am besten schnell zum Buffet, ehe das Essen abgeräumt wird. Dabei versuche ich, mich an weitere Einzelheiten zu erinnern.«

Aus Zeitmangel, vor allem aber weil er keinen richtigen Appetit verspürte, hatte Pielkötter nur etwas von den Hauptspeisen ausgewählt. Schollenfilet mit Kartoffelbrei und Fenchelgemüse. Als er an den Tisch zurückkehrte, saß Streckmann bereits wieder an seinem Platz und kaute mit genüsslicher Miene auf einem Stückchen Birne aus dem Obstsalat herum. Der Nachtisch schmeckte ihm offensichtlich am besten.

»Mir ist doch etwas aufgefallen«, murmelte er zwischen zwei Bissen, nachdem auch Pielkötter sich gesetzt hatte. »Ich weiß zwar nicht, ob das eine Bedeutung hat ...«

Sein Tischnachbar machte eine Pause, die Pielkötter gewaltig auf die Nerven ging. »Jede Kleinigkeit kann wichtig sein. Sprechen Sie einfach alles offen aus.«

»Vor dem Essen war ich zur Massage«, erklärte Streckmann. »In M4. Kennen Sie sich da aus?«

Pielkötter nickte. Am liebsten hätte er ihn gebeten, endlich auf den Punkt zu kommen, hielt sich jedoch zurück.

»In dem Raum gibt es ja diese drei Kabinen. Na ja, eher drei Liegen mit verstellbaren Wänden dazwischen. Es war ja schon fast Mittagszeit und ich wohl deshalb der einzige Kunde.« Er lachte, wurde aber sofort wieder ernst. »Ich also rein in die M4, wahrscheinlich etwas zu früh, hänge meinen Bademantel an einen der Haken dort und höre, dass sich hinten im Raum zwei Frauen unterhalten. Leise, so dass ich sie nicht richtig verstehen konnte. Ich bin weiter in den Raum hineingelaufen und da habe ich die Masseurinnen Kerstin und Mia hinter einer Abschirmung entdeckt. Die haben sich vielleicht erschreckt, als sie mich gesehen haben. Mia ist sogar leicht rot angelaufen. Auf jeden Fall haben die sich etwas erzählt, was keiner mitbekommen sollte. In dem Moment bin ich davon ausgegangen, dass die beiden sich über ihr Liebesleben ausgetauscht oder über Patienten gelästert haben.«

»Und jetzt?«

»Nachdem, was Sie mir erzählt haben, könnten die natürlich auch über den Vorfall in der Badeabteilung gesprochen haben, von dem wir nichts erfahren sollen.«

»Gut möglich«, bemerkte Pielkötter und schaute kurz zur Uhr über dem Eingang zum Speisesaal. »Ehe die uns hier rauswerfen, habe ich noch eine Frage. Hat Schröder Ihnen gegenüber angedeutet, was er hier in der Klinik genau wollte?«

»Nein. Ist das denn wichtig?«

»Nicht unbedingt«, ruderte Pielkötter sofort zurück. »Nur ... also, manchmal hat er ja so seltsame Andeutungen gemacht.«

»Ja, ja, ich weiß, was Sie meinen. Eigentlich habe ich immer vermutet, er wolle sich damit wichtigmachen.«

»Halten Sie bitte weiter die Augen offen«, konnte Pielkötter gerade noch sagen, dann rauschte eine Küchengehilfin heran.

»Meine Herren, ich möchte Sie daran erinnern, dass der Saal gleich geschlossen wird«, sagte sie lächelnd und zwinkerte ihnen zu. »Aber heute Abend haben wir für Sie schon wieder geöffnet.«

Schweigend beeilten sie sich, das Mahl zu beenden. Als Streckmann aufstand, hielt Pielkötter ihn kurz zurück. »Wie wollte Schröder eigentlich aus der Klinik fort? Wenn jemand aus seiner Familie hier als Fahrdienst angereist wäre, hätte er das doch bestimmt erwähnt.«

»Mit einem Taxi«, antwortete Streckmann wie aus der Pistole geschossen. »Zumindest diese Frage kann ich Ihnen sofort beantworten.« Mit einem gewissen Triumph im Blick schaute er zu Pielkötter hinüber. »Bevor Sie heute Morgen beim Frühstück aufgetaucht sind, hat er mir das erzählt. Um elf Uhr dreißig sollte das Taxi ihn abholen kommen.«

Pielkötter fuhr sich hektisch mit einer Papierserviette über den Mund, dann warf er sie auf seinen leeren Teller und atmete tief aus. Zum einen wusste er nun, dass Schröder vor ihm im Bad war, sonst hätte er das Taxi für eine spätere Uhrzeit bestellen müssen. Zum anderen gab es endlich einen Punkt, an dem er ansetzen konnte. So viele Taxiunternehmen würde es auf der Insel nicht geben und es würde kaum Zeit kosten, sie alle anzurufen. Das könnte er sogar in der knapp bemessenen Mittagspause erledigen. Möglicherweise hatte sich sein schlimmer Verdacht konkretisiert, bevor er Barnowski an der Strippe hatte, auch wenn er sich das natürlich auf keinen Fall wünschte.

»Bis zum Abendessen«, verabschiedete sich Streckmann mitten in diese Überlegung hinein.

»Ja, bis denne«, rutschte Pielkötter dieser Ausdruck aus dem Ruhrgebiet heraus. Pielkötter schüttelte irritiert über sich selbst den Kopf, dann nickte er Streckmann ein letztes Mal zu. Wo bekam er die Telefonnummern der Taxi-Unternehmen her? Aus dem Internet? Das ging im Moment nicht. In der Klinik gab es kein WLAN. Angeblich förderte das die Entspannung der Patienten. Eine österreichische Klinik ging sogar so weit, den Schützlingen, das Handy abzunehmen. Das hatte er neulich gelesen. Leider löste die gute Absicht bei ihm nun das Gegenteil aus: Sie brachte ihm Stress. Er hatte nämlich sein Datenvolumen ausgeschöpft, weil er sich immer die Nachrichten angeschaut hatte, denn es gab nicht einmal ein Fernsehgerät auf dem Zimmer. Zeit, zum Telefonladen zu gehen, blieb ihm jetzt aber nicht. Bald würden seine Behandlungen beginnen.

Pielkötter hastete schließlich zum Empfang. Hinter dem Tresen saß eine junge Frau mit streichholzkurzen schwarzen Haaren, die Pielkötter bisher noch nicht hier gesehen hatte. Laut dem Namensschildchen auf ihrer linken Brust hieß sie Tereza Karlowa.

»Hallo«, grüßte er, wobei er zu lächeln versuchte. »Sie haben sicher die Nummern der örtlichen Taxiunternehmen parat.«

»Selbstverständlich«, antwortete sie mit einem osteuropäischen Akzent in der Stimme. »Sehen Sie dort hinten den Ständer mit Informationsmaterial und daneben den kleinen Tisch? Darauf finden Sie Visitenkarten von dem Taxiunternehmen der Insel.«

Normalerweise hätte er gefragt, ob sein Tischnachbar heute gegen Mittag abgereist sei, aber wahrscheinlich hatte man das gesamte Personal inzwischen instruiert, auf Fragen, die im Zusammenhang mit Schröders Verschwinden stehen könnten, nicht zu antworten. Und er unterließ es auch, nachzuhaken, ob es nur dieses eine Taxiunternehmen gab, er hielt sich besser zurück. Schließlich sollte seine Recherche eher beiläufig wirken.

Nachdem er sich bedankt hatte, schlenderte er zu dem runden Tisch und nahm eine Karte an sich. Solange er sich im Sichtfeld der Empfangsdame befand, lief er in gemäßigtem Tempo, obwohl er am liebsten alles im Laufschritt erledigt hätte. Auf dem Weg zu seinem Zimmer kam er an einer gläsernen Flügeltür vorbei, hinter der der Verwaltungstrakt lag. Eine Frau mit hochhackigen Pumps mühte sich ab, die Tür zu öffnen. Ihr blondes Haar fiel durch das dunkle Kostüm besonders auf. Er wollte ihr schon seine Hilfe anbieten, da eilte ein Mann mit weißem Kittel von innen auf sie zu. Wenn Pielkötter sich nicht täuschte, handelte es sich dabei um den Klinikchef höchstpersönlich. Er nahm die Dame mit einer Umarmung in Empfang und geleitete sie weiter in den Verwaltungstrakt.

Pielkötter wandte sich ab und lief zu seinem Zimmer. Dort stöhnte er leise auf. Befand er sich wirklich mitten in einem Fall, und dass während seiner Reha, in der er sich ausschließlich seiner Genesung widmen sollte? Er schielte auf die Visitenkarte, dann zu dem Smartphone auf seinem Nachttisch. Nein, es gab kein Zurück. Er musste wissen, was mit seinem Tischnachbarn passiert war, sonst würde er keine Ruhe finden.

»Hallo, hier Schröder«, meldete er sich wenig später. Aus einer plötzlichen Eingebung heraus, hielt er es für besser, sich nicht mit seinem eigenen Namen zu nennen. »Ich hatte bei Ihnen für elf Uhr dreißig ein Taxi bestellt. Leider konnte ich die Fahrt nicht antreten.«

»Und warum sagen Sie uns das erst jetzt?«, fragte die Stimme einer jüngeren Frau äußerst verärgert. »Unser Fahrer hat ganze zwanzig Minuten auf Sie gewartet, die Mitarbeiterin am Empfang gebeten, Sie auf Ihrem Zimmer anzurufen. Alles vergeblich. Eigentlich sollten wir Ihnen etwas für die Anfahrt und den Verdienstausfall berechnen.«

»Das verstehe ich vollkommen«, presste Pielkötter hervor. »Es tut mir wirklich leid. Mir ist kurz vor der Abfahrt schlecht geworden. Mein Kreislauf. Ich habe ohnmächtig in meinem Badezimmer gelegen.«

»Nun, wenn das so ist. In diesem Fall finde ich es nett, dass sie jetzt angerufen haben, und unser Unternehmen wünscht Ihnen natürlich gute Besserung.«

»Danke«, entgegnete Pielkötter und fühlte sich schlecht. Lügen kamen nun einmal nicht besonders leicht über seine Lippen. Was aber noch weitaus schlimmer an seinen Nerven zerrte, war die Information, die er erhalten hatte. Eigentlich hatte er mit einer solchen Aussage gerechnet, aber nun gab es wirklich keine Hoffnung mehr, dass Schröder aus irgendeiner seltsamen Laune heraus einfach nur seine Abreise im letzten Moment verschoben hatte. Das hätte auch nicht zu ihm gepasst. Und Pielkötter war nun ganz sicher, dass etwas dazwischengekommen war, wahrscheinlich der Tod. Wobei er nicht einmal ausschließen mochte, dass dabei jemand nachgeholfen hatte.

Pielkötter hielt das Handy immer noch in seiner Hand. Er musste erst einmal verarbeiten, was er bereits herausgefunden hatte. Leise stöhne er auf. Nicht, dass es womöglich zur Regel wurde, dass er zu den Opfern seiner Fälle einen persönlichen Bezug hatte. Erst Sebastian, der Lebenspartner seines Sohnes, dessen Tod ihn quasi auf die Insel Norderney geführt hatte, und nun sein Tischnachbar. Dabei war es ihm herzlich egal, ob er für die Ermittlungen in der Sache Wolfgang Schröder offiziell zuständig war. Er fühlte sich einfach verpflichtet, die näheren Umstände zu untersuchen.

32

Kommissar Barnowski fläzte sich seufzend auf den Stuhl hinter seinem Schreibtisch. Seit man ihn heute Morgen aus den schönsten Tagträumen herausgerissen hatte, war er auf den Beinen gewesen, ohne etwas Nennenswertes herausgefunden zu haben. Niemand hatte einen Mann, auf den die Beschreibung der Wasserleiche passte, in den letzten Tagen als vermisst gemeldet. Dabei war das Opfer laut Tiefenbach bereits seit etwa knapp einer Woche tot. Sofern der Mann bisher nicht aktenkundig war, dürfte die Identifizierung schwierig werden. Und selbst wenn er polizeilich in Erscheinung getreten war, würde sich die Sache länger hinziehen. Eine DNA-Analyse dauerte zwar nicht ewig, aber eben länger als der Abgleich eines Fingerabdrucks mit der AFIS Datenbank. Und der konnte von den Waschfingern, von denen sich die Haut teilweise bereits abgelöst hatte, wohl nicht genommen werden. Mist, warum hatte er den Rechtsmediziner nicht danach gefragt?

Das fing ja gut an. Sein erster Fall ohne Pielkötter und er verhielt sich ... Barnowski suchte nach dem richtigen Wort. Schließlich entschied er sich für *suboptimal*. Erst jetzt fiel ihm auf, dass sein Anrufbeantworter blinkte. Neugierig hörte er die eingegangene Nachricht ab. Pielkötter bat um Rückruf. Hatte der neue Fall etwa in seinen Ohren geklingelt? Barnowski wählte die angegebene Nummer, leider ohne Erfolg. Er hatte gerade aufgelegt, da meldete sich die Zentrale.

»Wir haben hier einen Herrn Robert Angerhausen, der seinen Nachbarn, Marek Koschmal, Alter achtunddreißig, als vermisst melden möchte. Ich denke, der könnte Sie vielleicht interessieren.«

»Ja, schicken Sie den Mann hoch. Das Alter kommt hin.«

Und was ist, wenn der erst seit gestern fehlt, fragte er sich, nachdem er das Gespräch beendet hatte. Hoffnung konnte so trügerisch sein. Ihm blieb jedoch kaum Zeit, darüber nachzudenken, da klopfte jemand an die Tür.

»Ja bitte!« Barnowski rutschte aus seiner bequemen Lümmelstellung in eine aufrechte Position. Als die Tür sich öffnete, saß er bereits kerzengerade hinter seinem Schreibtisch. Herein trat ein etwas fülliger Mann um die vierzig mit ersten grauen Strähnen im Haar und einer Brille mit dicken Gläsern.

»Sie möchten also Ihren Nachbarn als vermisst melden, Herr Angerhausen? Das sind Sie doch, oder?«

»Ja ganz recht.«

»Am besten nehmen Sie hier vor meinem Schreibtisch Platz.« Er erhob sich und streckte seinem Besucher die Hand entgegen. »Kommissar Barnowski, wie es an der Tür steht.« Er räusperte sich. »Ehe Sie mir schildern, warum Sie sich Sorgen machen, vorab die wichtigste Frage: Wann haben Sie Ihren Nachbarn das letzte Mal gesehen?«

»Vor etwa einer Woche.«

Barnowski stieß erleichtert die Luft aus, die er unbewusst angehalten hatte, fragte aber doch noch einmal nach: »Sie sind ganz sicher?«

»Ganz sicher. Vorige Woche Dienstag hatte Marek am Abend etwas vor. Danach wollte er für ein paar Tage verreisen. Wenn er sich aber spätestens nach einer Woche nicht melden würde, sollte ich in seiner Wohnung nachsehen.«

»Hat er Ihnen gegenüber angedeutet, worum es bei der Sache am Dienstag ging?«, fragte Barnowski, während eine gehörige Portion Adrenalin durch seine Adern schoss. »Vielleicht wissen Sie sogar, mit wem er sich treffen wollte?«

»Nein. Keine Ahnung.«

Barnowskis leichte Euphorie schmolz augenblicklich dahin.

»Ich habe mich nur gewundert.« Auf einmal wirkte der Zeuge sehr betroffen. »Diese ... wie soll ich sagen ... diese Geheimniskrämerei war sonst überhaupt nicht Mareks Art. Wir kennen uns ja schon ewig. Beide sind wir nie fortgezogen aus unserer Siedlung. Nein, ich habe nicht den leisesten Schimmer, aber sicher hilft Ihnen das hier weiter.« Der Zeuge kramte in einem Jutebeutel herum und zog schließlich einen großen braunen Briefumschlag heraus, auf dem »für Robert« zu lesen war. »Der lag in Mareks Wohnung.« Er zog einen etwas kleineren Umschlag daraus hervor und reichte ihn Barnowski. »Und der ist an Sie adressiert.«

»An mich?«, fragte Barnowski überrascht.

»Nicht direkt, aber an die Polizei. Marek hat mir eingeschärft, den Umschlag auf keinen Fall zu früh zu öffnen. Aber ich habe mich nicht ganz daran gehalten. Ich habe mir Sorgen gemacht.«

Dass es sich bei dem Opfer aus dem Vinckekanal um Marek Koschmal handelte, stand für Barnowksi bereits jetzt außer Frage. Pielkötter hätte das vielleicht anders gesehen, aber sein Vorgesetzter weilte schließlich weit weg auf Norderney.

»Okay, das war's dann vorerst. Hier, nehmen Sie meine Karte. Falls Ihnen noch etwas einfallen sollte, rufen Sie mich bitte an. Und geben Sie nebenan Ihre Aussage noch einmal zu Protokoll.« Der Zeuge erhob sich. »Ach ja, ehe ich es vergesse, hatte Ihr Nachbar Verwandte?«

»Nicht das ich wüsste. Seine Eltern sind beide tot und Geschwister hatte er nicht. Vielleicht existieren Cousins oder Cousinen. Zu denen hatte er aber garantiert kaum Kontakt.«

»Gut«, sagte Barnowski und reichte Robert Angerhausen zum Abschied die Hand. Er konnte es kaum erwarten, den Umschlag zu öffnen.

Als Barnowski die Unterlagen durchforstet hatte, lächelte er siegessicher. Sein erster eigener Fall schien so gut wie gelöst zu sein. Wenn er Marek Koschmals Geständnis glauben schenken durfte, und warum sollte er das nicht, hatte der seinen Arbeitgeber, den Inhaber von Im- und Export Merchant erpresst. Marek war eine Drogenlieferung aus Asien in einer Kiste mit Kokosmilchdosen aufgefallen, von der er einige Tütchen Heroin als Beweis abgezweigt hatte. Den Brief hatte er als Sicherheitspfand geschrieben, aber bei der Unterredung mit seinem Chef war offensichtlich etwas schiefgelaufen. Vielleicht hatte Vincent Merchant ihm das mit dem Brief nicht geglaubt oder sein Temperament war einfach mit ihm durchgegangen und er hatte unbedacht reagiert.

Während Barnowski sich Merchants Gesicht vorstellte, wenn die Kollegen mit der Hundestaffel anrückten, verzog sich sein Mund zu einem breiten Grinsen. Er konnte es kaum erwarten, alles Nötige in die Wege zu leiten, um den werten Herrn in Handschellen abführen zu lassen.

33

Progressive Muskelentspannung nach Jacobsen – Raum G2, stand auf Pielkötters Therapieplan. Mit Marcus Trautwein. »Als ob ich jetzt nicht etwas Besseres zu tun hätte«, stöhnte Pielkötter leise. Ganz oben auf seiner Liste stand dabei das Telefonat mit Barnowski, der sich bis jetzt noch nicht gemeldet hatte. Aber er hatte ihm ja gesagt, dass er nach fünf keine Behandlungen und deshalb Zeit haben würde. Das hieß konkret, dass er nur noch diesen Jacobsen über sich ergehen lassen musste, dann würde er endlich weiter ermitteln können.

»Heute üben wir noch einmal die Muskelentspannung in sieben Schritten«, vernahm Pielkötter eine Stimme wie aus einer anderen Welt. »Beim nächsten Mal versuchen wir es dann mit vier Schritten.«

Und warum nicht gleich nur vier, dachte Pielkötter grimmig, auch wenn das sicher sehr ungerecht war. Dieser Herr Jacobsen oder der Trainer hatten sich bestimmt etwas dabei gedacht, auch wenn er das im Moment nicht nachvollziehen konnte oder wollte.

»Wir haben eine bequeme Lage eingenommen«, rauschte es an seinen Ohren vorbei. »Wir lassen alle Alltagssorgen hinter uns und konzentrieren uns ganz auf unseren rechten Arm.«

Wie sollte das funktionieren? Sein Tischnachbar, der heute Morgen noch quicklebendig mit ihm geplaudert hatte, weilte wahrscheinlich nicht mehr unter den Lebenden, und er konnte sich gut vorstellen, dass er ermordet worden war. Und er sollte an seinen Arm denken?

»Wir ballen die rechte Hand zur Faust, beugen den Arm und spannen den Bizeps an«, vernahm er die zweifellos angenehme Stimme des Trainers. »Und nun lösen wir die Anspannung wieder.«

Die Übungen waren noch nicht beendet, da hörte Pielkötter leises Schnarchen. Er drehte den Kopf ein wenig zur Seite. Das gab es doch gar nicht. Der Teilnehmer zu seiner Linken lag rücklings auf seiner Matte und schlief. Anscheinend hat der Mann ein gutes Gewissen, dachte Pielkötter, was heute ganz sicher nicht auf alle Personen in der Klinik zutraf. Da brauchte er nur an die Streiterei hinter der verschlossenen Tür der alten Badeabteilung zu denken. Nein, nicht alle hatten heute ein reines Gewissen, selbst wenn Schröder noch leben sollte oder eines natürlichen Todes gestorben war.

»Wir halten die Anspannung noch vier Sekunden«, erklärte Marcus so leise, dass man es gerade noch verstehen konnte.

Pielkötter stieß die Luft aus, die er unwillkürlich angehalten hatte, obwohl er nicht vorgehabt hatte, irgendetwas anzuhalten oder diese Übung in irgendeiner Weise mitzumachen. Während der Trainer etwas sagte, das er nicht verstand, dachte er wieder an Barnowski. Schon seltsam, dass er jetzt auf die Hilfe seines Mitarbeiters angewiesen war und seine Einschätzung kaum erwarten konnte. Trotzdem sollte er sich überlegen, wie er ohne die Hilfe seines Duisburger Mitarbeiters und dem Polizeiapparat weiter ermitteln konnte. Er konnte sich mit Barnowski beraten, sich die eine oder andere Information von ihm besorgen. Aber auf alle Maßnahmen, für die ein Staatsanwalt oder ein Richter eingeschaltet werden mussten, hatte sein Untergebener nicht den geringsten Einfluss.

»Zum Schluss habe ich noch eine kleine Fantasiereise als Bonbon für Sie«, vernahm Pielkötter plötzlich die Stimme des Trainers in einer Lautstärke, bei der er seine Ohren nicht gerade anstrengen musste. Was redete der Mann da? Er wollte keine Bonbons, erst recht nicht solche. Er wollte endlich hier raus. Während Marcus die Teilnehmer auf die Reise schickte, überlegte er, wie er schnellstens sein Datenvolumen fürs Internet aufstocken konnte.

»Und, wie haben Sie sich gefühlt?«, fragte Marcus, nachdem er geendet hatte.

»Sehr gut«, meldete sich eine Frau in rotem Trainingsanzug. »Ich war wirklich am Meer, habe mich von den Wellen an den Strand spülen lassen. Der Sand hat sich an meine Haut geschmiegt, und ich konnte auf einmal ... Jetzt weiß ich nicht, wie ich das ausdrücken soll. Jedenfalls war es wundervoll.«

Seltsam, was diese Teilnehmerin wundervoll fand. Das war doch eher bestimmt für einen Moment der Zärtlichkeit, wenn Marianne ... Himmel, er hatte versprochen, sie heute Abend anzurufen und das fast vergessen. Okay, er hätte sich das nach der jüngsten Entwicklung verzeihen können, aber seine Frau würde bestimmt nicht verstehen, warum er sie über einen vermeintlichen Fall vergaß, für den er nicht einmal zuständig war.

Endlich war das Programm zu Ende und Pielkötter hastete an etlichen Teilnehmern vorbei, die es offensichtlich nicht so eilig hatten wie er.

»Ich finde der Marcus macht das einfach toll«, sprach ihn eine Frau von etwa Mitte vierzig mit halblangen strähnigen Haaren an. »Und dann diese warme Stimme. Meinen Sie nicht auch, dass er einfach für diesen Job geboren ist?«

»Kann schon sein«, erwiderte Pielkötter mit einem verkniffenen Lächeln. »Aber leider habe ich kaum Zeit darüber nachzudenken. Ich habe gleich den nächsten Termin.«

»Nach achtzehn Uhr?«, fragte sie mit erstauntem Blick.

»Privat«, entgegnete er. Sein Bedarf an Lügen war für heute wahrlich gedeckt.

»Na dann ...«, sagte sie nun recht unfreundlich, ohne den Satz zu vollenden.

Ihm war es herzlich egal, was Sie ursprünglich noch hinterherschicken wollte, Hauptsache, er hatte sie abgehängt. Er konnte es kaum erwarten, noch einmal beim Empfang vorbeizuschauen. Dort würde es bestimmt ein Telefonbuch geben, in dem er die Rufnummer des örtlichen Krankenhauses heraussuchen konnte. Egal wie unwahrscheinlich es auch sein mochte, dass Schröder dort gelandet war, es konnte nicht schaden, dort nachzufragen.

Der Empfang war nicht besetzt. Missmutig schaute Pielkötter auf das selbst beschriftete Pappschild mit dem Hinweis: *Bin gleich zurück!* Unschlüssig lief er ein paar Mal zwischen dem Rezeptionstresen und der Eingangstür hin und her. Ein Mann und eine Frau mittleren Alters kamen herein, grüßten ihn freundlich und verschwanden schnell in einem Seitengang. Pielkötter hatte eine Spur weniger freundlich zurückgegrüßt. Er wollte gerade aufgeben, da wackelte Frau Karlowa auf hochhackigen Pumps, in denen sie kaum laufen konnte, heran. Nun, normalerweise durfte die Dame ja sitzen.

»Ach!«, brachte sie heraus, nachdem sie ihren Posten wieder bezogen hatte und er vor dem Tresen stand. Es hörte sich so an, als schicke sie in Gedanken *Sie schon wieder* hinterher. Offensichtlich hatte sie inzwischen etwas geärgert, denn vorhin war sie ja noch sehr auskunftsfreudig gewesen.

»Ich brauche ein Telefonbuch von Norderney.«

»Stimmte die Rufnummer des Taxiunternehmens etwa nicht?«

Immerhin erinnerte Sie sich wenigstens an sein erstes Anliegen, versuchte Pielkötter sich ihre schnippische Stimme schönzureden. »Doch, aber an manchen Tagen rufe ich mehrere Leute an«, entgegnete er mit einer gehörigen Portion Ironie, obwohl er sich vorgenommen hatte, die Angestellte auf keinen Fall zu verärgern. Im Moment brachte das wirklich nichts.

»Ein Telefonbuch habe ich leider trotzdem nicht für Sie.«

»Sind Sie hier in der Klinik eigentlich darauf aus, die Patienten von der Außenwelt abzuschneiden?«, polterte er plötzlich los. »Internetzugang – Fehlanzeige! Nicht einmal ein simples Telefonbuch hält man bereit! Und wenn ich jetzt als Notfall das örtliche Krankenhaus anrufen müsste, was wäre dann?«

»Dann würde ich das gerne für Sie erledigen.«

»Ich brauche aber die Nummer, um dort einen Freund anzurufen.« Hier wurde man wirklich gezwungen zu lügen. Obwohl, so ganz die Unwahrheit war das eigentlich auch wieder nicht. »Und das muss ich schon höchst persönlich erledigen.«

»Nun, die Rufnummer unseres Norderneyer Krankenhauses kann ich Ihnen selbstverständlich geben«, erklärte sie und nickte freundlich einigen Patienten zu, die gerade durch die Vorhalle ins Freie strebten. »Hier bitte! Sogar mit Vorwahl, falls Sie vom Handy aus anrufen möchten.«

»Danke«, presste Pielkötter hervor.

Warum nicht gleich so, dachte er, während er mit dem kleinen Zettel in Richtung Zimmer verschwand.

Nachdem er seine Tür aufgeschlossen hatte, stürzte er sich sofort auf sein Smartphone. Neugierig starrte er auf das Display. Barnowski hatte versucht, ihn zu erreichen. Mit angehaltenem Atem rief er zurück, aber es nahm niemand ab. Okay, dann würde er erst mal auszuschließen versuchen, dass Schröder als Notfall im Krankenhaus gelandet war, bevor er mit Barnowski sprach.

Pielkötter fischte den Notizzettel hervor, den er auf dem Weg in seine Hosentasche gesteckt hatte, und wählte die Nummer, die ihn diese Empfangstante aufgeschrieben hatte. »Pielkötter«, meldete er sich. »Ich möchte meinen Bekannten Herrn Schröder sprechen, der heute bei Ihnen eingeliefert wurde. Wolfgang Schröder.«

»Tut mir leid, aber heute wurde hier niemand eingeliefert.«

»Auch nicht als Notfall.«

»Nein, wir hatten heute nicht einen einzigen Neuzugang. Ist Ihrem Bekannten hier etwas auf der Insel passiert? Wir haben zwar auch eine intensivmedizinische Abteilung, aber in ganz schwerwiegenden Fällen werden die Patienten mit einem Hubschrauber aufs Festland geflogen.«

Pielkötter überlegte, ob er sie nach der Rufnummer des entsprechenden Krankenhauses fragen sollte, hielt das dann aber doch für überflüssig. Wenn ein Hubschrauber heute auf dem Gelände der Rehaklinik gelandet wäre, hätte er den bestimmt gehört. Schließlich hatte er sich den ganzen Tag im Haus befunden. Nachdem er sich bedankt hatte, legte er traurig auf. Zwar war er in gewisser Hinsicht einige Schritte vorangekommen, aber um welchen Preis? Die Gewissheit, dass sein Tischnachbar eigentlich nur tot sein konnte, erschütterte ihn mehr als er wahrhaben wollte. Pielkötter starrte auf das Smartphone in seiner Hand. Plötzlich dachte er an Marianne. Der Gedanke an ihre Versöhnung ließ ihn zum ersten Mal an diesem Tag lächeln. Für einen kurzen Moment geriet er in Versuchung, sie sofort anzurufen, aber sie arbeitete sicher noch in der Boutique auf dem Sonnenwall. Egal ob für ein Gespräch mit Barnowski oder mit seiner Frau, er musste sich etwas gedulden, so schwer ihm das auch fiel.

Pielkötter ließ sich auf dem Stuhl an dem kleinen runden Tisch nieder und zog einen Notizblock mit Kugelschreiber zu sich heran. Während er den Kuli in die Hand nahm, dachte er angestrengt nach. Was konnte er selbst herausfinden, ohne Barnowski und vor allem ohne Polizeiapparat? Noch einmal an Schröders Zimmertür zu klopfen, brachte sicher nichts. Wenn der Mann noch lebte und aufrecht gehen konnte, war er längst abgereist. Und wenn er tatsächlich tot war? Pielkötter fuhr sich mehrmals mit der Hand übers nicht gerade optimal rasierte Kinn. In diesem Fall würde die Klinikleitung versuchen, den Leichnam möglichst unauffällig aus dem Haus zu schaffen. Also am späten Abend oder in der Nacht, wenn die meisten Patienten schliefen. Pielkötter bohrte die Spitze des Kugelschreibers in den Notizblock. Genau, das war's. Heute Nacht würde er wachsam sein.

Der nächste vielversprechende Ansatz hieß Schwester Monika, aber die würde heute garantiert nicht mehr in der Klinik weilen. Wahrscheinlich war sie unmittelbar, nachdem sie weinend die Badeabteilung verlassen hatte, nach Hause geeilt und hatte sich inzwischen womöglich krankgemeldet. In diesem Moment wurde ihm zum ersten Mal bewusst, dass die überschaubare Insel für seine Zwecke ein riesiger Vorteil war. Auf Norderney gab es wahrscheinlich nicht allzu viele Frauen mit dem Vornamen Monika, und er nahm stark an, dass sie nicht jeden Tag vom Festland aus zur Arbeit fuhr. Entweder würde er sie morgen hier in der Klinik finden oder mit etwas Glück über ihre Rufnummer zu Hause erreichen.

Sein Blick wanderte zu dem Fenster. Von seiner Position aus konnte er das obere Ende der Dünen sehen und den Himmel. Weiße Wolken zogen vorbei, das Abendrot würde noch lange auf sich warten lassen. Abrupt sprang er von seinem Stuhl hoch. Es brachte ihn nicht weiter, auf seinem Zimmer herumzusitzen. Für Schröders möglichen Abtransport war es noch viel zu früh und Barnowskis Rückruf konnte er von überall entgegennehmen. Er musste dringend ins Internet. Schwester Monikas Anschluss und Adresse herauszubekommen, war das Einzige, was er in diesem Moment selbst tun konnte.

Pielkötter nahm seine Jacke vom Haken, steckte sein Smartphone in die Hosentasche und öffnete die Tür. Gerade als er sich anschickte, das Zimmer zu verlassen, klingelte es an seinem Oberschenkel. Barnowski, schoss es ihm durch den Kopf, während ein Schwall Adrenalin seine Adern überschwemmte.

»Hallo, Willibald«, meldete sich Marianne. »Ich weiß, dass wir erst später telefonieren wollten, aber dann habe ich keine Zeit. Meine Chefin hat einen wichtigen Termin und hat mir deshalb ihre Eintrittskarte für heute Abend überlassen. Schwanensee. Das Gastspiel des Litauischen Nationaltheaters in Duisburg darf ich mir natürlich nicht entgehen lassen. Ich hatte mich schon selbst um eine Karte bemüht, aber die waren mir dann doch zu teuer. Die preiswerten Plätze waren alle schon vergeben.« Sie stockte. »Willibald, du sagst ja gar nichts.«

»Nun, kein Wunder, wenn du mich nicht zu Wort kommen lässt.«

»Also, in welchem Tonfall du das jetzt sagst, lässt mich aufhorchen.«

»Wieso das?«, fragte er irritiert.

»Du wirkst irgendwie so seltsam.« Sie atmete hörbar aus. »Willibald, du verschweigst mir doch etwas. Hat der Arzt sich etwa schon zu deinen Fortschritten geäußert, womöglich eine Prognose gestellt?«

»Nein, wirklich nicht.«

»Was ist es dann? Raus mit der Sprache!«

»Ich hatte nur Barnowski am Apparat erwartet«, antwortete er nach einigem Zögern.

»Barnowski«, echote sie, wobei sie jede Silbe einzeln betonte. »Ich hoffe inständig, dass der sich nur nach deinem Gesundheitszustand erkundigen will und dich nicht mit einem neuen Fall belästigt. Willibald, warum kannst du nicht einmal von der Arbeit abschalten?« Sie räusperte sich. »Noch viel schlimmer wäre es natürlich, wenn du ihn einschalten würdest, um ... sagen wir, um das Geheimnis deines Tischnachbarn herauszubekommen.« Sie lachte. »Aber was rede ich da.«

»Marianne, ich bin hier, um wieder ganz gesund zu werden«, erwiderte er, was ja auch in gewisser Weise der Wahrheit entsprach.

»Dann kann ich ja beruhigt ins Ballett gehen«, seufzte sie. »Morgen können wir gern länger telefonieren. Pass gut auf dich auf.«

»Und dir viel Spaß beim Schwanensee.«

Nachdem er aufgelegt hatte, starrte er noch eine Weile den Hörer an. Es war schon erstaunlich, wie gut seine Frau ihn kannte. Ein Blick auf die Uhr signalisierte ihm, dass er zum Abendessen aufbrechen musste, zumal er auf dem Weg noch einmal an Schröders Tür klopfen wollte, auch wenn er ziemlich sicher war, dass es nichts bringen würde.

Im Gang vor Schröders Zimmer kam ihm eine Krankenschwester mit kurzen braunen Haaren und einer dünnen Aktenmappe entgegen, die er bisher noch nicht gesehen hatte. Er verlangsamte seinen Schritt. Als er sein Ziel erreicht hatte, drehte er sich um. Die Angestellte war zum Glück bereits fort. Mit angehaltenem Atem pochte er gegen die Tür. Wie erwartet rührte sich niemand. Pielkötter ging in die Hocke und spähte durch das Schlüsselloch. Er konnte gerade einmal den Tisch erkennen. Auf dem stand und lag nichts, kein Glas, kein Block, kein Kugelschreiber, kein Buch, nicht einmal Schröders auffällig große, stark getönte Sonnenbrille.

Plötzlich hörte er ein Geräusch und schnellte ruckartig hoch, keine Sekunde zu früh. Die Krankenschwester von vorhin kam zurück. Offensichtlich hatte sie die Mappe aus dem Dienstzimmer weggebracht. Ihr Blick wirkte irritiert, wenn nicht gar missbilligend. Hatte sie etwa doch etwas von seiner Aktion mitbekommen? Pielkötter hatte nicht vor, mit ihr darüber zu diskutieren, und er beeilte sich, aus ihrem Dunstkreis zu verschwinden. Es war ohnehin höchste Zeit für das Essen.

Wichtiger war ihm jedoch die Unterhaltung mit Streckmann. Möglicherweise wusste der schon mehr.

»Gib es schon Neues von Schröder?«, fragte Streckmann, als Pielkötter sich im Speisesaal mit einem gefüllten Tablett ihm gegenüber niederließ.

»Nein«, erwiderte Pielkötter, während er überlegte, ob er doch etwas preisgeben sollte. Vielleicht würde das seinen eher stillen Tischnachbarn aktivieren, auch mehr zu erzählen, etwas, das ihn weiterführen würde. »Eigentlich doch«, korrigierte sich Pielkötter. »Ich habe bei dem örtlichen Taxiunternehmen nachgefragt.«

»Und?« Streckmann belegte eine Schnitte Vollkornbrot mit zwei Scheiben Käse und verteilte obendrauf Gurkenstücke, die er vorher zurechtgeschnitten hatte.

»Schröder hat das Taxi zwar bestellt, aber die Fahrt nicht angetreten.«

»Das ist wirklich seltsam, äußerst seltsam. Aber ...« Streckmann stockte.

»Was wollten Sie sagen?«

»Eventuell gibt es dafür doch einen Grund«, fuhr er fort, wobei er die Falten auf seiner Stirn leicht nach oben zog. »Seine Frau könnte ihn abgeholt haben. Vorhin nach der Wassergymnastik habe ich eine Dame gesehen, die ihr zumindest sehr ähnlich sah.«

»Haben Sie Frau Schröder denn persönlich kennengelernt?«

»Nein, aber Schröder hat mir einmal ein Foto von seiner Familie gezeigt.«

»Mir auch«, sagte Pielkötter mehr zu sich selbst, dann

wandte er sich wieder voll seinem Gesprächspartner zu. »Aber Sie haben die Frau nicht angesprochen?«

»Leider nicht«, entgegnete Streckmann und schnitt sein Butterbrot klein. »Es ging alles so furchtbar schnell. Ich hatte mich gerade dazu durchgerungen, da tauchte plötzlich der Klinikchef, dieser Professor Schwarzenberg, neben ihr auf. Er hat so vertraulich den Arm um sie gelegt. Also, habe ich gedacht, ist es wohl doch nicht Frau Schröder. Woher sollte die den Schwarzenberg kennen?« Streckmann legte Messer und Gabel zur Seite und schaute Pielkötter an. »Jetzt allerdings, wo Sie das mit dem Taxi angesprochen haben, sieht die Sache natürlich wieder anders aus. Möglicherweise hatte Schröder wirklich einen Schwächeanfall und sollte nicht alleine nach Hause fahren. Die Klinik hat seine Frau angerufen, damit die ihn abholen kommt.«

Den Gedanken, dass man sie vielleicht als Witwe hierher bestellt hatte, behielt Pielkötter lieber für sich. »Erinnern Sie sich an die Kleidung der Dame«, fragte er stattdessen. Er brannte darauf zu erfahren, ob es sich bei der Frau um die Besucherin handelte, die sich am Eingang zum Verwaltungstrakt mit der Tür abgemüht hatte.

»Nicht so genau«, erwiderte Streckmann. »Eher so was Dunkles. Und schick, sehr schick.«

»Ein Kostüm vielleicht mit hochhackigen Pumps?«

»Ein Kostüm mit ... Ja! Stimmt. Woher wissen Sie das? Haben Sie die Frau denn auch gesehen?«

»Nur von hinten. Deshalb konnte ich sie auch nicht mit dem Foto vergleichen.« Schade, dachte Pielkötter, er hätte zu gerne gewusst, ob Professor Schwarzenberg den Arm gleich zweimal um Brigitte Schröder gelegt hatte, vor allem aber aus welchem Motiv. Wahrscheinlich gehörte es eher nicht zu den Gepflogenheiten des Arztes, eine Fremde auf diese Weise zu trösten.

Das restliche Gespräch brachte nicht viel Neues, und Pielkötter war froh, als er endlich wieder auf sein Zimmer gehen konnte. Dort blickte er auf sein Smartphone und stellte fest, dass sich Barnowski inzwischen gemeldet hatte, leider zur falschen Zeit. Pielkötter überlegte kurz zurückzurufen, entschied sich jedoch dagegen. Eigentlich hatte er noch nichts Konkretes in der Hand. Morgen früh würde das anders aussehen, zumindest wenn sein Plan aufging.

In Gedanken versunken starrte Pielkötter aus dem Fenster zu den Dünen. Der Himmel hatte sich schon etwas rötlich gefärbt und die Sonne würde bald ganz untergehen. Sobald es dunkel war, konnte er endlich selbst etwas tun. Vorhin hatte er schon einmal die winkelförmig angelegte Klinik umrundet. Interessant waren die zwei Ausgänge an den Außenseiten der beiden Gebäudeflügel, besonders der hintere. Pielkötter vermutete, dass dieser Transporten diente, die Patienten besser nicht mitbekamen.

Endlich hatte es zu dämmern begonnen. Pielkötter zog seine dickere Jacke an und steckte sein Smartphone ein. Wahrscheinlich würde es noch eine Weile dauern, bis man es wagte, Schröder abholen zu lassen, aber er wollte auf Nummer sicher gehen. Heute wehte ein eisiger Wind, der garantiert einige Patienten davon abhalten würde, nach dem Abendessen noch einmal in die Stadt zu laufen. Zudem mussten sie alle wegen der Anwendungen früh raus, es war also eher unwahrscheinlich, dass sich draußen noch jemand rumtrieb. Pielkötter rechnete allerdings nicht damit, dass man dieses Risiko eingehen würde, auch wenn er es als gering einschätzte.

Während er dem Ausgang zustrebte, begegnete er nur wenigen Patienten. Zwei ältere Frauen mit stark ergrauten Haaren unterhielten sich auf dem Gang, und ein Mann, der sicher etliche Jahre weniger auf dem Buckel hatte als er, verschwand mit seinem Rollstuhl gerade in der kleinen Teeküche. Am Empfang schickte sich Frau Karlowa offensichtlich an, ihre Arbeit zu beenden. Sie hatte sich bereits ihren Mantel übergezogen und eine auffällige rote Handtasche umgehängt. Bevor er das Klinikgebäude verließ, sah er kurz zu ihr hinüber, aber sie würdigte ihn keines Blickes.

Draußen empfing ihn stürmischer Wind, der noch eisiger geworden zu sein schien. Pielkötter knöpfte seine Jacke zu und lief die Stichstraße bis zur Hauptstraße hoch. Wenn der Bestatter bis dahin nicht eingetroffen wäre, müsste er kurz vor der Sperrstunde schnell ins Haus schlüpfen, bevor der Hausmeister abschließen würde. Und sich dann beeilen, um drinnen auf seinen Beobachtungsposten zu kommen: ein Fenster, von dem aus er auf den hinteren Ausgang blicken konnte. Natürlich bestand auch die Möglichkeit, dass er sich täuschte und der Leichenwagen zu dem Ausgang fuhr, der im anderen Gebäudeflügel lag. Notfalls würde er wie ein Wiesel zwischen den beiden Flügeln hin und her rennen, aber ein Fenster, von dem aus er die Zufahrt zur zweiten Ausgangstür im Auge behalten konnte, gab es leider nicht. Pielkötter seufzte. Notfalls blieben ihm immer noch Barnowskis Recherche und ein Besuch beim örtlichen Bestattungsunternehmer.

Inzwischen war Pielkötter schon etliche Male die Stichstraße auf- und abgewandert und trotz der Jacke ordentlich durchgefroren. Er hatte einige wenige Patienten gegrüßt, die allesamt in Richtung Klinik geeilt waren, aber sonst hatte sich nichts getan. Langsam wurde es Zeit, dass auch er zum Haupteingang lief, bevor der geschlossen würde. Pielkötter wartete bis zur letzten Minute ab und starrte noch einmal in Richtung Hauptstraße. Plötzlich hörte er ein Motorengeräusch. Adrenalin durchströmte seine Adern. Im nächsten Moment tauchte jedoch nur ein Taxi auf, brachte mutige Nachzügler gerade noch rechtzeitig zur Klinik.

Pielkötter betrat mit dem Trupp von vier Leuten das Gebäude, ehe der Hausmeister den Haupteingang verschloss. Während das lustige Grüppchen sich noch im Foyer amüsierte, eilte er weiter zum Treppenaufgang. Das Fenster mit optimalem Ausblick lag in der ersten Etage. Als er dort ankam, keuchte er, seine Lunge brannte. Neugierig schaute er hinaus. Über dem Eingang war eine kleine Lampe angebracht, so dass er die Umgebung der Tür gut erkennen konnte. Schritte näherten sich und Pielkötter blickte beunruhigt nach hinten. Eine Nachtschwester, die ihn von hier fortscheuchte, hätte ihm gerade noch gefehlt. Zum Glück schlich nur ein Patient in Pyjama den Gang entlang bis zu dem Tisch mit den Wasserflaschen. Pielkötter nickte ihm kurz zu, der Mann nickte zurück, dann wandte er sich wieder zum Fenster.

Schon eine ganze Weile hatte Pielkötter in stehender Position ausgeharrt und ihm taten allmählich die Beine weh, als er plötzlich von außen ein Geräusch vernahm. Mit angehaltenem Atem öffnete er das Fenster. Nun hörte er das leise Brummen eines Motors und Knirschen von Reifen. Fast im selben Moment bog ein dunkles Fahrzeug um die Ecke. Es hielt unmittelbar vor der Hintertür. Ein Leichenwagen! »Also doch«, murmelte er leise. Die Türen sprangen auf und zwei Männer in dunklen Anzügen verließen den Wagen. Sie öffneten die Heckklappe und holten einen einfachen Sarg heraus. Unmittelbar darauf verschwanden sie im Gebäude. Hatte man sie etwa bereits erwartet?

Angespannt starrte Pielkötter nach unten. Es dauerte nur wenige Minuten, dann tauchten die beiden mit dem Sarg wieder auf. Schröder liegt da drin, dachte Pielkötter und schluckte. Plötzlich hob der Angestellte den Kopf und Pielkötter zuckte vom Fenster zurück. Eigentlich hatte er genug gesehen, aber er fühlte einen Zwang, noch einmal nach draußen zu gucken. Vorsichtig näherte er sich wieder der Scheibe, gerade noch rechtzeitig um zu sehen, wie der Sarg in den Wagen geschoben wurde.

Pielkötter wich nach hinten zurück. Weitere Beobachtungen hielt er für überflüssig. Nun kam es darauf an, sein weiteres Vorgehen zu überdenken. Dass es sich bei dem Toten um Wolfgang Schröder handelte, stand für ihn außer Frage. Morgen würde er bei dem Bestatter anrufen. Dabei ging es ihm weniger um eine zusätzliche Bestätigung als um weitere Informationen. Mit einer guten Ausrede könnte er womöglich Schröders Adresse herausfinden. Sollte ihm das nicht gelingen, blieb immer noch die Möglichkeit, Barnowski in Duisburg einzuschalten, auch wenn der heute keinen besonderen Eifer an den Tag gelegt hatte, ihn zu erreichen.

34

Pielkötters Smartphone klingelte. Er schreckte hoch, obwohl er die ganze Zeit auf einen Anruf gewartet hatte.

»Hallo, Chef, tut mir leid, dass ich micht erst jetzt melde. Wir haben einen neuen Fall. Ich habe es bei Ihnen versucht, aber danach haben sich die Ereignisse förmlich überschlagen, und ich habe nicht mehr an Sie gedacht«, sprudelte Barnowski hervor, als hätte er Angst vor Pielkötters Anliegen. »Und wie geht es Ihnen? Haben Sie sich schon einen Kurschatten angelacht?«

Barnowskis Redefluss war nicht zu stoppen. Was war in ihn gefahren? Warum ließ er ihn nicht zu Wort kommen? Befürchtete er, Pielkötter wolle ihm das Ende ihrer Zusammenarbeit ankündigen, ehe er es von einem Vorgesetzten aus dem Präsidium erfuhr? Bei diesem Gedanken musste Pielkötter lächeln. Hatte sich ihr Verhältnis im Laufe der Jahre tatsächlich so weit verbessert, dass sein Mitarbeiter ihm als Chef nachtrauern würde? Umgekehrt jedenfalls war Barnowski ihm inzwischen in gewisser Weise ... Nein, das wollte er nicht zu Ende denken, erst recht nicht in einer Situation, in der er immer noch nicht wusste, wie es beruflich mit ihm weitergehen würde.

»Ich brauche Ihre Hilfe«, erklärte er, als Barnowski ihn endlich zu Wort kommen ließ. »Hier in der Klinik ist unter seltsamen Umständen ein Mann verschwunden, wahrscheinlich gestorben, was aber niemand offiziell zugeben will. Genauer gesagt, mein Tischnachbar Wolfgang Schröder. Die Klinikleitung möchte den Vorfall einfach vertuschen. Das Schlimme daran ist, dass ich ein Verbrechen nicht ausschließen würde.« Pielkötter redete sich nun richtig in Fahrt und seine Stimme legte ordentlich an Lautstärke zu, bis er sich darauf besann, dass jemand vor seiner Tür stehen könnte.

»Irgendein Techtelmechtel, zu dem der abgetaucht ist, schließen Sie kategorisch aus?«

»Genau«, erklärte Pielkötter, »und ich vermute stark, dass sich in dem Sarg, den sie gestern Abend in aller Heimlichkeit durch die Hintertür abtransportiert haben, Schröders Leichnam befand.«

»Aha! Einen Toten hat es also gegeben, wobei Sie nicht genau wissen, ob es sich dabei um diesen Schröder handelt, und erst recht nicht, woran er gestorben ist.« Barnowski schien zu überlegen. »Chef, es könnte doch auch alles ganz harmlos sein. Also, ich kann schon verstehen, dass Sie das sehr mitnimmt, wenn jemand von Ihrem Tisch plötzlich das Zeitliche segnet, gerade nachdem ... also, was Sie erlebt haben. Aber deshalb muss ja wirklich nicht gerade ein Verbrechen vorliegen. Der Mann hat schließlich eine Reha angetreten, weil er krank war.«

»Eben nicht!«, entgegnete Pielkötter wieder etwas lauter als beabsichtigt. Offensichtlich kam er nicht umhin, noch etwas weiter auszuholen.

»Haben Sie sich eigentlich schon an die örtliche Polizei gewandt?«, fragte Barnowski, nachdem Pielkötter ihm den Fall dargelegt hatte.

»Nein. Zuerst wollte ich Gewissheit, dass es einen Toten gegeben hat. Und nun fehlen mir unter anderem Nummer und Adresse der örtlichen Polizeistation, und in der Klinik möchte ich lieber nicht danach fragen. Können Sie mir die raussuchen?«

»Was ist denn mit Ihrem Smartphone?«

»Dem geht es gut, nur das Netz schwächelt.«

Barnowski lachte. »Hauptsache Sie haben sich diesen trockenen Humor bewahrt.«

»So lustig ist das leider nicht. Hier gibt es kein WLAN, mein Datenvolumen ist ausgeschöpft, und um den nicht gerade nahe gelegenen Telefonladen aufzusuchen, bleibt mir kaum Zeit.« Pielkötter stöhnte leise. »Ach ja, wichtig wäre auch die Nummer der örtlichen Bestatter. Besser ich vergewissere mich zuerst, dass es sich bei dem Toten von gestern Abend wirklich um Schröder gehandelt hat, bevor ich unsere Norderneyer Kollegen aufsuche. Außerdem wäre es nett, wenn Sie für mich die Adresse von Wolfgang Schröder ausfindig machen würden.«

»Klar! Und die Nummer von der Polizeidienststelle suche ich Ihnen gleich raus«, bot Barnowski an.

»Danke, bei der Polizeistation wäre mir die Adresse noch wichtiger als die Nummer. Ich glaube, ich gehe dort in meiner Mittagspause besser persönlich vorbei. Möglicherweise hat meine Aussage mehr Gewicht, wenn ich den Kollegen direkt gegenüberstehe. Leider habe ich das Gefühl, dass die noch nichts von dem Fall wissen. Schließlich ist Schröder in einer Klinik und nicht zu Hause gestorben. Sofern dem Chefarzt nicht daran gelegen ist, wird kaum ermittelt. Er selbst oder einer der Klinikärzte bescheinigt einen natürlichen Tod, und das war es dann.« Pielkötter schnaufte.

»Chef, sind Sie sicher, dass Sie seit Ihrer Verletzung ... nun, gegenüber Ärzten neutral eingestellt sind?«

»Ich würde Sie wirklich nicht kontaktieren, wenn es nicht so viele Ungereimtheiten gäbe.«

»Merkwürdig ist das natürlich schon«, gab Barnowski zu. »Selbstverständlich kümmere ich mich um die Adresse von diesem Wolfgang Schröder.«

»Der hat übrigens eine Baufirma oder ein größeres Architekturbüro und wohnt irgendwo an der Küste, nicht allzu weit von Norderney entfernt. Norden, vielleicht auch Aurich, in diesem Bereich. Exakter geht es leider nicht. Ach ja, und dann hat er noch eine Tochter, die möglicherweise nicht mehr zu Hause wohnt.«

»Kennen Sie ihren Vornamen?«, fragte Barnowski.

»Karoline, glaube ich.«

»Mit C oder mit K?«

»Keine Ahnung, probieren Sie bitte beides.«

»Haben Sie überhaupt Zeit, die Familie aufzusuchen? Die Trauernden werden auch nicht gerade begeistert sein, wenn Sie denen mit Ihrer Mordtheorie kommen. Und sollte die örtliche Polizei bereits ermitteln, ist Ihr Besuch sowieso überflüssig. Schließlich sind Sie ...«

»Ja, ich weiß«, fiel Pielkötter ihm ins Wort. »Allerdings bezweifle ich stark, dass die Ärzte den Totenschein richtig ausgestellt haben.«

»Und ich bezweifle stark, dass Sie die Familie davon überzeugen können, eine Obduktion zu beantragen.«

»Womöglich ist das aber meine einzige Chance«, stöhnte Pielkötter. »Ich könnte mir niemals verzeihen, wenn mein Tischnachbar fast vor meinen Augen ermordet worden ist und ich nichts zur Aufklärung des Verbrechens unternommen hätte.«

»Jedenfalls beruhigt es mich, dass Sie noch ganz der Alte sind«, entgegnete Barnowski seltsam amüsiert.

»Jetzt hätte ich doch fast vergessen, nach dem Fall in Duisburg zu fragen.« Beinahe hätte er *unseren* gesagt, das Wort im letzten Moment gerade noch hinunterschlucken können. »Bleibt Ihnen überhaupt Zeit, mir zu helfen?«

»Da machen Sie sich mal keine Sorgen. Die Sache ist so gut wie gelöst. Aber jetzt muss ich mich wieder an die Arbeit begeben. Sobald ich die Adresse von Schröder herausgefunden habe, melde ich mich. Die von der Polizeistation Norderney bekommen Sie dafür sofort: Knyphausenstraße Nummer sieben.«

»Danke. Und viel Erfolg«, verabschiedete sich Pielkötter notgedrungen recht schnell, obwohl er zu gerne erfahren hätte, worum es bei dem Fall in Duisburg eigentlich ging und welches Verbrechen Barnowski gerade aufzuklären versuchte.

35

Pielkötter fieberte dem Ende der letzten Anwendung an diesem Vormittag entgegen. Okay, die Masseurin tat ihr Bestes, um seine verspannten Muskeln durchzukneten, aber ihm wäre jede andere lieber gewesen als Nicole. Warum ausgerechnet sie, von der er annahm, sie beim Liebesspiel in der Mittagspause entdeckt zu haben? Zu allem Überfluss steckte auch noch ihr Lover mit den rotblonden Haaren den Kopf in die Kabine, zog sich jedoch sofort wieder diskret zurück. Womöglich hatte er ihn erkannt und die erneute Begegnung war ihm peinlich. Egal, er würde die restliche Massage über sich ergehen lassen genauso wie die anschließende Wassergymnastik, dann konnte er endlich weiter ermitteln. Selbst das Frühstück hatte er hastig eingenommen und nur wenige Sätze mit Streckmann gewechselt.

In einer der kurzen Pausen hatte er in Erfahrung gebracht, dass Schwester Monika mit Nachnamen Köhler hieß und sie sich für die komplette Woche krankgemeldet hatte. Zudem hatte Barnowski inzwischen angerufen, um ihn mit den ersten wichtigen Informationen zu versorgen. Seltsamerweise hieß Schröder mit erstem Vornamen Armin und mit zweitem Wolfgang. Möglicherweise gehörte das zu einer Art Tarnung, genau wie diese Perücke. Sein Haus befand sich außerhalb von Norden, seine Tochter Caroline war sowohl in einer Wohnung an der Fußgängerzone mitten in der Stadt gemeldet als auch in Oldenburg. Wahrscheinlich lebte sie dort in einer Studentenbude. Soviel Pielkötter wusste, gab es in Oldenburg eine Universität.

Bei dem Telefonat hatte er seinen Mitarbeiter gebeten, zusätzlich Schwester Monikas Adresse herauszufinden, was nicht sonderlich viel Zeit erfordert hatte. Auf der Insel gab es nur eine einzige Eintragung, die genau passte. Die Straße, in der sie wohnte, hieß Heringslohne. Pielkötter hatte das zunächst ziemlich merkwürdig gefunden, aber schließlich hatte er im Stadtplan gesehen, dass sich dahinter nur eine kleine Gasse verbarg, eigentlich eher ein Weg. Er befand sich ganz in der Nähe des Restaurants deLeckerbeck, in dem er am Ankunftstag gegessen und das Gespräch zwischen Dennis und seinem Freund mitbekommen hatte.

Während er Arme und Beine nach den Anweisungen von Daniel, dem Trainer für Wassergymnastik, bewegte, wanderten seine Gedanken von Barnowski und Schwester Monika zu seinem kurzen, trotzdem sehr aufschlussreichen Anruf bei dem örtlichen Bestatter. Pielkötter hatte erklärt, bei seinem Anliegen gehe es um den Todesfall Wolfgang Schröder. Der Verstorbene hätte ihm eine Uhr geliehen, die er gerne den Hinterbliebenen zukommen lassen würde. Der Mann am Telefon hatte zwar erklärt, die Adresse leider nicht herausgeben zu können, sich über den Namen Schröder jedoch überhaupt nicht verwundert gezeigt. Pielkötter reichte das, um jetzt mit Hochdruck zu ermitteln.

»Okay, Schluss für heute«, vernahm er die Worte, die er herbeigesehnt hatte.

Daniel wünschte allen noch einen schönen Tag, dann stieg seine Truppe nach und nach aus dem gut beheizten Becken. Pielkötter musste eine Weile warten, bis sich etliche Damen und Herren mit argen Bewegungsproblemen die Treppenstufen zum Rand hinaufgequält hatten. In diesem Moment fühlte er fast so etwas wie Dankbarkeit, dass es ihn nicht schlimmer getroffen hatte. Nachdem er endlich an der Reihe war, stürmte er an den anderen Patienten vorbei zu den Duschen.

Kaum zehn Minuten später verließ er die Klinik. Den Plan, direkt die Polizeistation aufzusuchen, hatte er inzwischen fallengelassen. Zuerst musste er zu Schwester Monika. Mit etwas Glück lieferte sie ihm zusätzliche Argumente, die er bei seinen Kollegen auf Norderney vorbringen konnte. Als er an der Wache vorbeikam, schielte er kurz zu dem in Stein gemeißelten Schriftzug »Polizeiverwaltung«, der für seinen Geschmack nicht zu dem ansonsten nüchternen Baustil passte. Vielleicht stammte der noch von einer älteren Station, die inzwischen von dieser neuen abgelöst worden war. Seufzend eilte er weiter.

An dem kleinen Platz mit dem Kaiser-Wilhelm-Denkmal, für das etliche Städte dicke Steine gespendet hatten, bog er links ab. Nach einem kurzen Stück auf dem Herrenpfad, entdeckte er das Schild »Heringslohne«, dazu eines für Fußgänger. Offensichtlich durfte man hier kein Fahrrad benutzen. In gewisser Weise konnte er das sogar verstehen. Wenn die Bewohner aus ihrer Haustür traten, befanden sie sich fast schon mitten auf dem Weg. Pielkötter gefiel die Gasse, ein echtes Kleinod, wie er fand. Aber deshalb war er nicht hergekommen. Neugierig suchte er die Nummern ab. Schwester Monika wohnte fast am Ende. Vor ihren niedrigen Fenstern, in die vorbeieilende Passanten gut einen Blick werfen konnten, hingen kurze gehäkelte Gardinen. Blumen standen in bunten Blecheimern als Übertöpfe. Statt einer Klingel gab es einen alt wirkenden Klopfer aus Messing.

Pielkötter pochte mehrmals gegen die blaue Holztür, aber es öffnete niemand. Plötzlich trat eine ältere Frau mit schwarzem Gehstock aus dem Nachbarhaus.

»Moin. Wenn Sie ma nich zu Frau Köhler wölen«, sagte sie, während sie zu ihm hinüberschaute. »Kann ja nich anners, seit die Ollen van de Monika stürben sünd. Dat arm Ding is ja alleen. Ik segg jümmers, sie soll sich en netten jungen Kerl söken, oube dat will die Dirn nich hörn.«

»Sie wissen nicht zufällig, wo sich Frau Köhler jetzt aufhält?«

»Aha, Sie sind nich von hier«, antwortete sie nun fast im perfekten Hochdeutsch. »Also, wegen der Monika ... wissen tu ich nich, wo die steckt, aber ahnen. Wenn die mit ihrer Einkaufstasche …« Die Nachbarin schnaufte und holte mehrmals tief Luft. »Die Dirn … ich darf die immer noch so nennen. Ich kenn die Monika ja von lütt an. Also, die Tasche mit dem Mallorca-Motiv. Ich bitt Sie, haben wir auf der Insel nicht auch schöne Taschen? Ich persönlich war ja noch nie in Spanien, eigentlich überhaupt nicht im Ausland. Bei uns in Deutschland is es doch schließlich schön genug.«

Pielkötter räusperte sich laut, aber die Dame ließ sich nicht so leicht stoppen. »Gut, Bayern habe ich auch schon öfter besucht, weil meine Schwester da verheiratet ist. Auch wieder so ne Geschichte für sich. Als ob es hier zu unserer Zeit nicht genug fesche Kerls gegeben hätte. Mein Hein zum Beispiel. Den hätten Sie mal erleben müssen, wenn der …« Sie lachte und entblößte dabei ein künstliches Gebiss mit makellos schönen Zähnen. »Und die gute Luft hier. Täglich die frische Brise ume Nase, dat hält einen jung und schön.«

»Kommen wir auf Frau Köhler zurück«, warf Pielkötter schnell ein, als sie endlich ausgiebig die gute Luft einatmen musste. »Ich nehme an, sie befindet sich auf Einkaufstour.«

»So würde ich dat ja nicht nennen, junger Mann. Dazu is die im Moment zu angeschlagen. Leider weiß ich nich genau, was mit der Dirn los ist. Vielleicht Liebeskummer. Ja, möglicherweise hat sie sich meine Ratschläge wirklich zu Herzen genommen und sich nen Kerl gesucht. Aber bestimmt den falschen. Anstatt sie mit dem auf einen Tee bei mir vorbeigekommen wäre … Mir hätte der ganz bestimmt nix vorgemacht.«

»Ihre Nachbarin ist also nicht zum Einkaufen aus dem Haus gegangen?«, erkämpfte sich Pielkötter erneut das Wort.

»So hab ich dat jetzt nicht ausgedrückt«, erwiderte die alte Dame mit einem leichten Anflug von Empörung in der Stimme. »Nur dat mit der Tour is was übertrieben. Die schien sich heut kaum aus dem Haus zu trauen. Wie die sich umgeguckt hat, als wäre jemand achtern. So kenn ich die gar nich. Die Monika war immer ganz anners. Immer freundlich, immer fröhlich. Und seit gestern diese verheulten Klüsen und so'n verzweifelten Blick.«

»Sie wollen damit andeuten, dass Frau Köhler nur das Haus verlassen hat, um notwendige Lebensmittel oder vielleicht Medikamente zu kaufen«, stellte Pielkötter fest.

Die Frau blieb für einige Sekunden stumm, und er befürchtete schon einen plötzlichen Herzanfall, da redete sie plötzlich weiter. »Na, Sie haben ja vielleicht eine Auffassungsgabe! So treffend hätte ich dat niemals ausdrücken können und dann auch noch mit einem einzigen Satz.«

Pielkötter schüttelte innerlich den Kopf. »Jedenfalls wünsche ich Ihnen, dass Sie über hundert werden und noch eine Weile üben können.«

Irritiert schaute sie ihn an. Anscheinend wusste sie nicht so recht, wie sie diesen Wunsch einordnen sollte. »Ich muss jetzt auch los«, erklärte sie mit veränderter Stimme. »Meine Nichte wartet auf mich wegen ... aber dat interessiert Sie ja ganz sicher nich.« Sie nickte ihm kurz zu, dann wandte sie sich ab und lief ein paar Schritte. Nach wenigen Metern drehte sie sich jedoch wieder zu ihm um. »Sie haben Glück«, ließ sie ihn wissen, mit ihrem Stock in die Richtung deutend, aus der er vorhin gekommen war. »Da vorne! Die Dirn!«

Pielkötter atmete auf. Zwischenzeitlich hatte er schon befürchtet, den Weg hierher umsonst gemacht zu haben. Während sich Schwester Monika näherte, stellte Pielkötter an ihr tatsächlich eine enorme Veränderung fest. Ihr schleppender Gang wirkte, als läge die ganze Last der Welt auf ihren Schultern. Den Kopf hielt sie leicht gesenkt. Unmittelbar bevor sie ihn erreichte, kramte sie in ihrer Einkaufstasche nach einem Schlüssel. Als sie aufsah, blickte sie ihn verwundert an.

»Herr Pielkötter, was machen Sie denn hier? Warten Sie etwa auf mich?«

»Ja, ich muss dringend mit Ihnen reden.«

»Aber warum und worüber? Im Moment bin ich arbeitsunfähig. Ich weiß nicht einmal, ob ich je wieder in diese Klinik zurückkehren werde. Vielleicht suche ich mir eine Stelle in einem anderen Haus.« Nicht nur die Worte, auch die Tränen in ihren Augen zeigten, dass die Ereignisse des Vortages sie sehr mitgenommen hatten.

»Wenn es Ihnen recht ist, beantworte ich Ihre Fragen, wenn wir im Haus sind«, erklärte Pielkötter. »Aber eines verspreche ich Ihnen jetzt gleich. Nach unserem Gespräch werden Sie sich bestimmt besser fühlen.«

Schwester Monika schien davon nicht gerade überzeugt zu sein, aber zumindest entdeckte er keine neuen Tränen. »Gut, kommen Sie rein.« Sie öffnete die Tür und ließ Pielkötter in eine winzige Diele. »Geradeaus geht es zur guten Stube. Nehmen Sie dort irgendwo Platz. Ich muss nur schnell die Tiefkühlkost in die Truhe räumen.«

Pielkötter betrat einen Raum von maximal drei mal drei Metern mit zwei winzigen Fenstern und einer Tür zum Garten voller Blumen in etlichen Farben, Astern und Dahlien vielleicht, so genau kannte er sich in der Flora nicht aus. Neben der Hauswand, auf einem kleinen Stück Rasen stand eine alte

Zinkbadewanne, daneben eine Gießkanne. Wahrscheinlich fing Schwester Monika das Regenwasser für die Pflanzen auf. Vielleicht ging man auf Norderney mit dem Süßwasser bewusster um als an anderen Orten in Deutschland. Das würde auch zu der Beobachtung passen, die er auf den Toiletten in der Klinik und einigen Lokalen gemacht hatte. Wasser wies eine leichte Färbung auf, so dass er schon vermutet hatte, dass man auf der Insel Meerwasser zur Spülung benutzte.

Gerade als er sich auf einem geschwungenen Sofa mit dunkelrotem Samtbezug niederlassen wollte, das mindestens eine Generation überdauert hatte, betrat Schwester Monika den Raum. Vor sich hielt sie ein Tablett. »Ich hoffe, Sie mögen Tee?«, fragte sie und deutete ein Lächeln an.

Pielkötter nickte, obwohl er lieber etwas anderes getrunken hätte. Eine gemeinsame Teezeit schaffte vielleicht eine vertrauensvolle Atmosphäre. Genau die war dringend notwendig, um Schwester Monika zum Reden zu bringen.

»Mit Milch? Und hier in dieser Dose sind Kluntjes. Aber wenn Sie lieber normalen Zucker möchten, hole ich den gern aus der Küche.«

»Kandis ist super«, erwiderte er, während sie ihm eine Tasse mit goldbraunem Tee einschenkte. »Der Kaloriengehalt muss schon stimmen.« Für einen kleinen Moment erschien ein Lächeln auf ihrem Gesicht. »Milch nehme ich auch. Schließlich sind wir hier in Ostfriesland.«

»Nur Gebäck habe ich leider keins. Sonst ist immer welches im Haus, ich bin etwas durcheinander seit ...« Sie stockte. Ihr Blick schweifte zum Fenster. Traurig starrte sie in die Ferne.

»Egal, was passiert ist, Sie trifft keine Schuld«, erklärte er so mitfühlend wie möglich, »nicht die geringste.«

»Was wissen Sie denn schon, Herr Pielkötter?«, platzte es plötzlich aus ihr heraus. »Sie haben ja keine Ahnung. Niemand hat eine Ahnung, und die Klinikleitung will, dass das auch weiterhin so bleibt.« Langsam drehte sie sich wieder zu ihm um. »Entschuldigung! Tut mir leid, dass ich Sie so angeschrien habe. Schließlich können Sie nichts für meine Situation.«

»Kein Problem, ich kann sehr gut verstehen, wie Sie sich fühlen.«

Sie seufzte tief. »Seit gestern hat sich wohl einiges angestaut. Ich habe auch noch mit niemanden darüber reden können. Meine beste Freundin befindet sich gerade auf einer Englandrundreise, und die anderen Bekannten, denen ich mich anvertrauen würde, leben alle auf dem Festland. Am Telefon mag ich darüber nicht reden, und die Insel zu verlassen, kommt für mich nicht infrage, solange ich krankgeschrieben bin.«

»Umso wichtiger ist es jetzt, dass wir miteinander sprechen. Im Übrigen bin ich nicht als Patient hier, in gewisser Weise nicht einmal als Privatmensch. Betrachten Sie mich einfach als Kommissar, der die Wahrheit herausfinden will. Das hilft Ihnen sicher. Zudem stimmen unsere Anliegen überein. Wir wollen beide die Wahrheit über Wolfgang Schröders unerwarteten Tod herausfinden.«

»Ja«, stimmte sie ihm unter Tränen zu. Sie zog ein Stofftaschentuch aus ihrer Hosentasche und wischte sich damit über die Augen. »Aber woher wissen Sie überhaupt, dass er gestorben ist. Niemand sollte doch davon etwas mitbekommen.«

»Wolfgang Schröder war mein Tischnachbar«, erklärte Pielkötter. »Ich will Sie jetzt nicht mit Details belasten. Nur so viel: Als er sich nicht wie geplant von mir verabschiedet hat und am selben Abend ein Leichenwagen vorgefahren ist, brauchte ich lediglich eins und eins zusammenzuzählen.« Er schnaufte. »Ich weiß nicht, ob ich Ihnen das verraten soll, aber es ist wohl für uns beide von Vorteil, wenn wir ganz offen reden. Schröder hat mir einiges erzählt.« Er stockte. »Also, ich könnte mir sogar vorstellen, dass er ermordet worden ist.«

Schwester Monika riss die Augen auf und hielt sich die Hand vor den Mund, als dürfe ein Schrei nicht nach außen dringen. »Ermordet?«, fragte sie, nachdem sich der größte Schock gelegt hatte. »Ich ... ich habe gleich geahnt, dass da was faul sein muss, aber an Mord habe ich dabei natürlich nicht gedacht. Eher an einen fatalen Fehler, den mir jemand in die Schuhe schieben will. Jemand von oben, der die Macht hat, alles zu verdrehen und zu vertuschen.« Schwester Monika blickte ihn an. »Sind Sie sicher, dass mein Patient wirklich vorsätzlich ermordet wurde?«

Mord schließt den Vorsatz automatisch mit ein, dachte er, ihm lag es jedoch fern, sie zu belehren. »Nein, bisher ist es nur ein Verdacht«, stellte er klar. »Deshalb ist es so wichtig, dass Sie mir möglichst genau schildern, wie der gestrige Morgen verlaufen ist. Erzählen Sie mir jede Einzelheit, egal wie unwichtig sie Ihnen auch erscheinen mag.«

»Zuerst war alles wie immer«, begann sie. »Wolfgang Schröder saß bereits in dem Sauerstoffbad, da kam dieser Anruf. Ich sollte dringend in die Verwaltung kommen.« Sie fischte das bunte Stofftaschentuch von vorhin aus der Tasche ihrer Jeans und tupfte damit erneut über die Augen. Offensichtlich fiel es ihr schwer, das schreckliche Ereignis in allen Einzelheiten noch einmal durchzugehen. »Ich wusste nicht recht, was ich tun sollte, aber Schröder war doch recht gesund. Er wollte ja auch wieder nach Hause, hat mir sogar etwas zum Abschied geschenkt.« Zwei Tränen liefen an ihren Wangen hinunter. »Der Mann am Telefon hat ungemein Druck gemacht«, fuhr sie nach einer Weile fort. »Es war keine Bitte, sofort in der Verwaltung zu erscheinen, es war ein Befehl. Hinterher hat man mir dann vorgeworfen, den Anruf als Ausrede benutzt zu haben. Ich wolle nur von meiner eigenen Schuld ablenken, hat der Chef geschrien.«

»Die Stimme am Telefon gehörte also einem Mann«, stellte Pielkötter noch einmal klar.

»Ja, ganz sicher.«

»Aber Sie haben die Stimme nicht erkannt?«

»Nein, da war immer so ein Ticken oder Klopfen zu hören, das hat mich abgelenkt. Außerdem war ich so furchtbar aufgeregt. Was er gesagt hat, hörte sich an, als hätte ich bereits etwas verbockt, auch wenn ich mir nicht erklären konnte, was.«

»Können Sie das Alter des Anrufers einschätzen?«

Schwester Monika fuhr mehrmals mit der rechten Hand durch ihr streng zurückgekämmtes volles Haar. »Nein, absolut nicht. Allenfalls halte ich einen Jüngling oder einen Greis für unwahrscheinlich. Alle Altersstufen dazwischen kommen leider infrage.«

»Ist Ihnen sonst noch etwas aufgefallen?«

»Allerdings! Später als ich zurückkam.« Mit einem Mal klang ihre Stimme äußerst fest. »Die Schnur mit dem Notrufknopf hing nicht ordnungsgemäß herunter. Jemand hatte die ganz nach oben gehängt. Deshalb hatte Schröder nicht die geringste Chance auf Hilfe.«

»Wie erklären Sie sich das?« Pielkötter nippte nachdenklich an seinem Tee. Inzwischen hatte sich der Kandis aufgelöst und verlieh dem Getränk die richtige Süße.

»Nun ... sofern«, druckste sie herum. »Also, wenn Schröder tatsächlich ermordet werden sollte, ergibt das schon Sinn. Ansonsten fällt mir nur das Reinigungspersonal ein.« Während sie stockte, bildete sich eine steile Falte auf ihrer ansonsten glatten Stirn. »Nein«, fuhr sie plötzlich fort, »ich kann ausschließen, dass das beim Abwaschen der Kacheln passiert ist. Der Reinigungstrupp läuft je nach Auslastung der Behandlungsräume erst nachmittags oder abends auf. An dem besagten Morgen hing die Schnur jedoch zunächst unten. Bevor der Badebetrieb aufgenommen wird, kontrolliere ich alles. Bei Frau Weiser, der ersten Patientin, die vor Schröder gebadet hat, war alles ganz sicher noch in Ordnung.«

Mit zittriger Hand führte sie ihre Tasse zum Mund und leerte sie in hastigen Schlucken. »Ich weiß gar nicht, was ich dazu sagen soll. Auf der einen Seite fühle ich mich erleichtert. An den Notrufknopf habe ich überhaupt nicht mehr gedacht. Und jetzt stützt der Ihre Theorie, dass ...« Sie stockte. »Auf der anderen Seite ist die Vorstellung, dass Schröder vielleicht ermordet worden ist, ganz schrecklich.«

»Auf jeden Fall bestätigt Ihre Beobachtung meinen Verdacht«, entgegnete Pielkötter mit ernster Miene.

36

Pielkötter fühlte sich wie eine Hochleistungsmaschine, bei der man die maximale Auslastung eingestellt hatte. Am liebsten hätte er vieles auf einmal erledigt. Alles empfand er als dringend, den Besuch bei der Polizei, bei Schröders Frau und bei seiner Tochter, nur die Anwendungen nicht. Die Sitzung bei Katharina Fallersleben hatte er bereits abgesagt. Die Psychologin hatte ihren Unmut deutlich geäußert, seine Entscheidung aber schließlich akzeptiert. Bei den anderen Anwendungen würde er einfach schwänzen. Zum Glück standen heute Nachmittag keine Einzeltermine an. Wahrscheinlich würde er sich trotzdem einigen Ärger einhandeln. Das war ihm im Moment jedoch egal. Die Ermittlungen gingen vor. Er durfte keine Zeit verlieren. Selbst das Mittagessen ließ er ausfallen und kehrte nicht in die Klinik zurück.

Im Laufschritt eilte Pielkötter den Weg von Schwester Monikas Haus zurück. Die Sonne strahlte vom Himmel, als hätte sie von den jüngsten unerfreulichen Ereignissen nichts mitbekommen.

Während er auf die Uhr schaute, überlegte er, ob er sich nicht doch ein Fahrrad leihen sollte, trotz der kaputten Schulter und der immer noch eingeschränkten Beweglichkeit auf der linken Seite. Sicherlich würde es schmerzen, den linken Arm bis zur Lenkstange zu strecken, aber seine Übungen schmerzten schließlich auch. Radeln als Therapie sozusagen. Vor allem würde er viel schneller an sein Ziel gelangen. Aber würde er wirklich richtig reagieren können, wenn er plötzlich Fußgängern oder einem Hindernis auf dem Asphalt ausweichen musste? Nein, durch ihn sollte niemand zu Schaden kommen.

Je nachdem, wie die örtlichen Beamten reagierten, würde es vielleicht heute noch nötig sein, die Fähre nach Norden zu nehmen. Die Abfahrtszeiten hatte er sich wohlweißlich schon angeschaut. Die Fähre um fünfzehn Uhr fünfzehn könnte er auf jeden Fall schaffen.

Rasch erreichte er das Denkmal, von wo aus auf der linken Seite ein Ausschnitt der Deichanlage zu sehen war. Von dort kam ein Schwung gutgelaunter Urlauber. Die großen bunten Umhängetaschen ließen darauf schließen, dass sie ihr Sonnenbad am Strand beendet hatten. In diesem Moment überkam Pielkötter das Gefühl, er sei es auch der Insel schuldig, aufzuklären, woran Wolfgang Schröder gestorben war.

Einige Meter vor der Polizeistation blieb Pielkötter erst einmal stehen. Bei seinem flotten Tempo war er etwas außer Atem geraten. Er schaute auf den winzigen Park direkt gegenüber. Ein künstliches Rinnsal floss um eine Bootsattrappe aus Holz und um kleine Sandhaufen mit Gras als Minidünen. Sein Blick fiel auf die bunte Robbe Fernando, ohne das Kunstwerk richtig zu registrieren. In seinem Kopf überschlugen sich die Gedanken. Wie ging er nur am besten vor? Ob er sich sofort als Kollege zu erkennen geben sollte? Nach einigem Abwägen hielt er es jedoch für besser, zunächst einmal vorsichtig als ganz normaler Bürger aufzutreten. Den Kommissar konnte er später schließlich immer noch rauskehren.

Der Eingang befand sich an der Seite. Pielkötter sammelte sich kurz und drückte energisch die Tür auf. Wenige Augenblicke später erblickte er im Flur einen Beamten etwa in Barnowskis Alter. Er empfand ihn sogar ähnlich attraktiv wie seinen Mitarbeiter, wenn auch auf eine andere Art. Stahlblaue Augen, schmales Gesicht ohne Grübchen, helle Haare, etwas nach hinten gegelt.

»Moin, was kann ich für Sie tun?«, fragte der Polizist freundlich.

Wie drückte er das jetzt am besten aus? Pielkötter blieb allerdings noch etwas Zeit zum Überlegen.

»Am besten kommen Sie erst Mal mit ins Büro«, fuhr der Beamte fort und deutete wenig später auf einen Stuhl, der vor einem Schreibtisch stand.

Grübelnd nahm Pielkötter Platz und betrachtete das Namensschild, das den Polizisten als Polizeiobermeister Arne Dirksen auswies. Es war schon ein seltsames Gefühl, nichts weiter zu sein als eine Privatperson, wenn es hoch kam, ein Zeuge. »In der Kur- und Rehabilitationsklinik am Deich ist gestern völlig unerwartet ein Patient verstorben«, erklärte er nach einigem Zögern. »Ich nehme an, man hat Sie bereits informiert und Sie kennen den Fall.« Eigentlich nahm er das nicht an, aber er hoffte es. Zumindest würde es die Sache wesentlich erleichtern.

»Nein, das ist mir neu«, entgegnete Arne Dirksen. »Wir werden normalerweise auch nicht bei jedem Todesfall hinzugezogen, nur wenn der Arzt keinen natürlich Tod bescheinigen kann.«

Pielkötter fühlte sich wie in einem schlechten Theaterstück. Da erzählte ihm dieser relativ junge Polizist, wenn auch auf eine sehr freundliche Art, was er sicher viel besser und vor allem schon viel länger wusste. Für ihn war es einfach so ungewohnt, auf der anderen Seite dieses Schreibtisches zu sitzen. Wie brachte er diesem netten, jedoch unbedarften Kollegen nur bei, dass in diesem Fall unbedingt ermittelt werden musste?

»Gut, man hat Sie also nicht informiert, aber ich finde, dass man die näheren Umstände in diesem Fall trotzdem untersuchen sollte.« Pielkötter hatte eine eher skeptische Miene seines Gegenübers erwartet, Arne Dirksen wirkte allerdings eher interessiert. »Es gibt da nämlich einige Ungereimtheiten.«

»Dann schießen Sie man los!«, erwiderte er, wobei jetzt ein deutlich norddeutscher Akzent durchkam, der Pielkötter vorhin nicht aufgefallen war.

»Bei dem Verstorbenen handelt es sich um meinen Tischnachbarn Wolfgang Schröder. Gestern war eigentlich sein Heimreisetag. Er hat mir erzählt, etwas in der Klinik herausgefunden zu haben, weshalb er nun seinen Aufenthalt abbrechen werde. Seine ganze Kur sei einzig darauf ausgerichtet gewesen, einer Sache, über die er sich aber nicht geäußert hat, auf die Spur zu kommen. Schröder war nämlich nicht ernstlich krank. Deshalb hat er diesen Aufenthalt auch privat bezahlt.«

»Interessant, was Sie da erzählen. Ich denke, der Sache sollte wirklich nachgegangen werden.« Pielkötter traute kaum seinen Ohren. Eigentlich hatte er mit mehr Widerstand gerechnet. »In der Regel, haben wir es hier auf Norderney nur mit kleineren Delikten zu tun, wie Diebstahl zum Beispiel«, fuhr Arne Dirksen fort, »aber natürlich kann auch auf der friedlichsten Insel ...« Er stockte plötzlich. »Leider kann ich das nicht entscheiden. Und die Polizeistation Norderney wäre auch nicht zuständig, wenn es sich tatsächlich um einen nicht natürlichen Tod handeln sollte.«

Er hatte den Satz gerade zu Ende gesprochen, da betrat ein zweiter Beamter das Büro. Er war etwas stämmiger als Dirksen und wesentlich älter. »Ah, da lernen Sie direkt meinen Vorgesetzten Polizeihauptmeister Klaas Lübben kennen. Am besten schildern Sie ihm noch einmal diesen Fall«, forderte Dirksen ihn auf.

Mist, fuhr es Pielkötter durch den Kopf. Mit dem jungen Kollegen, der ihn in gewisser Weise an Barnowski erinnerte, hätte die Zusammenarbeit sicher super geklappt, aber sein Chef stellte womöglich eine zusätzliche Hürde dar.

»Was für einen Fall?«, fragte Lübben, wobei er das letzte Wort besonders betonte und seine Augenbrauen ungewöhnlich hoch zog. Auf Pielkötter wirkte es, als missbillige er, dass in seinem Revier überhaupt etwas vorkommen könnte, das entfernt an einen Fall erinnern könnte. Womöglich empfand Lübben jedes Verbrechen als eine Art persönliche Beleidigung. Das hatte ihm gerade noch gefehlt. Warum musste dieser Beamte nur der Vorgesetzte von Arne Dirksen sein? Während dieser Überlegung musterte Lübben ihn die ganze Zeit mit skeptischem Blick. Pielkötter gab sich einen Ruck und wiederholte, was er dem jüngeren Kollegen vorhin schon geschildert hatte.

»Leider muss ich Ihnen sagen, dass wir erstens nicht zuständig wären, falls hier eine Straftat vorliegen würde, und zweitens halte ich eine solche für sehr unwahrscheinlich. Sicher kann ich verstehen, dass Ihnen der Tod Ihres Tischnachbarn nahegeht …«

»Hören Sie, ich bin selbst Hauptkommissar bei der Mordkommission. Der Tod ist mir wahrlich nicht fremd. Und ich denke, ich habe im Laufe etlicher Dienstjahre ein gutes Gespür dafür entwickelt, ob bei einem Todesfall alles mit rechten Dingen zugeht oder nicht.«

»Aha, Sie sind ein Kollege«, stellte Lübben ziemlich unbeeindruckt fest, während sich in Arne Dirksens Augen eine gewisse Anerkennung widerzuspiegeln schien. »Wie ich bereits erwähnte, sind wir nicht zuständig. Die Ermittlungen in einem Mordfall, und darauf wollen Sie doch hinaus, wenn ich das richtig verstehe, werden von der Polizeiinspektion Aurich/Wittmund geleitet. Ich kann Sie natürlich gerne mit einem der zuständigen Kollegen verbinden.«

»Ja bitte!«

Lübben lief um den Schreibtisch herum, ergriff den Telefonhörer und wählte aus dem Gedächtnis. »Moin, Klaas hier. Ja, auch so. Du, ich habe hier einen Kollegen aus …«, er schaute zu Pielkötter hinüber, bis der leise »Duisburg« bemerkte, »also, aus dem Ruhrgebiet. Was der für ein besonderes Anliegen hat, erzählt er dir am besten selbst.« Er hatte kaum zu Ende gesprochen, da reichte er den Hörer an Pielkötter weiter.

»Und Sie glauben also, dass Sie es besser wissen, als der Arzt, der den Totenschein ausgestellt hat«, vernahm Pielkötter eine leicht ironische Stimme, nachdem er seine Ausführungen beendet hatte. »Oder sind Sie nebenberuflich etwa auch noch Arzt?«

»Nein, nur Hauptkommissar.«

»Auf Norderney jedenfalls ausschließlich Patient einer Klinik. Es soll ja Menschen geben, die einfach nicht abschalten können, und deshalb …«

»Was fällt Ihnen ein«, fuhr Pielkötter dazwischen. »Wenn ich nicht berechtigte Zweifel an Schröders natürlichem Tod hätte, würde ich Sie nicht belästigen.«

»Das führt doch zu nichts.« Die Stimme, von der Pielkötter nicht einmal wusste, zu wem sie gehörte, klang inzwischen genervt. »Liefern Sie meinen Kollegen vor Ort stichhaltige

Gründe, dann dürfen die uns gerne einschalten und wir werden ermitteln. Sie kennen doch die Spielregeln, sind doch vom Fach.«

»Und die Aussage der Krankenschwester, die für Schröders tödliches Bad zuständig war?«

»Das überzeugt mich nicht. Und jetzt holen Sie mir bitte noch einmal Polizeihauptmeister Lübben an den Apparat.«

Pielkötter übergab das Gespräch ohne einen Abschiedsgruß. Warum hatte der Mann so abweisend reagiert? Steckte Überlastung dahinter oder hatte er schlechte Erfahrungen mit Kollegen aus anderen Bundesländern gemacht?

»Sie haben es gehört«, wandte sich Lübben wieder an Pielkötter, nachdem er das Telefonat beendet hatte. »Uns sind leider die Hände gebunden.«

»Vielleicht sollte wir ja doch irgendetwas unternehmen«, schaltete sich nun Dirksen ein, wurde jedoch sofort von seinem Vorgesetzten unterbrochen.

»Nein, wir werden uns auf keinen Fall mit Professor Schwarzenberg anlegen. Ich werde doch das fachliche Urteil eines solch angesehenen Arztes, eines Klinikleiters, nicht infrage stellen.«

»Sie wissen ja überhaupt noch nicht, ob Professor Schwarzenberg einen Totenschein ausgestellt hat oder ein anderer Arzt«, schaltete sich Pielkötter entrüstet ein.

»Aber er hat die Oberaufsicht. Und ich glaube kaum, dass er bei einem Todesfall nicht hinzugezogen wird. Auf unsere Insel kommen die Menschen schließlich, um gesund zu werden, und in der Regel verlassen sie Norderney körperlich in einem besseren Zustand als vor dem Aufenthalt und nicht in einem Sarg. Deshalb wird er jeden Todesfall überprüfen.«

»Genau darum geht es mir ja auch«, entgegnete Pielkötter. »Um eine Überprüfung, und zwar von unabhängiger Stelle.«

»Rufen wir wenigstens einmal in der Klinik an«, kam ihm der jüngere Kollege zu Hilfe. »Zumindest können wir uns anhören, was Schwarzenberg uns über die Todesursache erzählen kann.«

Die Miene seines Chefs wirkte verkniffen, spiegelte zunächst nichts als Widerwillen, plötzlich jedoch veränderte sie sich. »Nun gut, nachhören schadet ja nicht.«

Pielkötter wertete das jedoch noch nicht als echten Ermittlungswillen, eher als eine Art Alibi. Klaas Lübben wollte demonstrieren, dass er nicht untätig blieb, mehr steckte kaum dahinter. Während Lübben wählte und mit Schwarzenberg verbunden wurde, hielt Pielkötter gespannt den Atem an, obwohl er genau wusste, dass bei diesem Gespräch nichts herauskommen würde. Lübben sagte, ihm sei zu Ohren gekommen – wenigstens verriet er Pielkötter nicht –, dass ein Patient der Klinik verstorben sei, und fragte an, ob man die Hilfe der Polizei benötige. Dann lauschte Pielkötter den kurzen Antworten des Hauptwachtmeisters. »Nein, das kann ich Ihnen nicht sagen ... Ein Gerücht, trotzdem müssen wir ... Ja ... natürlich ... verstehe ... ach so ... nein, sicher nicht ... Daran habe ich keinen Zweifel. Ich wünsche Ihnen noch einen guten Tag ... Danke.«

Lübben legte den Hörer auf und wandte sich mit einem Gesichtsausdruck zu Pielkötter, dem man die mühsam unterdrückte Ungeduld ansah. »Wie ich Ihnen bereits erklärt habe, hat sich der Leiter der Klinik persönlich um den Todesfall gekümmert und ist zu demselben Ergebnis gekommen wie der behandelnde Badearzt.« Der Polizeihauptwachtmeister bedachte ihn mit einem missbilligenden Blick. »Eigentlich dürfte ich Ihnen nicht einmal das Ergebnis der Untersuchung mitteilen, aber weil Sie selbst im Polizeidienst sind, werde ich es Ihnen entgegen der Vorschrift mitteilen.« Du meinst doch eher, weil ich sonst keine Ruhe gebe, dachte Pielkötter im Stillen. »Herr Schröder ist an Herzversagen gestorben, bei seiner Vorerkrankung sicher keine allzu große Überraschung.«

»Wie bitte?«, schnaufte Pielkötter. »Haben Sie mir vorhin überhaupt zugehört? Mein Tischnachbar war nicht krank. Sein Hausarzt hat ihm nach dem letzten Gesundheitscheck versichert, er sei vollkommen gesund. Und diese Kur hat er zu hundert Prozent aus eigener Tasche bezahlt. Bei seinem Gesundheitszustand hätte ihm auch keine Versicherung den Klinikaufenthalt bewilligt.«

»Gut, Herr Kollege«, entgegnete Lübben. »Ich gehe einmal davon aus, dass er Ihnen das wirklich erzählt hat. Trotzdem braucht das noch lange nicht zu stimmen. Vielleicht wollte er einfach nicht wahrhaben, wie krank er wirklich ist, vielleicht auch nur auffallen, sich von den anderen absetzen.«

Für einen kurzen Moment zog Pielkötter in Erwägung, dass an Lübbens Argumentation wirklich etwas dran sein könnte. Schröder hatte auf ihn tatsächlich zuweilen einen geltungssüchtigen und immer recht seltsam zerrissenen Eindruck gemacht. Trotzdem musste er nicht gleich gelogen haben.

»Möglicherweise haben Sie Recht«, lenkte Pielkötter ein. »Nur wäre mir wesentlich wohler, wenn die Todesursache von unabhängiger Seite geklärt werden könnte. Wir sind es dem Toten doch schuldig, jeglichen Zweifel auszuräumen, oder meinen Sie nicht?«

»Nein, es gibt keinerlei Zweifel, so einfach ist das. Und Ihnen als Kommissar muss ich doch sicher nicht erklären, dass man nicht jeden Toten auf einen vagen Verdacht hin obduzieren kann. Wer soll eine Sektion genehmigen, geschweige denn bezahlen?«

Leider lag Lübben mit dieser Einschätzung durchaus richtig. »Wenn Sie mit den Angehörigen reden würden«, Pielkötter seufzte tief, »sie auf die Ungereimtheiten hinwiesen ...«

»Ich bitte Sie! Glauben Sie im Ernst, die Hinterbliebenen sind scharf darauf, den geliebten Menschen aufschneiden zu lassen?«

»Gut, Sie haben mich überzeugt«, erklärte Pielkötter. Tatsächlich hatte er lediglich eingesehen, dass die örtliche Polizei, zumindest Klaas Lübben, nichts unternehmen würde. Was den Fall Schröder an sich betraf, sah die Sache allerdings ganz anders aus.

Im Hinausgehen sah Pielkötter noch, wie Arne Dirksen unbemerkt von seinem Chef mit den Schultern zuckte. Er bedauerte ganz offensichtlich die Haltung seines Vorgesetzten ebenso wie die Reaktion der Polizeiinspektion Aurich/Wittmund. Leider half Pielkötter das nicht viel weiter. Wie erwartet, war er ganz auf sich selbst gestellt, aber er würde das ausgleichen, indem er sich mit Feuereifer in die Ermittlungen stürzte. Deshalb musste er dringend die Fähre um viertel nach drei erreichen.

37

Tief in Gedanken versunken starrte Pielkötter über das ruhige Meer. Beide Arme hatte er auf der Reling abgestützt. Der rechte mit der verletzten Schulter schmerzte, aber er wollte sich einfach so bewegen, als sei er schon gesund, egal wie weh das tat. Zwei Möwen kreisten lautstark über seinem Kopf. Die Küste mit dem Hafen kam näher. Trotzdem empfand Pielkötter die Fährüberfahrt heute viel länger als bei der Anreise, vielleicht, weil er es sehr eilig hatte. Schließlich musste er heute noch zurück.

Pielkötter brummte vor sich hin. Der Besuch auf der Polizeistation drückte gewaltig seine Stimmung, auch wenn er es auf dem Rückweg endlich geschafft hatte, in einem Telefonladen vorbeizuschauen, um das Datenvolumen für sein Smartphone aufzuladen. Ohne Barnowskis Hilfe hätte er jedenfalls kaum eine Chance gehabt, Wolfgang Schröders Adresse herauszufinden, nicht einmal die seiner Firma in Aurich, die auf den Mädchennamen seiner Frau eingetragen war. Als Pielkötter an den Anruf seines Mitarbeiters dachte, zeigte sich der Anflug eines Lächelns. Das Lächeln erstarb jedoch, ehe ein Außenstehender es richtig hätte registrieren können. Er fühlte sich plötzlich wie in einem Zweifrontenkrieg. Hin und hergerissen zwischen den Anforderungen der dringend notwendigen Reha-Maßnahmen einerseits und der Ermittlungen im Fall Schröder, dem er sich verpflichtet fühlte.

Die Stippvisite zur Familie seines Tischnachbarn war nur möglich, weil man sein Haus bei Norden von der Fähranlegestelle aus recht schnell erreichen konnte. Zumindest in diesem

Punkt hatte sein Tischnachbar nicht gelogen. Im Übrigen neigte Pielkötter inzwischen dazu, Schröder auch in allen anderen Punkten Glauben zu schenken.

Ein Ruck ging durch die Fähre. Dicke Schiffsseile wurden um die Poller gelegt, die Rampe ausgefahren. Pielkötter beeilte sich, um als einer der Ersten von Bord zu gehen. Er brauchte so schnell wie möglich ein Taxi. Zum Glück war das kein Problem. Er stieg ein, nannte dem Fahrer die Adresse und schon ging es los. Verrückte Welt, dachte er. Schröder hatte ihn zu sich eingeladen, und er hatte nicht im Traum daran gedacht, ihn zu besuchen, und nun zahlte er aus eigener Tasche diese Taxifahrt, riskierte gehörigen Ärger mit der Klinik, nur um seine Witwe zu treffen, die seinem Besuch nur widerwillig zugestimmt hatte. Unmittelbar nach seinem Besuch auf der Polizeistation hatte er Brigitte Schröder angerufen. Zum Glück hatte letztendlich ihre Neugier gesiegt, und sie war bereit, ihn heute Nachmittag zu empfangen. Die Frage, warum ihr Mann auf Norderney weilte, statt in einem Kurort in Bayern, hatte ihr sicher noch keiner beantwortet. Oder konnte sie sich nur zu gut einen Reim darauf machen und war gespannt, wie viel ihr Mann darüber ausgeplaudert hatte?

Das Taxi hielt vor einem riesigen Grundstück mit einem großen modernen Haus, das aus mehreren versetzten und übereinander gestapelten Würfeln zu bestehen schien. Offensichtlich hatte sich der Architekt hier richtig ausgetobt. Pielkötter gewann den Eindruck, dieses Gebäude passe nicht in diese Gegend mit den hübschen Häuschen aus rotem Backstein. Mit gemischten Gefühlen stieg er aus und zahlte. Anschließend lief er an exotischen, ihm unbekannten Ziersträuchern und

Grasstauden vorbei zur Villa. Zwischen den Büschen hatte der Gärtner, wahrscheinlich Schröder selbst, Granitsteine an den richtigen Stellen drapiert. Unwillkürlich fielen ihm Schröders Pläne für die Gartengestaltung ein.

Inzwischen hatte er den Eingang erreicht. Er seufzte tief, dann drückte er auf die Klingel. Nach gefühlten fünf Minuten öffnete eine Frau in einem schicken schwarzen Kostüm und silbernen Pantoletten. Die langen blonden Haare hatte sie hochgesteckt. Pielkötter stutzte. Das konnte durchaus die Frau gewesen sein, die er gestern in der Klinik gesehen hatte, allerdings war er nicht sicher. Zweifellos war die Dame attraktiv, aber auf ihn wirkte sie seltsam kalt. Ihre blaugrünen Augen musterten ihn abschätzend.

»Willibald Pielkötter«, stellte er sich vor. Anfangs hatte er überlegt, ob er sich als Hauptkommissar zu erkennen geben sollte, aber dann entschied er, seinen Beruf nicht zu erwähnen. »Noch einmal persönlich mein herzliches Beileid.« Er reichte ihr die Hand.

»Sie sind also der Tischnachbar meines verstorbenen Gatten«, erwiderte sie. In seinen Ohren klang das eher geschäftsmäßig. Wie eine trauernde Witwe erschien sie ihm nicht, und während seiner Laufbahn bei der Polizei hatte er schon etliche Frauen kennengelernt, die ihren Mann ganz plötzlich verloren hatten. »Bitte folgen Sie mir. Allerdings muss ich gleich dazu sagen: Ich habe wenig Zeit. Sicher können Sie sich vorstellen, dass man vor einer Beerdigung eine Unmenge zu erledigen hat.« Nach ihr betrat er einen quadratischen Wohnraum, der mindestens doppelt so groß war wie die Grundfläche seines eigenen Hauses. Die hintere Wand bestand vollkommen aus Glas. Zu seinem Erstaunen gab es nur wenig Möbelstücke.

Dazu zählte eine weiße Ledercouch. Brigitte Schröder lud ihn mit einer Geste ein, darauf Platz zu nehmen. »Nun, was führt Sie zu mir?«, fuhr sie fort. »Wenn ich Sie am Telefon richtig verstanden habe, möchten Sie nicht nur Beileidsgrüße ausrichten.«

Beileidsgrüße, das Wort hatte er ja noch nie gehört. Grüße waren doch eher etwas Erfreuliches. Begrüßte sie etwa ... nein, das ging eindeutig zu weit. Er gehörte nun wirklich nicht zu den Leuten, die voreilige Schlüsse zogen.

Pielkötter räusperte sich. »Nun, dann will ich Ihre Zeit nicht über Gebühr in Anspruch nehmen und gleich zur Sache kommen. Wahrscheinlich hat man Ihnen mitgeteilt, dass Ihr Mann an einem Herzschlag gestorben ist, aber leider habe ich daran erhebliche Zweifel.«

Sofern er sich nicht täuschte, wurde ihr Teint einen Ton blasser, trotz des gut aufgelegten Make-ups. Zum ersten Mal seit er das Haus betreten hatte, schien sie nicht mehr Herr oder Dame der Lage zu sein.

»Wie meinen Sie das?«, fragte sie in seltsam hoher piepsiger Tonlage, wobei sie mit den manikürten Fingern an einem imaginären Knopf herumnestelte.

»Ihr Gatte hat mir erzählt, dass er nach Auskunft seines Arztes vollkommen gesund sei und die Kur nur angetreten habe, um auf Norderney oder auch in der Klinik etwas Wichtiges herauszufinden. *Meine Familie wird ganz schön Augen machen*, hat er immer wieder betont.«

»Damit meinte er sicher seine Lüge, er sei in Bad Kissingen.«

»Diese Meinung teile ich nicht. Am letzten Tag hat Ihr Mann nämlich erklärt, er wisse nun genug und könne abreisen.« Pielkötter atmete schwer. Er wusste zwar, dass Schröder das nicht genau so formuliert hatte, aber das war in dieser Situation egal. »Nun, die Reise ist dann etwas anders verlaufen, als wir alle erwartet haben.«

»Und was wollen Sie mit Ihrem Besuch bezwecken?« Brigitte Schröders Stimme klang nun eindeutig schrill.

»Ich an Ihrer Stelle, würde bei dem Hausarzt nachfragen, der Ihrem Mann ein gesundes Herz bescheinigt hat. Wenn der von seinem Tod ebenso überrascht ist wie ich, würde ich eine Obduktion beantragen.«

»Obduktion? Das ist nicht Ihr Ernst. Alexander, also Professor Schwarzenberg, der Leiter der Norderneyer Kur- und Rehaklinik am Deich, hat meinen Mann nach seinem Tod untersucht.«

»Sie scheinen viel von Professor Schwarzenberg zu halten«, entgegnete Pielkötter nachdenklich. »Kennen ihn anscheinend sogar persönlich.«

Nach ihre Miene zu urteilen, konnte sie sich schwer entscheiden, wie sie darauf antworten sollte. Sie starrte an ihm vorbei zu einem Kamin, auf dessen Sims drei Tonfiguren standen, die wahrscheinlich antike asiatische Krieger darstellten. Plötzlich drehte sie sich ruckartig wieder zu ihm um. »Ja, ich kenne ihn. Und deshalb weiß ich genau, welch ein guter Arzt er ist. Bevor er die Klinik auf Norderney übernommen hat, hat er in Norden praktiziert. Er hat mir sehr geholfen. Ich vertraue ihm. Wenn er Herzversagen diagnostiziert hat, dann ist das Fakt.« Sie holte tief Luft. »Und jetzt gehen Sie bitte!« Das Wort *bitte* klang eher nach einem Befehl.

Pielkötter erhob sich. Sollte er jetzt noch Schwester Monikas Zweifel als Trumpf ausspielen? Aber wahrscheinlich brachte er sie dadurch in ernste Schwierigkeiten, ohne echte

Chance, dass Brigitte Schröder ihre Haltung überdenken würde. In seinem Kopf rotierten die Gedanken. Zwar hatte er in dem Gespräch Neues erfahren, vielleicht sogar wichtige Hinweise erhalten, aber würden sie ausreichen, um ihn weiterzubringen? »Wo ist eigentlich Ihre Tochter?«, fragte er, um seinen Abgang hinauszuzögern.

»Entweder in ihrer Wohnung in Norden oder bei ihrem Verlobten. Aber das geht Sie genauso wenig an wie alles andere.«

Kaum eine Minute später stand er vor der Tür. Missmutig lief er zur Straße. Er fischte gerade sein Handy aus der Hosentasche, um ein Taxi zu rufen, da entdeckte er einen Mann mit einer Aktenmappe auf dem Gehsteig. Wollte der etwa zu Brigitte Schröder? Das lag nahe, zumal er kein weiteres Anwesen in der Nähe entdeckte. Hinter Pielkötters Stirn arbeitete es. Er musste sich entscheiden, und zwar schnell. Vielleicht war das eine Möglichkeit, doch noch etwas Wichtiges herauszubekommen. Als der Mann ihn fast erreicht hatte, zückte Pielkötter seinen Dienstausweis. Im Gegensatz zu seiner Pistole hatte er die nicht auf dem Duisburger Präsidium zurückgelassen. »Dürfte ich Ihnen ein paar Fragen stellen?«

Der Angesprochene schaute auf den Dienstausweis, dann musterte er ihn verständnislos. »Nordrhein-Westfalen?«

»Ja, die Spur führt leider aus dem Ruhrgebiet hierher.«

Der Mann nickte vielsagend. »Haben die beiden sich deshalb gestritten?«

»Wer?«, fragte Pielkötter irritiert.

»Armin Schröder und sein Bruder Christian. Die haben sich doch voll an die Köppe gekriegt, wie es mit der Firma weitergehen soll. Es gab ja immer Gerüchte, ein Investor wolle einsteigen. Kann mir nicht vorstellen, dass unserem Chef das recht gewesen wäre. Auf jeden Fall ging es wegen der Ausschreibung für den Bau der Stadtbibliothek zwischen den beiden hoch her, dass können Sie mir glauben. Und jetzt ist Ruhe!« Er blickte für ein paar Sekunden betreten zu Boden, dann sah er wieder hoch. »Von nun an hat nur noch die trauernde Witwe das Sagen. Und sein Bruder, unser Bauleiter, C.S. nenne ich ihn immer, bekommt so viel Einfluss, wie er sich das immer erträumt hat.« Ein Hauch von Verachtung lag eindeutig in seiner Stimme.

»Sie mögen Brigitte Schröder nicht«, stellte Pielkötter fest.

»Nee, damit liegen Sie vollkommen richtig. Die denkt nicht an ihre Mitarbeiter. A.W. Schröder, also, der Verstorbene, war der Einzige mit sozialer Verantwortung. Der hat immer noch seine Hand über uns gehalten.« Mit einer Geste, die irgendwie verzweifelt wirkte, wischte er sich über die Stirn. »Also, jemand aus Nordrhein-Westfalen will übernehmen, und C.S. und die werte Dame«, er drehte den Kopf in Richtung Villa, »haben vorerst gewonnen. Vorerst, denn jetzt ermittelt die Polizei, weil die Firma nicht ganz sauber ist. Unser geschätzter Chef wird sich im Grab umdrehen.«

»Nicht ganz«, erwiderte Pielkötter. »Eigentlich ermittle ich nicht offiziell. Und dabei geht es auch eher um die näheren Umstände, die zu Armin Wolfgang Schröders Tod geführt haben.«

Sein Gegenüber wirkte plötzlich wie elektrisiert. »Wollen Sie damit andeuten ...«

»Zumindest können wir nicht ausschließen, dass Ihr Chef auf unnatürliche Weise gestorben ist.«

Sichtlich betroffen starrte der Mann ihn an, dann schaute er erneut mit angewiderter Miene zur Villa. »Ich will jetzt nicht behaupten, dass sie dabei ihre Finger im Spiel gehabt hat, aber wahrscheinlich kommt ihr der Tod ihres Mannes ganz recht. Jedenfalls galt die Ehe nicht gerade als glücklich.« Plötzlich stockte er. »Also, ich verbreite jetzt besser keine weiteren Gerüchte.« Er hielt die Aktenmappe hoch. »Frau Schröder wartet wegen der Dokumente auf mich. Die möchte sie heute Abend noch unterzeichnen. Nichts für ungut, sie ist nun einmal meine Chefin und die verärgere ich besser nicht.«

»Können Sie mir noch Ihren Namen aufschreiben und wie ich Sie erreichen kann?« Pielkötter hielt ihm einen kleinen Zettelblock hin. Während der Mann seinen Namen notierte, versuchte Pielkötter, die Buchstaben zu entziffern. »Eike Martens, also«, sagte er.

»Genau. Das ist übrigens meine Privatnummer. In der Firma kann ich einfach nicht offen sprechen.«

»Verstehe.« Pielkötter hielt ihm seine Visitenkarte hin, die er wohlweislich eingesteckt hatte. »Falls Ihnen noch etwas Wichtiges einfallen sollte, melden Sie sich bitte.«

Plötzlich fiel ihm ein, dass er unter der aufgeführten Nummer gar nicht zu erreichen war. Eilig zog er die Karte zurück und schrieb seine private Handynummer darauf. Nachdem der Mann sich verabschiedet hatte und den Weg zur Villa regelrecht hochrannte, schaute Pielkötter auf seine Armbanduhr. Es wurde Zeit, ein Taxi zu rufen. Auf keinen Fall durfte er die letzte Fähre verpassen, auch wenn er zu gerne noch Schröders Tochter aufgesucht hätte. Er musste zurück. Ein Hotelzimmer konnte er nicht bezahlen. In der ganzen Hektik hatte er nicht daran gedacht, genügend Geld oder seine Kreditkarte aus dem kleinen Safe in seinem Klinikzimmer zu holen.

38

Pielkötter kam sich vor wie ein Pendler, der jeden Tag eine weite Strecke zurücklegen oder viel Aufwand betreiben musste, um zur Arbeit zu gelangen. Dass er mehrmals kurz hintereinander mit der Fähre übersetzen würde, hätte er sich niemals träumen lassen. Pielkötter warf einen Blick auf seine Uhr. Die Sitzung beim Physiotherapeuten wäre in fünf Minuten vorbei. Zumindest hatte er sich abgemeldet, wenn auch nicht bei Thorsten, so doch bei einem seiner Kollegen. Erst hatte er überlegt, ein Unwohlsein vorzutäuschen, aber dann hatte er einfach rundheraus erklärt, keine Zeit zu haben. Bisher hatte es wegen seiner Abwesenheit keinen Ärger gegeben. Gegenüber dem Versichertenträger, der seine Reha finanzierte, wäre er zwar verpflichtet, an allen verordneten Maßnahmen teilzunehmen, nur hoffte er, die Klinik würde ihn nicht anschwärzen, sie würde ja einen Patienten verlieren. Doch wie lange würde sie ihn noch decken? Schließlich war Thorsten nicht der Einzige, bei dem er heute Morgen eine Therapie verpasste. Aber er konnte sich einfach nicht die Gelegenheit entgehen lassen, Caroline Schröder in ihrer Wohnung zu besuchen. Er hatte sowieso Glück, dass er sie telefonisch erreicht hatte, vor allem jedoch, dass sie mit ihm reden wollte. Bestimmt hatte ihre Mutter davon dringend abgeraten.

Die Überfahrt kam ihm heute länger vor. Er stellte sich frühzeitig an den Ausgang und kaum hatte die Fähre angelegt, stürmte er hinaus. Er öffnete die Tür des nächsten freien Taxis und nannte die Adresse. Die Fahrt schätzte er auf maximal fünf Kilometer.

»Das ist in der Fußgängerzone«, erwiderte der Fahrer. »Die letzten Meter müssen Sie laufen.«

Pielkötter nickte und stieg ein. Es dauerte nicht lange, dann hatten sie die Stadtmitte erreicht.

»Wenn Sie etwas Zeit mitbringen, sollten Sie unbedingt das Ostfriesische Teemuseum besuchen. Das ist der rote Backsteinbau dort drüben mit dem hübsch verzierten Giebel und den Sprossenfenstern.«

»Aha!«

»Und da vorne haben wir unsere Ludgeri-Kirche«, fuhr der Fahrer mit einer gewissen Begeisterung in der Stimme fort. »Das ist die größte mittelalterliche Kirche von ganz Ostfriesland. Den Glockenturm auf der gegenüberliegenden Straßenseite hat man später gebaut. Freistehende Kirchtürme waren im Mittelalter nichts Besonderes, zumindest nicht hier in der Gegend. Woanders war das wohl nicht so üblich, habe ich mir sagen lassen.«

Vielleicht hätte Pielkötter die Ausführungen seines selbsternannten »Stadtführers« zu einer anderen Gelegenheit interessant gefunden, aber in der jetzigen Situation fühlte er sich genervt.

»Manchmal fragen mich die Fahrgäste sogar, ob der Turm zu der Kirche gehört.« Er lachte. »Nun ja, dass dazwischen eine Straße entlangführt, ist schon wirklich seltsam, finden Sie nicht?«

»Ist es noch weit?«, fragte Pielkötter ohne darauf einzugehen.

»Nee, nee, wir sind gleich da. Ich setze sie auf einem Parkplatz ab. Von dort gehen Sie nur ein paar Meter geradeaus den kleinen Weg entlang und landen automatisch in der Fußgängerzone. Halten Sie nach dem Mittelhaus Ausschau. Das ist eine Traditionsgaststätte. In der Nähe finden Sie die gesuchte Nummer.«

Der Fahrer behielt Recht. Das Mittelhaus hatte er schnell gefunden. Seit 1877, las er auf einem Schild, und dass es hier original Ostfriesischen Apfelstrudel mit geklauten Äpfeln gab. Pielkötter entlockte dieses Angebot jedoch nicht einmal ein müdes Lächeln. Sofern sich bei dem Gespräch mit Schröders Tochter nicht etwas Entscheidendes ergeben würde, sah er kaum noch eine Chance, die Wahrheit herauszufinden. Ein wenig besorgt lief Pielkötter das kurze Stück bis zu der gesuchten Adresse.

Caroline Schröder wohnte im ersten Stock. Als er die Treppe hochstieg, stand sie bereits in der Tür. Er erkannte sie sofort an ihren rehbraunen großen Augen, auch wenn die vom Weinen gerötet waren, und an der relativ langen klassischen Nase. Offensichtlich hatte sie beides von ihrem Vater geerbt. Mit der schlanken Figur dagegen kam sie eher nach ihrer Mutter. Die schwarze Jeans und der gleichfarbige enge Pullover ließen sie noch dünner erscheinen. Nach der Begrüßung führte sie ihn in einen großen Raum, der wohl gleichzeitig als Wohn- und Arbeitszimmer diente. Zumindest stapelten sich auf einem Schreibtisch etliche Bücher und Aktenordner.

»Was studieren Sie eigentlich?«, fragte er, weil es ihm plötzlich ungeheuer schwerfiel, dieser trauernden jungen Frau zusätzlichen Kummer bereiten zu müssen.

»Wirtschaftswissenschaften«, antwortete sie leise, während Tränen in ihre Augen traten. »Um mich das zu fragen, sind Sie ja nicht zu mir gekommen. Meine Mutter hat mich übrigens davor gewarnt, mit Ihnen zu reden.«

»Aber Sie wollen die Wahrheit wissen, so weh sie auch tut«, stellte Pielkötter fest.

Sie nickte und tupfte sich die Tränen mit einem Taschentuch ab.

»Darf ich mich setzen?«

»Ja, ja, natürlich, am besten da hinten in einen der Sessel. Dort hat mein Vater auch immer ...«

Pielkötter wartete ab, bis sie sich wieder beruhigt hatte, dann schilderte er den Fall aus seiner Sicht.

»Das ist so furchtbar«, hauchte sie, nachdem sie den ersten Schock überstanden hatte. »Wer sollte meinem Vater etwas Böses wollen? Und wie kann ich Ihnen helfen?«

»Wirklich Klarheit bringt leider nur eine Obduktion«, erwiderte Pielkötter. »Ich weiß, dass der Eingriff für die Angehörigen schrecklich ist, aber es gibt keine andere Möglichkeit, die tatsächliche Todesursache herauszufinden.«

»Meine Mutter hat das angedeutet. Sie ist strikt dagegen. Und ich möchte das nicht alleine entscheiden.«

»Ich bezweifle auch, dass das ohne die Einwilligung Ihrer Mutter möglich wäre. So ein Fall ist mir auch noch nicht untergekommen«, gab Pielkötter zu. »Allerdings könnten Sie mit seinem Hausarzt reden. Der müsste doch wissen, ob die Kur notwendig war und ob Ihr Vater etwas am Herzen hatte.«

»Das kann ich natürlich«, sagte sie. »Ich möchte doch, dass der Tod meines Vaters ...« Der Rest ging in Schluchzen unter.

Wie völlig anders sie reagierte als Schröders Frau. Pielkötter erhob sich. Er hatte alles gesagt, was er vorbringen wollte, und dieses junge Mädchen jetzt einfach in den Arm zu nehmen, traute er sich nicht. »Hier ist meine Karte, falls Ihnen noch etwas einfallen sollte. Da steht auch meine persönliche Handynummer drauf. Bleiben Sie ruhig sitzen, ich finde allein hinaus.«

Pielkötter lief ein paar Schritte in Richtung Tür, dann hielt er vor einem Sideboard inne. Dort stand in einem Rahmen eine Fotografie, auf der Caroline an der Seite eines jungen Mannes ungezwungen in die Kamera lachte. Pielkötter zeigte auf das Bild. »Ihr Freund?«, fragte er.

»Mein Verlobter«, antwortete sie, während sie sich näherte. »Wir heiraten im nächsten Jahr.«

»Kann der jetzt nicht bei Ihnen sein?«

»Nein, der studiert in Köln und muss sich gerade auf eine wichtige Prüfung vorbereiten.«

Manchmal gibt es Wichtigeres im Leben, dachte Pielkötter, behielt diese Einschätzung jedoch besser für sich.

»Zur Beerdigung kommt er natürlich hierher«, erklärte sie, als hätte sie seinen Einwand gespürt.

Pielkötter warf einen letzten Blick auf das Bild und verließ enttäuscht die Wohnung. Er gestand sich gerade ein, dass es ein Fehler gewesen war, Caroline Schröder aufzusuchen und ihr noch mehr Leid zuzufügen, aber dann blieb er abrupt stehen und fasste sich an die Stirn. Warum war ihm das nicht sofort aufgefallen? Während er die Treppenstufen nach unten stieg, reifte in ihm ein Plan, wie er den Mörder überführen könnte.

39

Barnowski fühlte sich wie ein Tiger vor dem Sprung. Gleich würde es losgehen. Endlich. Er hatte lange genug warten müssen, erst auf den Durchsuchungsbeschluss und dann waren die Spürhunde noch an anderer Stelle benötigt worden. Erschwerend kam hinzu, dass die Durchsuchung an zwei Stellen gleichzeitig stattfinden sollte, in den Geschäfts- und Lagerräumen der Im- und Exportfirma und im Wohnhaus des Besitzers. Barnowski selbst hatte sich für die Villa entschieden, nachdem er in Erfahrung gebracht hatte, dass der Chef von Im- und Export Merchant mit Sitz im Ruhrorter Hafen an diesem Morgen zu Hause weilte. Noch stand er mit dem Trupp aus Spurensicherung und Spürhunden nebst Hundeführern vor einem großen Stahltor, das den Zugang zum Grundstück erschwerte.

»Barnowski von der Duisburger Kriminalpolizei«, brüllte er in die Gegensprechanlage. »Ich möchte gerne Herrn Merchant sprechen.«

Es dauerte eine Weile, bis das Tor endlich zur Seite fuhr und sie auf das Grundstück gelangten. Der Hausherr öffnete selbst. Zumindest nahm Barnowski an, dass es sich bei dem Mann mit dem arroganten Blick, der ihm nun gegenüberstand, um Vincent Merchant handeln müsste.

»Was wollen Sie von mir?«, fragte er unwirsch. »Ich habe keine Zeit. Mein Flieger geht in drei Stunden.«

Wortlos zeigte Barnowski den Durchsuchungsbeschluss. Merchant schien eine Spur blasser zu werden. Er zögerte kurz, dann gab er den Weg frei.

»Ich schlage vor, wir setzen uns in Ihr Büro oder irgendwohin, wo es gemütlich ist. In der Zwischenzeit sehen sich meine Kollegen hier gründlich um.«

Ehe Merchant etwas erwidern konnte, tauchte ein Mann von dreißig bis fünfunddreißig Jahren in einem dunklen Anzug auf. Das Auffälligste an ihm war das kantige Gesicht mit der breiten Stirn. Er wechselte einen kurzen Blick mit Merchant, dessen Bedeutung Barnowski zu gerne gekannt hätte.

»Das ist Antonio«, erklärte Vincent Merchant. »Im Gegensatz zu mir darf er sich hier sicher frei bewegen.« Seine Stimme triefte nun vor Ironie.

»Aber ja doch, nur wenn er das Haus verlassen möchte, würden wir gerne seine Marschverpflegung anschauen«, erwiderte Barnowski grinsend.

Erneut dieser Blickkontakt, dann entfernte sich Antonio. Merchant schien mit einer gewissen Genugtuung zu registrieren, dass er die breite Treppe in die erste Etage hochstieg. Barnowski hätte zu gerne gewusst, was die beiden ohne große Worte ausgeheckt hatten. Irgendetwas planten sie, dessen war er sicher, aber vielleicht sollte ihn das nicht beunruhigen. Schließlich wimmelte es in dem Haus von Polizisten, und jeder der hier raus wollte, würde gründlich untersucht.

Die Vernehmung von Vincent Merchant gestaltete sich äußerst schwierig. Der Mann ließ ihn in der riesigen Eingangshalle stehen, antwortete auf keine seiner Fragen und rief zwischendurch seinen Anwalt an.

Die ersten, die ihre Aufgabe beenden konnten, waren die Hundeführer. »Wir sind fertig«, erklärte der Leiter der Hundestaffel. »Das Haus ist clean.«

Barnowski nickte und seufzte. Nicht gerade die Nachricht,

auf die er gewartet hatte, aber noch war nicht alles verloren. Jetzt setzte er auf das Team der Spurensicherung. Wenn hier der Mord stattgefunden hatte, würde es Blutspuren geben und die wären mit Luminol nachweisbar. Er stellte Vincent Merchant noch einige Fragen, die dieser mit einem Schweigen quittierte, da erschien Jochen Drenck, der Leiter der Spusi.

»Bisher haben wir nichts entdeckt«, erklärte er mit grüblerischer Miene. Dabei deutete sein Arm nach rechts. »In dem Wohnzimmer oder Salon ... also, diesem Raum dahinten wurde allerdings vor Kurzem der Teppich entfernt. Ursprünglich hat der fast den ganzen hinteren Raum eingenommen. Der neue Teppich ist zwar genauso lang, aber wenige Zentimeter schmaler. Das sieht man an der Farbe des Parketts.«

»Wollen Sie mir jetzt einen Strick daraus drehen, dass sich mein Geschmack geändert hat?«, meldete sich Merchant nun doch zu Wort.

»Nein, es fällt nur auf«, erwiderte Jochen Drenck. »Ebenso wie der neue Schreibtisch samt Stuhl.«

»Wieso neu?«

»Ich rieche das.«

»Aber vor Gericht können Sie Ihren Geruchssinn kaum geltend machen.«

»Abwarten«, entgegnete Drenck mit einem süffisanten Lächeln in Richtung Merchant, bevor er eilig den Raum verließ.

Erwartungsvoll schaute Barnowski auf die anderen Kollegen von der Spurensicherung, die gerade die Treppe herunterkamen und Kisten voller Ordner an ihm vorbeitrugen.

»Die Unterlagen müssen natürlich noch ausgewertet werden«, erklärte Drencks Stellvertreter Guido Friesen. »Aber Blutspuren haben wir definitiv entdeckt. In einem der Zimmer da oben liegt übrigens eine schlafende Frau. Wir konnten sie nicht aufwecken. Vielleicht ist sie krank. Ich denke, die sollten wir auf jeden Fall noch einmal vorladen.«

»Wer ist die Frau?«, wandte sich Barnowski an Merchant.

»Meine Geliebte. Sie fühlt sich im Moment nicht wohl und hat eine starke Schmerztablette genommen. Ich schicke sie morgen aufs Präsidium. Dann kann sie ihre Aussage machen.«

Mist, dachte Barnowski, die Dame wird ihn wohl kaum belasten. Die ganze Aktion hatte so hoffnungsvoll begonnen und jetzt fiel alles wie ein Kartenhaus in sich zusammen. Denn inzwischen hatte man ihn auf seinem Handy benachrichtigt, dass die Kollegen in den Büro- und Lagerräumen der Firma auch kein Glück gehabt hatten. Die Hunde hatten zwar angeschlagen, aber trotz intensiver Suche, hatte man leider keine Drogen finden können. Wahrscheinlich hatte Merchant die Ladung Heroin bereits weiterverkauft. Dabei wäre das mal ein Fall gewesen, wo er ohne Pielkötters Spürnase hätte brillieren können.

»Die Sache ist für Sie noch nicht ausgestanden«, erklärte er dem Hausherrn, während er ihn im Hinausgehen mit einem impertinenten Lächeln bedachte, das ihm viel schauspielerisches Talent abverlangte.

Seltsam, überlegte Barnowski, während er flankiert von einigen Kollegen über das Grundstück in Richtung Tor lief. Von dem Flug hat Merchant gar nichts mehr erwähnt. Offensichtlich hatte er den nur vorgeschoben oder die Geschäftsreise war doch nicht so wichtig, wie er den Anschein hatte geben wollen. Mit verbissener Miene stierte Barnowski vor sich hin. Was Pielkötter wohl zu diesem erfolglosen Abgang sagen würde? Plötzlich strafften sich seine Schultern. Er musste alles daransetzen, den Fall allein zu lösen. Als er aus einer inneren Eingebung heraus noch einmal zurückblickte, sah er eine Frauengestalt an einem der Fenster in der ersten Etage. Das Fenster war vergittert, aber das war es nicht, was seine Aufmerksamkeit erregte. Ihre Hände oder Fäuste schlugen gegen die Scheibe. Ihr Gesicht wirkte wie ein verzweifelter Hilfeschrei.

»Wir kehren um!«, befahl er. »Ich glaube, da ist eine Zeugin, die uns etwas sehr Wichtiges mitteilen möchte.«

40

Mit gesenktem Haupt schlich Schwester Monika den Gang zu der ausgelagerten Badeabteilung entlang, als wäre es ihr letzter Weg dorthin, vielleicht der letzte überhaupt. Genauso fühlte sie sich. Sie war bestimmt nicht zum Heldentum geboren, aber in diesem Fall blieb ihr kaum eine andere Chance, als in die Offensive zu gehen, wenn sie ihr normales Leben wieder aufnehmen wollte. Sie schaute zu dem einzigen Bild an der Wand, auf den einsamen Mann am Meeresufer. Obwohl sie seit so vielen Jahren in der Klinik arbeitete, sah sie es zum ersten Mal ganz bewusst. Sie kam jeden Morgen und jeden Nachmittag hier vorbei, dazu in der Mittagspause, doch noch nie hatte sie sich mit der Gestalt auf diesem Bild so identifizieren können wie in diesem Moment. Sie stieß einen Laut aus, der seltsam gequält klang.

Es war kurz vor Mitternacht und sie ging eben nicht zur Arbeit. Die Situation war unwirklich. Sie hatte niemals Vergleichbares erlebt, vielleicht eine ähnliche Szene schon einmal in einem Film gesehen, fernab der Realität. Schwester Monika schluckte. Inzwischen hatte sie die Tür zu dem Baderaum erreicht, in dem ihr Patient Wolfgang Schröder ebenso unerwartet wie unerklärlich gestorben war. Seitdem war ihr beschauliches Leben aus den Angeln gehoben.

Zögernd drückte sie die Klinke der Tür herunter, die normalerweise verschlossen war, sich jetzt jedoch problemlos öffnen ließ. Der Vorraum war stockfinster, und sie knipste zuerst hier das Licht an, dann im Behandlungsraum. Ihr Blick fiel sofort auf die Wanne. Im Geiste sah sie Schröder tot im Wasser liegen. Während ihrer Laufbahn als Krankenschwester war sie dem Tod nicht nur einmal begegnet, aber niemals hatte sie einen Patienten auf diese seltsame Art verloren, erst recht keinen, der vorher einen solch quicklebendigen Eindruck gemacht hatte. Schwer atmend setzte sie sich auf einen kleinen Plastikhocker neben der Wanne. Während sie zu der Uhr an der Wand schielte, begann ihr Herz heftig zu pochen. Ihr blieben noch genau drei Minuten bis zur verabredeten Zeit. Mit jeder Sekunde schien sich ihr Pulsschlag zu beschleunigen.

Was war das? Hörte sie da leise Schritte? Blitzartig fuhr sie von dem Hocker hoch. Das Herz schlug ihr jetzt bis zum Hals. Mit geweiteten Augen starrte sie auf die angelehnte Tür, die sich fast lautlos zu öffnen begann.

»Ich bin gespannt, was Sie mir zu sagen haben«, erklärte der eintretende Mann statt einer Begrüßung.

Für einen Moment war Schwester Monika unfähig, etwas zu erwidern. Ihr Mund fühlte sich trocken an, die Kehle wie zugeschnürt. »Ich … ich habe Sie gesehen«, brachte sie schließlich hervor. »An dem Tag …«

»Was reden Sie da?«, schnitt er ihr das Wort ab.

»Es geht um Wolfgang Schröder«, erwiderte sie nun mit einer halbwegs festen Stimme, die sie sich in dieser Situation niemals zugetraut hätte. »Sie waren hier in dem Raum, als er in der Wanne lag. Ich habe Sie gesehen.«

Während sich seine Gesichtsfarbe leicht rötlich färbte, schwoll an seinem Hals eine hässliche Ader an. »Sie können mich überhaupt nicht gesehen haben«, stieß er hervor. »Das ist unmöglich.«

»Ich war auf dem Weg zur Verwaltung:« Sie stockte. Während sie wahrnahm, wie sich seine Augen zu Sehschlitzen verengten, begannen ihre Beine zu zittern. Am liebsten wäre sie fortgerannt, dennoch sprach sie weiter. »Allerdings bin ich noch einmal umgekehrt. Ich war unsicher, ob ich meinen Patienten im Bad wirklich allein lassen konnte. Aber dann habe ich Sie in den Raum verschwinden sehen. Das hat mich zu dem Zeitpunkt sogar ein wenig beruhigt. Bei Ihnen wäre Wolfgang Schröder ja in guten Händen, dachte ich. Er war unter Aufsicht. Ich konnte ohne weiteres Kopfzerbrechen zur Verwaltung laufen.«

»Aber dann?« Seine Stimme hatte einen seltsamen Unterton angenommen, der sie erschauern ließ. »Sprechen Sie es ruhig aus.«

»Nachdem ich zurückgekommen bin und der Patient nicht mehr lebte, habe ich eins und eins zusammengezählt.« Sie blickte in sein Gesicht. Die Augen hatte er zu Schlitzen zusammengezogen, aus denen er sie bedrohlich fixierte. Unwillkürlich wich sie zwei Schritte zurück, zwang sich aber, weiterzusprechen.

»Erst recht, nachdem alle mir vorgeworfen haben, ich hätte die Gase aus Unachtsamkeit vertauscht.« Das stimmte zwar nicht, aber nach Pielkötters Besuch hatte sie lange darüber nachgegrübelt, wie der Mörder vorgegangen sein könnte und diese Variante war ihr am wahrscheinlichsten erschienen.

»Und jetzt?«, fragte er mit eiskalter Stimme.

»Ich bin völlig mit den Nerven fertig. Es wird eine Weile dauern, bis ich wieder normal arbeiten kann. Vielleicht werde ich meinen Beruf auch nie wieder ausüben können.« Sie schluckte. »Ich ... muss umschulen. Dafür brauche ich Geld.«

»Genauso habe ich mir das vorgestellt.« Seine Augen funkelten sie gefährlich an. »Erpressen wollen Sie mich. Aber das lasse ich nicht zu! Ich lasse mir meine Zukunft weder von Ihnen verbauen noch von Schröder.« Bei dem letzten Wort schaute er sie hasserfüllt an. Ihre Augen suchten nach einem Fluchtweg, aber der Mann stand näher an der Tür. »Nein, so leicht kommen Sie mir nicht davon. Hier wird Sie niemand hören. Wir sind ganz allein in diesem Kliniktrakt. Jetzt sind Sie ebenso hilflos wie Ihr Patient.« Er lachte oder versuchte es zumindest, aber es hörte sich eher nach dem Beginn eines Klageliedes an. »Ich habe nicht geplant, Schröder umzubringen, aber jetzt kommt es mir auf einen weiteren Mord auch nicht an. Sie haben es so gewollt, Sie Erpresserin!« Mit wirrem Blick stürmte er vor. Blitzschnell war er bei ihr, legte seine Hände um ihren Hals. Ihr kurzer Schrei erstickte.

»Hände hoch!«, ertönte plötzlich eine Stimme. »Lassen Sie sofort die Frau los oder ich schieße!«

Während der Druck auf ihren Hals nachließ, strömten Tränen ihre Wangen hinunter. Durch den Schleier nahm sie wahr, wie Pielkötter aus der Umkleidekabine auf sie zurannte. Ein junger Polizist in Uniform hielt eine Waffe in der Hand. In wenigen Sätzen war Pielkötter bei ihr. Seine Rechte krachte gegen das Kinn des Angreifers, der taumelnd zu Boden ging. Es fehlte nicht viel und sie wäre selbst zu Boden gesunken, aber Pielkötter fing sie auf.

»Sie haben Ihre Sache sehr, sehr gut gemacht«, vernahm sie seine Stimme wie aus der Ferne. Sachte geleitete er sie auf den Hocker und redete beruhigend auf sie ein. »Ihr Kollege Dennis kann Ihnen jetzt nichts mehr antun. Bei Polizeiobermeister Arne Dirksen ist er in guten Händen.«

Als sie hochschaute, registrierte sie, dass der junge Polizist dem Mann Handschellen anlegte.

»Das ist Dennis, der arbeitet hier als Masseur, den Nachnamen der Therapeuten verrät man den Patienten hier nicht«, erklärte Pielkötter dem jungen Polizisten.

»Gramberg«, ergänzte Monika.

»Ich verstehe nicht, warum Sie bereit waren, gleich zwei Menschen sterben zu lassen«, murmelte der junge Beamte fassungslos. »Was ist so immens wichtig, dass sich dieser hohe Preis lohnt?«

Pielkötter sah aus, als hätte er sich diese Frage auch schon öfter gestellt, im Laufe seiner Dienstjahre allerdings begriffen, dass für manche Menschen andere Prioritäten und Moralvorstellungen galten.

»Sie wollte mich erpressen«, stieß der Mann hervor, der sich inzwischen wieder vom Boden erhoben hatte. »Das haben Sie doch selbst gehört.«

»Und deshalb bringt man gleich einen Menschen um?« Arne Dirksen wirkte, als fiele es ihm immer noch schwer, das ganze Ausmaß dieses Verbrechens zu begreifen.

»Und Schröder?« Pielkötters Stimme klang eisig.

»Mein zukünftiger Schwiegervater«, zischte der Mann mit den rotblonden Haaren. »Zumindest beinah. Der Alte hat mich nie gemocht. Hat versucht, mich seiner Tochter auszureden. Er hat immer neue Sachen gefunden, warum ich für die Familie nicht gut genug bin. Dabei hatte ich extra dieses Sportstudium erfunden, um dieser vornehmen Sippe zu imponieren. Meine Verlobte hat mir das abgenommen, auch ihre Mutter, aber er nicht, nicht Armin Wolfgang Schröder. Offensichtlich hat er hinter mir hergeschnüffelt. Ich habe keine Ahnung, was er herausbekommen hat. Leider reichte es, um meine Spur bis hierher zu verfolgen.«

In einer theatralischen Geste fasste er sich an den Kopf. »Hätte ich nur eher geahnt, dass er sich hier in der Klinik aufhält, dann hätte sich das Schlimmste verhindern lassen.« Um Verständnis bittend schaute er in die Runde. »Das war keine Absicht. Eher ein Notfall. Dummerweise bin ich Carolines Vater an diesem Morgen über den Weg gelaufen. Ich habe mich furchtbar erschreckt, aber er hat nur gelacht. Der war total überheblich, hat mir erklärt, dass ich meine Träume von einer reichen Heirat begraben könne. Er habe die nötigen Beweise, dass ich mehrfach gelogen hätte. Also, wegen des Studiums und wegen meiner Arbeit hier und wegen Nicole. Nach seinen Angaben hatte er Fotos von mir und Nicole gemacht, die er seiner Tochter präsentieren wollte. Auch seine Frau würde mich danach nicht weiter in Schutz nehmen, hat er erklärt.«

Dennis Gramberg schlug die Hände vors Gesicht. Ob er tatsächlich weinte, konnte Pielkötter nicht erkennen. »Ich war total fertig«, fuhr er nach einer Weile fort. »Auch wenn Sie mir das vielleicht nicht abnehmen. Ich liebe Caroline. Es ging mir nicht nur um Geld. Ich wollte meine Verlobte nicht verlieren. Da habe ich keine andere Möglichkeit gesehen, um ihn zum Schweigen zu bringen. Mir bleib nicht genügend Zeit, um über meine Tat nachzudenken. Ich wusste nur, wenn ich jetzt nicht sofort handelte, wäre alles zu spät. Wahrscheinlich würde ich Caroline dann nie wiedersehen.« Er stockte »Natürlich hätte sie mir ein schönes Leben geboten, aber nicht deshalb wollte ich sie heiraten. Ich liebe sie wirklich.«

»Gut, gehen wir einmal davon aus«, schaltete sich Pielkötter ein. »Ich nehme an, Sie sind Schröder nach der heiklen Begegnung gefolgt und haben ihn im Baderaum D1 verschwinden sehen. Anschließend haben Sie Schwester Monika aus der Abteilung gelockt und sind zu ihm gegangen.«

»Ja. Und es war alles so einfach. Der Alte lag in der Wanne und hat mich nicht einmal gesehen. Er hat nur gehört, dass da jemand war, hat nach Schwester Monika gerufen. Die Gasflaschen waren ja hinter der Mauer versteckt. Ich brauchte nur die Anschlüsse zu vertauschen.«

»Und wieso kannten Sie sich damit aus?«, fragte Pielkötter.

»Ich habe zusätzlich eine Ausbildung als Bademeister, auch wenn ich in der Klinik als Masseur arbeite«, antwortete er nicht ohne Stolz.

»Blieb Ihnen nach dem ...«, Pielkötter schien es schwerzufallen, *Mord* auszusprechen. »Ich meine, blieb Ihnen hinterher noch Zeit, die Gasflaschen wieder ordnungsgemäß anzuschließen?«

»Nein, so weit habe ich in dem Moment nicht gedacht. In meinem Kopf hat sich einfach alles überschlagen. Schwester Monika konnte jeden Moment zurückkehren. Und ich musste ja auch noch die Fotos finden, von denen Schröder gesprochen hatte.« Plötzlich schluchzte Dennis laut auf. »Ich habe unter Schock gehandelt, war so verzweifelt, sah mein Glück zerrinnen«, stammelte er, nachdem er sich wieder etwas beruhigt hatte.

»Und was haben Sie dann gemacht?«, fragte der junge Polizist.

»Ich bin zur Anmeldung und wollte dort unter einem Vorwand nach Schröders Zimmer fragen. Natürlich war das dumm und konnte mich später verdächtig machen, aber ich war einfach nicht Herr meiner Sinne. Zum Glück war in dem Moment niemand dort. Ich bin also hinter den Tresen und habe mir die Belegung der Zimmer selbst angesehen. Danach war alles fast ein Kinderspiel. Ich bin ins Stationszimmer und habe mir den Generalschlüssel besorgt. Er hing direkt neben der Tür.«

»Befand sich denn niemand in dem Raum, dass Sie da so einfach reinspazieren konnten?«, fragte Pielkötter irritiert.

»Beim ersten Mal war ich dort allein, aber als ich zurückkam, saß die Stationsschwester hinter ihrem Schreibtisch. Zum Glück hatte die noch nicht bemerkt, dass der Schlüssel fehlte. Ich habe Sie abgelenkt und ihn wieder an die richtige Stelle gehängt.«

»Sind Sie in Schröders Zimmer fündig geworden?«, schaltete sich zum ersten Mal Schwester Monika in die Befragung ein.

»Ja, die Kamera lag offen auf dem Bett. Ich habe mir kurz die letzten Bilder angesehen. Der Alte hatte nicht gelogen. Nicole und ich ... Natürlich blieb mir keine Zeit, alle Fotos anzusehen. Ich habe die Speicherkarte herausgenommen. Später wollte ich sie vernichten, habe das aber noch nicht geschafft.

Ich fühle mich einfach wie gelähmt. Bisher habe ich nicht einmal meine Verlobte getroffen. Ich glaube, ich hätte Probleme gehabt, ihr unter die Augen zu treten.«

Pielkötters Miene drückte seine Unsicherheit aus, ob er ihm das wirklich abnehmen sollte. »Nun, so ganz bleibt Ihnen das wohl nicht erspart«, sagte er. »Spätestens bei der Gerichtsverhandlung werden sie sich wohl wiedersehen.«

Epilog

Versonnen schweifte Pielkötters Blick über die Promenade, den Strand bis zum Meer. Die untergegangene Sonne hatte den Himmel bereits violett gefärbt. Als Arne Dirksen an seinen Tisch trat, lächelte er.

»Und, wie gefällt es Ihnen?«, fragte Dirksen und nahm Pielkötter gegenüber Platz. »Habe ich Ihnen zu viel versprochen. Und das Bier erst.«

Der junge Polizist erinnerte ihn erneut an Barnowski, mit dem er vorhin noch einmal telefoniert hatte. Sein Mitarbeiter hatte ihm von seinem gelösten Fall erzählt. Na ja, selbst gelöst hatte er ihn ja nicht wirklich, auch wenn er sehr besonnen und zielgerichtet vorgegangen war, die Aktion gut geplant und angeleitet hatte. Dennoch hatte ihn eigentlich das Opfer mit seinem Brief, den er beim Freund und Nachbarn deponiert hatte, auf die Spur gesetzt. Er hatte gemeint, sich damit absichern zu können, aber fatalerweise hatte Merchant ihm nicht geglaubt. Das hatte Koschmal sein Leben gekostet, aber zumindest hatte er dafür gesorgt, dass der Täter hinter Gittern saß. Schröders Mörder dagegen hatte seinem Schwiegervater abgenommen, dass er seine Pläne zunichtemachen konnte, und hatte ihn gerade deshalb umgebracht. Verrückte Welt.

»Diese Weststrandbar gehört ja zu unserer Norderneyer Brauerei«, unterbrach Dirksen seine Gedanken. »Der Pavillon hier hat auch nicht immer geöffnet. Im Winter sowieso nicht, und bei schlechtem Wetter und wenig Kundschaft wechselt das Personal ins Alte Brauhaus rüber. So heißt das neuerdings, seit die Herstellung in die Brauhalle verlagert wurde. Altes Brauhaus!« Er lachte. »Genau seit 2012 gibt es den Betrieb.«

»So jung ist der noch?«, fragte Pielkötter erstaunt.

»Ja, und die haben Zukunft, das Team ist sehr engagiert. Übrigens, in dem Gebäude am Damenpfad ist es auch ganz urig. Mit Klinkersteinen an den Wänden und viel Holz.« Er seufzte. »Aber man kann nicht überall gleichzeitig sein. Zudem sind Sie ja bestimmt noch eine Weile auf Norderney, um sich das mal anzusehen.«

»Ich habe heute Bescheid bekommen, dass meine Kur verlängert wird.« Pielkötter verzog kaum merklich das Gesicht. »Mit der strengen Auflage, mich in allen Dingen zurückzuhalten, die den Heilungserfolg gefährden könnten. Mein behandelnder Arzt hat ganz schön auf mich eingeredet. Angeblich hat er der Klinikleitung regelrecht abtrotzen müssen, dass ich bleiben darf.«

»Das kann ich mir denken«, erwiderte Dirksen und warf einen vielsagenden Blick in Pielkötters Richtung. »Immerhin läuft eine Klage wegen Strafvereitelung, die sie Ihnen zu verdanken haben. Die Klinik hätte uns den Fall sofort melden müssen, anstatt ihn zu verschweigen und die Ermittlungen zu blockieren.«

Eine junge Kellnerin rauschte heran und unterbrach ihr Gespräch.

»Für mich ein hier gebrautes Bier«, sagte Pielkötter.

»Weizen oder Pils?«, fragte sie.

Er überlegte, schaute Arne ratsuchend an. »Ich mag das Pils lieber.«

»Okay, dann ein großes Pils.«

»Zwei Pils!« Die Bedienung entfernte sich. »Unter uns, das Weizen hier ist nicht jedermanns Sache, aber das Pils ist wirklich klasse.«

»Was hat eigentlich Ihr Chef zu Ihrem Alleingang gesagt?«, fragte Pielkötter. »Ich hoffe, Sie haben keinen Ärger bekommen.«

»Nee, nee, Lübben ist schon in Ordnung. Und dass der bei einem offiziell natürlichen Tod nicht auf eigene Rechnung ermitteln wollte, bei dem er nicht einmal zuständig war, kann ich gut verstehen.«

»Besonders, wo Schröder in einer Klinik mit angesehenen Ärzten gestorben ist und nicht in einem Hotelzimmer«, ergänzte Pielkötter, während die Bedienung mit dem Bier nahte.

»Die Polizeiinspektion Aurich/Wittmund hat sich inzwischen sogar positiv über meine, äh, unsere Aktion geäußert«, berichtete Arne Dirksen nicht ohne Stolz. »Und wenn ich demnächst befördert werden sollte, habe ich das allein Ihnen zu verdanken. Deshalb geht diese Runde hier auch auf mich. Proost!«

Pielkötter mochte seine Aussprache, dieses gerollte R, das langgezogene O. Er hob sein Glas und stürzte die ersten

Schlucke wie ein Verdurstender hinunter. Der junge Kollege hatte Recht, das Pils war wirklich ausgezeichnet.

»Eine ungeklärte Sache geistert noch durch meinen Kopf«, sagte Pielkötter, während er sich etwas Schaum vom Mund wischte. »Ich weiß nicht, ob die Witwe und Professor Schwarzenberg ein Paar sind. Und wenn es so ist, frage ich mich, ob es vielleicht doch Absicht war, dass Schröder in einer Nacht im Keller eingeschlossen worden ist. Vielleicht wollte der Klinikchef ihn wegschließen, um in Ruhe seine Frau empfangen zu können.«

»Nein, das glaube ich nicht«, erwiderte Dirksen. »Das hieße ja, Schwarzenberg hätte Kenntnis davon gehabt, dass der Mann seiner Geliebten in der großen Klinik kurt. Dort ist eine Begegnung der beiden doch eher unwahrscheinlich. Zudem habe ich bei meiner Recherche herausgefunden, dass Schwarzenberg erst nach Schröders Tod dessen Krankenakte angefordert hat. Und Schwarzenberg hat die Frau ja bestimmt nicht in der Klinik empfangen. Er hat hier ein schmuckes Haus nicht weit vom Weststrand. Und die Adresse findest du in keinem Verzeichnis.«

Aus dem wird bestimmt noch einmal ein ganz ausgezeichneter Ermittler, dachte Pielkötter schwer beeindruckt.

»Die Idee, den Täter einfach glauben zu lassen, Schwester Monika hätte ihn gesehen, war einfach genial«, fuhr Dirksen fort, als wolle er Pielkötters unausgesprochenes Lob zurückgeben. »Wie gut, dass Sie sofort geschaltet haben, als Sie ihn auf dem Foto in der Wohnung von Schröders Tochter erkannt haben. Einen Angestellten aus der Klinik, der Zugang zu allen Räumlichkeiten hatte und genau wusste, wie er Schwester Monika fortlocken konnte. So weit, so gut, aber das eigentliche

Motiv war mir vor der Festnahme noch nicht hundertprozentig klar. Sicher, es gab Querelen mit dem zukünftigen Schwiegervater. Und die Lüge mit dem Sportstudium war aufgeflogen ...« Dirksen sah ihm ins Gesicht, schien in seiner Miene zu forschen. »Wieso waren Sie von Anfang an so fest davon überzeugt, dass Gramberg ihren Tischnachbarn ermordet hat?«

»Ich kannte das richtige Motiv«, erwiderte Pielkötter ernst. »Untreue, die ihm seine Verlobte wohl nicht verziehen hätte. In meiner Mittagspause habe ich ihn zufällig mit einer der Masseurinnen in flagranti erwischt. Ich hatte auch gleich das Gefühl, dass die beiden nicht zum ersten Mal etwas miteinander hatten.« In Pielkötters Miene lag plötzlich ein Zweifel. »Übrigens war der Plan nicht wirklich genial. Ich hatte ungeheure Angst, dass etwas schieflaufen könnte. Wenn Schwester Monika dabei etwas passiert wäre, hätte ich mir das nie verziehen.«

»Ich habe das eigentlich ausgeschlossen«, entgegnete Arne Dirksen. »Wir waren ja nur wenige Meter von ihr entfernt. Zudem konnten wir durch diese seltsame Saloontür jedes Wort verstehen. Dadurch wussten wir genau, wann wir eingreifen mussten.« Er prostete ihm zu. »Jedenfalls kann ich von Ihnen noch eine Menge lernen.«

Pielkötter schaute über das nun aufgewühlte Meer. Wellen mit Schaumkronen rollten unaufhörlich heran. Während er zuschaute, wie sie sich in Ufernähe brachen, hoffte er, dass nie wieder ein Mord auf der Insel passieren würde. Davon überzeugt war er nicht.

Danksagung

Mein besonderer Dank für Anregungen,
konstruktive Kritik und Korrektur gilt:

Johanna Wiltberger
Joachim Scharenberg
und besonders meiner Lektorin,
Dr. Anette Kleszcz-Wagner

Weitere Krimis von Irene Scharenberg
im Prolibris Verlag

Die Sünderinnen
Pielkötters erster Fall
Paperback, 186 Seiten, ISBN 978-3-935263-70-2

Gefährliches Doppel
Pielkötters zweiter Fall
Paperback, 191 Seiten, ISBN 978-3-935263-89-4

Im Kreis der Sünder
Pielkötters dritter Fall
Paperback, 199 Seiten, ISBN 978-3-95475-004-7

Ein Fall zu viel
Pielkötters vierter Fall
Paperback, 200 Seiten, ISBN 978-3-95475-076-4

Versteckte Gifte
Pielkötters fünfter Fall
Paperback, 221 Seiten, ISBN 978-3-95475-100-6

Doch der Tod wartet nicht
Pielkötters sechster Fall
Paperback, 204 Seiten, ISBN 978-3-95475-129-7

Inselkrimis im Prolibris Verlag

Antje Friedrichs

Letztes Bad auf Norderney

Paperback, 204 Seiten, ISBN 978-3-935263-17-7

Antje Friedrichs: Die Langeoog-Lektion

Paperback, 232 Seiten, ISBN 978-3-935263-48-1

Klara G. Mini: Badezeiten. Langeoog Krimi

Paperback, 222 Seiten, ISBN 978-3-935263-64-1

Volker Streiter: Mörderische Nachsaison

Amrum Krimi

Paperback, 214 Seiten, ISBN 978-3-935263-95-5

Volker Streiter: Grab ohne Meerblick. Amrum Krimi

Paperback, 261 Seiten, ISBN 978-3-95475-007-8

Birgit C. Wolgarten: Und es wurde Nacht. Rügen Krimi

Paperback, 251 Seiten, ISBN 978-3-935263-24-5

Birgit C. Wolgarten: Der Tod der Königskinder

Rügen Krimi

Paperback, 190 Seiten, ISBN 978-3-935263-32-0

Birgit C. Wolgarten und Marie Claire Frey

Der Zorn des Schwarzen Engels. Rügen Krimi

Paperback, 211 Seiten, ISBN 978-3-95475-078-8